Harald Körke

Noch ein verdammter Tag im Paradies

konkursbuch VERLAG
CLAUDIA GEHRKE

HARALD KÖRKE

Noch ein verdammter Tag im Paradies

*konkursbuch*VERLAG
CLAUDIA GEHRKE

Für Katja,
Jessica
und Nana

ISBN 3-88769-032-X

Photographien: Robert Vos (5) und Juan Manuel Castro
(6; 8/9; 10; 12/13; 14; 16)
Produktion: Hannelore Kröcker, Verlagskontor, Wetzlar
Typographie und Buchgestaltung: Peter Großhaus, Berlin
Satz: Großhaus, Schmidt & Partner GbR, Berlin
Druck und Bindung: Fuldaer Verlagsanstalt

Jede Ähnlichkeit
mit lebenden, toten oder
noch ungeborenen Personen,
Tieren oder Institutionen
ist rein zufällig.

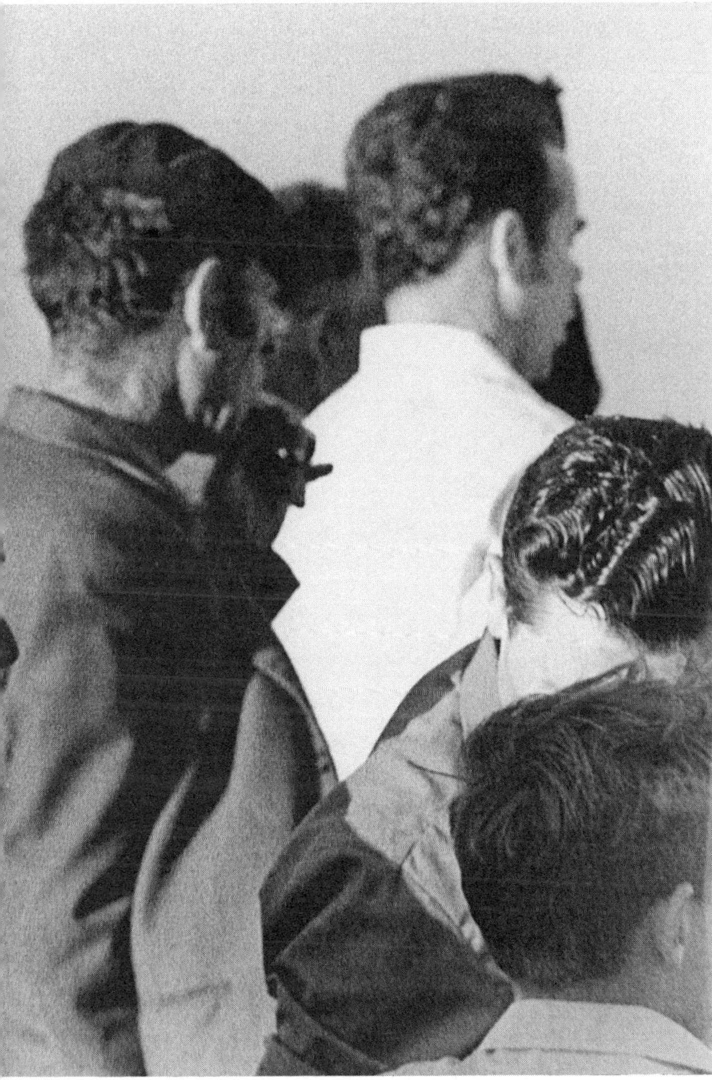

Jede Ähnlichkeit
mit irgendeiner Insel,
beispielsweise mit der Kanaren-
Insel La Palma ist ebenfalls
rein zufällig.

Auf der anderen Seite jedoch sind alle eventuell vorkommenden Unähnlichkeiten vorsätzlich und beabsichtigt.

POLICIA
MUNICIPAL

INHALT

»Was machst du Ostern?« fragte Lucy.
»Nichts besonderes«, sagte David. »Bißchen schwimmen, bißchen Tennis, bißchen feiern. Mal sehen, worauf ich Lust habe«. Sie telefonierten schon 5 Minuten lang. Sie hatten sich gegenseitig mitgeteilt, daß es ihnen gut ging, und daß in der letzten Woche nichts Aufregendes geschehen war.

Lucy war auf zwei Parties gewesen und hatte einmal bei Ira gefrühstückt. »Eigentlich heißt sie Elvira. Aber darüber schämt sie sich«, sagte Lucy. Es hatte selbstgemachte Kirschkonfitüre gegeben: »Himmlisch, sage ich dir!«
David war auf keiner Party gewesen. Er hatte Lucy zum Ausgleich über die Wetterlage berichtet: Wolkig bis heiter, Höchsttemperaturen bei 20 Grad.

Lucys Schatten

»Warum fragst du?« fragte er.
»Warum frage ich was?«
»Warum fragst du, was ich Ostern mache?«
Lucy schwieg einen Augenblick. »Hallo, bist du noch da?!« rief David.
»Ja«, sagte Lucy und dann mit Kinderstimme: »Möchtest du, daß dir der Osterhase etwas ganz Schönes bringt?«
David überlegte, was er darauf antworten sollte. Nein? – »Ja«, sagte er.
»Möchtest du es wirklich, wirklich, wirklich?«
»Ja«, sagte er. »Wirklich«.
»Möchtest du, daß dir der Osterhase Lucy bringt?«
Er hatte es geahnt. Er hatte die Frage erwartet. Er wußte trotzdem keine Antwort darauf. Er hatte es die ganze Zeit vor sich hergeschoben.

»Hallo?!« sagte Lucy. »Bist du noch da? Hallohallohallo?!«

»Schlech…bindung«, log er schreiend ins Telefon. »…as ha… du …sagt?« Er kratzte zusätzlich mit einer Streichholzschachtel gegen die Sprechmuschel.

»Ich kann einen Flug für die nächste Woche kriegen!« schrie Lucy. »Für nächste Woche! Flug! Ostern!«

David wollte nachdenken. »…eiss-Te…!« schrie er. »…orgen aben…!«

»Nach neun!« schrie Lucy. »Nach neun!«

»…iederseh…!« schrie David und legte auf.

Er ging in die Küche und holte sich einen Cognac. »Lucy«, dachte er, während er mit dem Cognac im Schwenker zu seinem Lieblingssessel neben den Bücherregalen schlurfte. »Was wird, wenn sie kommt?«

Er und Lucy kannten sich schon eine Reihe von Jahren. Er war ihr von einer Astrologin prophezeit worden. »Sie werden«, hatte sie gesagt, »einem Mann aus dem Süden begegnen. Sie werden ihn auf einer Party kennenlernen. Er wird ihr Leben verändern, jedoch nicht sofort. Zunächst wird es auf- und abgehen, es wird stürmisch zugehen, denn der Mann ist ein schwieriger Mensch. Eines Tages jedoch werden Sie beide einen ruhigen Hafen anlaufen. Er ist übrigens vermögend«.

Lucy war 40. Als sie kurz nach der Prophezeiung David anläßlich eines Abendessens im Westend begegnete, wußte sie, daß die Sterne nicht gelogen hatten. Sie wußte auch, daß sie sich in Geduld fassen mußte.

Lucy war schön. Sie war schlank und dunkelhaarig mit Kastanienschimmer, echt. Sie hatte strahlende Augen und ein strahlendes Lächeln. Sie konnte immer strahlend lächeln, selbst, wenn ihr nicht danach war. Sie war deshalb schon mit 22 ein begehrtes Fotomodell gewesen. Sie war auch mit 40 immer noch erfolgreich und verdiente mehr, als sie zum Leben brauchte. Aber es störte sie, daß sie jetzt für Margarine lächeln mußte und ihr ein Titelbild für »Vital« angetragen worden war, während man sich früher für Gold, Parfum und Badeschaum um sie gerissen hatte.

Es gibt im Leben jeder Frau den Augenblick, an dem sie von einem Alter abrupt in ein anderes tritt. Für Lucy war jener Augenblick gekommen, als »Playboy« ihr anbot, in seiner Abteilung »Evergreens« zu erscheinen, nackt zudem. Sie nahm die Offerte an, schon weil Raquel Welch auch dabei sein sollte, aber sie beschloß, daß sich nun bald etwas ändern sollte, müßte und würde.

David war Bühnenbildner. Sein Beruf war zugleich der Grund, warum er es sich leisten konnte, auf der Insel zu wohnen. Er reiste ein paar Mal im Jahr nach Deutschland und Österreich, um Aufträge zu übernehmen und sie in den verschiedenen Entwurfsstufen zu diskutieren. In Wien und in Berlin hatte er je eine kleine Wohnung mit Atelier. Er war fünf Jahre älter als Lucy und um ein Mehrfaches weniger schön: Mittelgroß, rundlich, mit beginnender Glatze und rötlichblondem Resthaar. Er war sein Leben lang unverheiratet geblieben, und wenn man ihn fragte, warum, dann antwortete er: »Weil ich die Frauen zu sehr liebe, um sie in eine unliebenswürdige Lage zu bringen«. Das konnte ein Kompliment für die Frauen sein oder auch nicht, aber er deutete das nicht weiter aus und überließ es jedem einzelnen, daraus seine Schlüsse zu ziehen. Er befand sich aber gern in Gesellschaft von Frauen, und Frauen fühlten sich in seiner Gesellschaft wohl. So hatte er es geschafft, über zwei Jahrzehnte hinweg ein begehrter Junggeselle zu bleiben, und nur Lucy...

David wußte, daß sich der Augenblick der Wahrheit näherte. Lucy war geduldig den Weg gegangen, den Sterne und Instinkt ihr vorgezeichnet hatten. Auf und ab, links und rechts, durch Sturm und Regen, September und Mai und vor allem: immer geduldig. Sie hatte die Beziehung an der langen Leine laufen lassen und nur hin und wieder vorsichtig daran gezupft. Sie war nie auf die Insel gekommen, aber sie rief ihn einmal in der Woche an. Wenn er nach Europa kam, schlief er manchmal bei ihr, und sie schlief manchmal bei ihm. Bisweilen trafen sie sich in Frankfurt oder Hamburg, in München oder Düsseldorf, auch schon mal in Zürich oder Paris, wenn sie dort zu Aufnahmen war und er bei seiner Theaterarbeit. Dann gingen sie abends miteinander essen und nahmen wohl auch ein Zimmer im selben Hotel.

Es wurde also ernst. Bei ihrem letzten Treffen hatte Lucy über die Zukunft zu reden begonnen. »Wie soll es eigentlich zwischen uns weitergehen?« hatte sie gefragt. »Liebst du mich überhaupt, oder bin ich für dich so etwas wie ein Fertiggericht von La-Croix? – Delikat und schnell auf dem Teller?« Sie hatte ein wenig Champagner getrunken, als sie das sagte. Lucy trank selten. Sie wurde eigentlich auch schon nach dem ersten Glas ein bißchen dümmer. Sie wußte es und trank im allgemeinen Apfelsaft oder Schweppes, obwohl sie die Werbung dafür blöd fand. »Liebst du mich überhaupt?« Diese Frage tauchte an jenem Abend noch mehrere Male auf.

»Ich habe noch nie jemanden so geliebt wie dich«, hatte David schließlich gesagt. Es war ihm ganz besonders klug vorgekommen, das so auszudrücken. Überall waren kleine Schlupflöcher. Es konnte sogar heißen, daß er sie überhaupt nicht liebte. Später mußte er feststellen, daß seine Wortspielereien allenfalls ihm selbst etwas brachten. Lucy hatte weder Zeit noch Lust, zwischen den Zeilen zu lesen. Sie nahm die Antwort für gute, bare Münze. Nach jenem Abend hatte sie zum Endspurt angesetzt.

»Wenn sie kommt«, sagte David zu seinem Cognac-Schwenker, »bin ich nicht sicher, ob wir ungeschoren rauskommen«.

»Möchtest du denn überhaupt ungeschoren rauskommen?« fragte der Cognac-Schwenker dumm, wie ein Echo, zurück.

David wußte es nicht. Einerseits und andererseits. Er war an die 30 Jahre heil davongekommen. Er war sich manchmal nicht sicher, durchaus nicht sicher, daß es so bleiben sollte. Er war sich manchmal sehr sicher, ganz und gar sicher, daß es so bleiben sollte.

»Tu doch einfach so, als ob sie hier ist«, regte der Cognac im Schwenker an, oder jedenfalls kam es David so vor. Das erschien ihm eine gute Idee. Je länger er darüber nachdachte, und je weniger Cognac im Schwenker war, umso besser erschien ihm die Idee. »Das ist gut«, sagte er zu seinen Gesprächspartnern. »Das ist ausgezeichnet. Ich werde morgen einen ganzen Tag lang so tun, als ob sie hier ist. Ich werde einen Tag mit Lucys Schatten leben«. Er trank den Cognac aus und stellte den Schwenker auf das arabische Kupfertischchen neben seinem Lieblingssessel. Er stand auf. »Ich gehe jetzt ins Bett«, sagte er und knipste das Licht aus.

»Recht angenehme Nachtruhe«, sagte der Cognac-Schwenker höflich. Der Cognac selbst schien bereits zu schlafen. Er war allerdings auch schon sehr alt.

Der nächste Morgen hätte nicht besser beginnen können. David fand in der Küche frische Milch und frische Brötchen vor. Seine Haushilfe hatte sie mitgebracht. Auf einem Tablett mit einem Deckchen, das nie zweimal benutzt wurde, stand alles, was ihm zum Frühstück Freude machen könnte: Marmeladen, Käse, kaltes Fleisch, ein weichgekochtes Ei in einem zugedeckten Körbchen. Das Kaffeewasser kochte. David brauchte nur noch zu dosieren und aufzugießen, eine Handlung, die er sich selber vorbehielt, seine Haushilfe wußte das. Sie hatte sich übrigens unsichtbar gemacht, denn David mochte kein Geschirrklappern und Rumoren in der Küche, während er noch frühstückte. Die Haushilfe wußte auch das, und nutzte diese Zeit für andere Arbeiten.

David goß den Kaffee auf und brachte alles zusammen auf dem Tablett ins Frühstückszimmer. Das Frühstückszimmer war eigentlich nur eine erkerartige Ausbuchtung seines Schlafzimmers. Er hatte es durch Farben optisch abgetrennt, helle Weiß- und Gelbtöne unterstrichen das, was David Morgenstimmung nannte.

David setzte sich an den Frühstückstisch. Während er wartete, daß der Kaffee zog, trank er in kleinen Schlucken Fruchtsaft und las die Zeitschriften, die am Tag zuvor mit der Post gekommen waren.

Neben ihm lagen Papier und Bleistift. Hin und wieder, ausgelöst durch einen Artikel oder gedankliche Spaziergänge, machte er sich Notizen auf den kleinen Zettel. Die Notizen sahen so aus:

La Bohème – Ashbury Heights?
Mayonnaise und Eier kaufen.
Hundefutter auftauen.
Warum ist Billy Wilders »1,2,3« ein Kultfilm geworden?
Sodik, das Ferkel, anrufen!!!

»Mußt du eigentlich beim Frühstück unentwegt Zeitung lesen?« fragte eine Stimme, die ihm bekannt vorkam.

Er blickte hoch. Ihm gegenüber saß Lucy. Sie trug ein helles blaues Sommerkleid. Es ließ sie entzückend und frisch wie ein junges Mädchen aussehen, wenngleich es nicht hundertprozentig zur Farbgebung des Frühstückszimmers paßte. Sie lächelte ihn strahlend mit strahlenden Augen an.

»Lucy!« sagte er. Er hatte sie völlig vergessen. Die Nacht hatte den Vorsatz vom Abend, einen Probetag mit Lucy zu verbringen, ausgelöscht.

»Nun sag schon was«, sagte Lucys Schatten. »Unterhalte dich ein bißchen mit mir. Lesen kannst du den ganzen Tag noch«.

Er stand auf und brachte die Zeitschriften ins Nebenzimmer. »Nimm das Papier und den Bleistift auch gleich mit«, sagte Lucys Schatten und gab ihm beides, als er noch einmal zurückkam.

»Freust du dich denn gar nicht, daß ich da bin?« fragte Lucys Schatten, als er wieder saß.

»Wahnsinnig«, sagte David. »Möchtest du Kaffee?«

Lucys Schatten schüttelte lächelnd den Kopf. »Du weißt doch, daß ich morgens nur Tea trinke«, sagte sie. Bevor er aufstehen konnte, fügte sie hinzu: »Aber bemüh dich nicht, um Himmelswillen, ich kann mir meinen Tea auch selber machen«.

»Selbstverständlich mach ich dir Tee«, sagte er. Sie stritten sich ein Weilchen auf das Freundschaftlichste. Dann stand er auf. »Wie viele Löffel?« fragte er. »Einen pro Tasse?«

»Hast du das wirklich schon wieder vergessen?« sagte Lucys Schatten mit einer Spur von Ungeduld in der Stimme.

David fühlte Schuldbewußtsein in sich hochsteigen. »Ich fürchte, ja«, murmelte er und getraute sich nicht mehr zu fragen, ob sie den Tee mit Zitrone oder mit Sahne trank.

Er beschloß, beides zu bringen. Auch Nutrasweet.

»Laß dich nicht stören«, sagte Lucys Schatten, als sie mit dem Frühstück fertig waren. »Tu so, als ob ich gar nicht da wäre. Wenn du jetzt ein Stündchen arbeiten willst, schau ich mich ein bißchen bei dir um«.

David wollte drei Stunden arbeiten. Er hoffte, daß er nicht vergessen würde Sodik anzurufen. Sein Notizzettel fehlte ihm. Gleichzeitig beschloß er, die Feste so zu feiern, wie sie fallen. »Nur ein paar Kleinigkeiten«, sagte er zu Lucys Schatten. »Danach fahren wir in die Stadt und gehen Kaffee trinken«.

»Du hast doch gerade Kaffee getrunken«, sagte Lucys Schatten lächelnd und eigentlich ohne einen Schimmer von Tadel. Allenfalls schwang ein wenig Fürsorge mit, als sie fortfuhr: »Du weißt, daß zu viel Kaffee schlecht fürs Herz ist«.

»Ja«, sagte David.

»Ich meine es nur gut«, sagte Lucys Schatten und versprach in einer halben Stunde fertig für die Stadt zu sein.

David beeilte sich. Er machte eine Rolle mit Entwürfen postfertig und schrieb mit der Hand ein paar Bemerkungen dazu. Er überlegte, ob alles richtig verstanden werden würde. War es klar genug zu sagen: Weite, tiefe Landschaft. Mußte er nicht Vorschläge machen, wie sich das auf der Bühne verwirklichen ließ? Eine Geldfrage war es schließlich auch. Am besten wäre es...

»Ich bin fertig, liebster David!« rief Lucys Schatten mit heller, fröhlicher Stimme durch die Tür zu seinem Arbeitszimmer. »Von mir aus können wir gehen«.

Er blickte zur Tür und fragte sich, warum diese Frau nicht schon vor 20 Jahren geheiratet worden war. In dem dämmerigen Licht des Korridors, der zu seinem Arbeitszimmer führte, sah sie aus, wie eine Zwanzigjährige und zwar wie die schönste Zwanzigjährige der Welt. Er wollte sich gerade fragen, warum er sich das gefragt hatte, ob vielleicht der heimliche Wunsch dahinter stand, jemand anders hätte sie geheiratet haben sollen, damit nicht er... aber er kam nicht mehr dazu, sich die Frage zu stellen.

»Na mach schon, du Trödelchen«, lachte Lucys Schatten zärtlich. »Die Arbeit läuft dir schon nicht weg«.

Er schloß den Wagen auf seiner Seite auf, stieg ein und machte die andere Tür von innen auf. »Früher hast du immer zuerst die Tür auf meiner Seite aufgemacht«, sagte Lucys Schatten tadelnd, als sie neben ihm saß.

»Es geht nicht«, sagte David. »Ich hatte einmal einen kleinen Unfall, und da ist die Tür kaputtgegangen, und seitdem gibt es zwei Schlösser und zwei Schlüssel, oder jedenfalls sollte es zwei Schlüssel geben, aber es gibt nur einen, weil der andere verloren gegangen ist, glaube ich, jedenfalls kann ich ihn nicht mehr finden, na, du verstehst schon...« er merkte wie er sich in seinen entschuldigenden Erklärungen hoffnungslos verhedderte.

»Verstehe ich nicht«, sagte Lucys Schatten. »Ich glaube, du flunkerst mir was vor, weil es dir jetzt unangenehm ist«. Lucys Schatten beugte sich zu ihm hinüber und hauchte ihm einen Kuß auf die Wange. »Schon vergessen und vergeben«.

»Einverstanden«, sagte David. »Nur, es ist wirklich so«. Er stieg wieder aus und ging um den Wagen herum zur anderen Seite. Er öffnete die Tür und kurbelte das Fenster herunter. Er schloß die Tür. »Schau«, sagte er und versuchte, den Schlüssel in das Schloß zu stecken. »Er geht nicht einmal hinein. Es sind zwei verschiedene Schlösser. Der Schlüssel paßt nur für die linke Tür«. Er ging um das Auto herum zur linken Tür. »Siehst du«, sagte er und steckte den Schlüssel hinein. »Hier paßt er. Dort paßt er nicht«. Er stieg wieder ein.

»Na weißt du«, sagte Lucys Schatten. »Das hättest du mir doch auch gleich sagen können. Außerdem haben mir solche Höflichkeitsfloskeln noch nie etwas bedeutet. Nun fahr schon los, sonst kommen wir nie in die Stadt«.

****

»So einen kannst du mir zur Hochzeit schenken«, sagte Lucys Schatten. David zuckte zusammen. Sie standen vor einem Juweliergeschäft in der Hauptstaße der Stadt. Soweit David erkennen konnte, handelte es sich um einen einfachen Platinring mit einem großen Diamanten. Lucys Schatten schaute ihn mit strahlenden Augen an. Sie hielt ihren entzückenden Kopf, dessen niedliche kleine Stirn ein Pony halb verdeckte, etwas schräg, als ob sie sagen wollte: »Na, was hältst du davon?«

David räusperte sich verlegen. »Ich verstehe nicht viel von Schmuck«, sagte er ausweichend.

Lucys Schatten lächelte nachsichtig. »Davon verstehen Männer sowieso nichts«, sagte sie. »In manchen Dingen sind Männer wie Kinder«.

»Weil sie nichts von Brillanten verstehen?« fragte David erstaunt.

»Weil Männer nicht verstehen, daß für Frauen Schmuck Liebe bedeutet. Gold auch«, sagte Lucys Schatten.

»Diamands are a girl's best friends?« fragte David.

»Absolut«, sagte Lucys Schatten. »Wer hat das gesagt?«

»Marilyn Monroe«, sagte David.

»Na siehst du«, sagte Lucys Schatten. »Stimmt es übrigens, daß hier Schuhe irre billig sind? – Gibt es hier ein gutes Schuhgeschäft? Zeig's mir mal«.

David blickte verstohlen auf seine Uhr. Inzwischen lag die Post in seinem Postfach. Ob ein Brief von Kiesel angekommen war? Er bemühte sich seit Jahren, mit ihm ins Gespräch...

»Hör mal«, sagte Lucys Schatten. »Ich bin auch noch da! Woran denkst du denn immer? Hast du ganz vergessen, was ich dich gefragt habe?«

»Was hast du mich gefragt?« fragte David.

Lucys Schatten hakte sich bei ihm ein. »Wo das Schuhgeschäft ist«, sagte sie geduldig und schaute ihn so lange an, bis er mit dem Kopf in eine Richtung zeigte.

Es war kein Brief von Kiesel da. Es war überhaupt keine Post da. »Wollen wir einen Ausflug machen?« fragte David.

»Manchmal kannst du Gedanken lesen«, sagte Lucys Schatten lobend. »Ich wollte gerade dasselbe vorschlagen«.

»Wir könnten an einen Strand im Süden fahren«, schlug

David vor. »Wir holen unser Badezeug und fahren in den Süden«.

»Wer braucht schon Badezeug?« sagte Lucys Schatten. »Laß uns gleich von hier aus losfahren. Wir vertrödeln sonst zu viel Zeit«.

David zuckte die Schultern. »Wie du willst«, sagte er.

»Ist es dir vielleicht nicht recht so?« fragte Lucys Schatten gedehnt.

»Doch«, sagte David schnell. »Doch, natürlich«.

»Also wenn es dir nicht recht ist, dann fahren wir eben erst noch mal nach oben«, sagte Lucys Schatten.

»Es ist nur«, sagte David, »weil die Leute hier nicht nackt baden oder am Strand liegen«.

Lucys Schatten lachte. »Was kümmern uns die Leute«, sagte sie.

****

»Man würde denken, daß ich ein junges Mädchen bin, oder?« sagte Lucys Schatten. Sie lag auf dem Rücken im schwarzen Sand und streichelte mit beiden Händen über ihren Körper. »Meine Haut ist wie die Haut eines Kindes«, murmelte sie. Ihre Stimme klang zärtlich.

David saß neben ihr. Er hatte sich auf sein Hemd gesetzt und die Ärmel nach vorn geschlagen. Lucys Schatten hatte darauf bestanden, daß er sich auch auszog. »Sei doch nicht prüde«, hatte Lucys Schatten gesagt. »Du genierst dich wie ein kleiner Junge«.

»Gleich werden die Fischer kommen«, sagte er. »Sie scheinen es zu riechen, wenn eine Ausländerin nackt am Strand liegt«.

»Sollen sie doch«, sagte Lucys Schatten gähnend und schlief ein.

Die Fischer kamen nach 10 Minuten. Zuerst standen vier von ihnen in einiger Entfernung auf den Felsen. Nach und nach wurden es mehr, und sie kamen näher. David zog unauffällig seine Unterhose an. Sie war wie eine Badehose geschnitten.

»Die Fischer sind da«, wollte er zu Lucys Schatten sagen. Er traute sich nicht, sie zu wecken.

Die Fischer standen um sie herum. Einer steckte die Hände in die Hosentaschen. Die anderen sahen es und lachten. Lucys Schatten machte die Augen auf und starrte auf die Männer. »Was wollen die Kerle hier?« fragte sie. »Sag ihnen, sie sollen abhauen, David«.

David gab ihr sein Hemd. »Zieh es an«, sagte er. »Vielleicht gehen sie dann weg«.

»Sie sollen aber sofort verduften!« sagte Lucys Schatten böse. »Du bist doch schließlich ein Mann, oder? – Na also. Also sag ihnen, sie sollen 'ne Fliege machen«.

»Wenn du das Hemd anziehst, gehen sie weg«, sagte David. »Sie gehen nicht weg, wenn eine nackte Frau da ist«.

Lucys Schatten zog das Hemd an. »Typisch Männer«, sagte sie. »Denken immer nur an das eine. Können keine Frau in Ruhe lassen«. Sie war jetzt wirklich verärgert und warf den Männern vernichtende Blicke zu. »Die Polizei müßte frau holen«, sagte sie. »Verdammte Macho-Spanner!

Die Männer zogen sich zurück. Von den Felsen her warf ein kleiner Junge Steine in ihre Richtung. David versuchte, die Situation zu retten. »Es tut mir leid«, sagte er. »Laß uns weiterfahren, und ich zeige dir den Vulkan«.

Während Lucys Schatten sich anzog, stand er mit dem Hemd vor ihr und versuchte, sie vor den Blicken der Fischer zu schützen.

»Du siehst albern aus, wie du da mit dem Hemd vor mir hin- und hertanzt«, sagte Lucys Schatten übellaunig. »Wie ein dicker Torero«.

****

Als sie am Vulkan ankamen, hatte Lucys Schatten den Strand vergessen. David stellte mit Erleichterung fest, daß sie nicht nachtragend war. »Der Boden ist noch heiß«, sagte er. »Wenn du ein wenig Asche wegkratzt, kannst du Eier kochen«.

»Eier«, sagte Lucys Schatten. »Wir brauchen Eier für Ostern. Du hast doch Hühner«.

»Ja«, sagte David froh.

»Legen sie?« fragte Lucys Schatten. »Laufen sie frei herum?«

»Sie legen«, sagte David. »Aber sie laufen nicht frei herum, weil sie sonst die Eier überall legen würden. Außerdem machen sie alles kaputt. Sie scharren und so«.

»Hühner müssen aber frei herumlaufen«, sagte Lucys Schatten nachdrücklich. »Sonst ist es Tierquälerei. Ich könnte nie ein Ei von einem Huhn essen, das nicht frei herumläuft«.

»Sie haben einen großen Auslauf«, sagte David. »Umzäunt«.

»Das ist nicht frei herumlaufen«, sagte Lucys Schatten. »Stell dir mal vor, man würde dich einsperren. Dann würdest du auch keine guten Eier legen, weil du unglücklich wärst«.

»Ich lege keine Eier«, sagte David.

»Na siehst du«, sagte Lucys Schatten ernst. »Außerdem geht es gar nicht darum. Es geht ums Prinzip«.

»Ich werde Ostern ein Lamm schlachten lassen«, sagte David, um abzulenken.

Lucys Schatten starrte ihn entgeistert an. »Ein Lämmchen?!« sagte sie langsam und betonte das ä. »Ein süßes, kleines, weißes Lämmchen willst du schlachten?! Aber das ist doch Mord!!«

»Es ist ein Bock«, sagte David erklärend. »Im Supermarkt kaufst du nichts anderes. Weil nämlich jedes zweite Schaf als Bock zur Welt kommt, und man aber nur einen für eine ganze Herde braucht«.

»David«, sagte Lucys Schatten entschieden. »Ich glaube, ich muß ein ernstes Wort mit dir reden. Also hör mal, David Maiwald: Solange ich bei dir bin, wird kein Lämmchen geschlachtet«.

»Was wollen wir dann zu Ostern essen?« fragte David ein wenig rebellisch.

»Das ist mir ganz egal«, sagte Lucys Schatten. »Jedenfalls kein süßes, weißes, kuschelweiches Lämmchen«. Sie war eine Weile still. David sah, saß sie zitterte. »Es ist kalt hier«, sagte er. »Wir hätten deine Pelzjacke mitnehmen sollen«.

»Ja«, sagte Lucys Schatten. »Es ist kalt. Laß uns gehen«.

Im Wagen kam sie noch einmal auf das Thema zurück. »Du mußt mich verstehen, David. Wir werden schon irgendetwas für Ostern finden. Weißt du, was auch ein tolles Osteressen ist?«

»Nein«, sagte David.

»Räucherlachs«, sagte Lucys Schatten.

****

Auf dem Rückweg kamen sie an einem kleinen Restaurant vorbei. David bremste und hielt an. »Hier gibt es den besten Ziegenkäse der ganzen Insel«, sagte er. »Und der Wein schmeckt wie Retsina. Wollen wir eine Kleinigkeit essen?«

»Ich habe keinen Hunger«, sagte Lucys Schatten. »Aber wenn du willst, halten wir an«.

David hielt an. »Auf jeden Fall wird dir der Wein schmecken«, sagte er.

Lucys Schatten lächelte. »Ich glaube, es geht dir überhaupt nur um den Wein«, sagte sie verschmitzt. »Du willst bestimmt nur rein, um Wein zu trinken«.

Sie beobachtete ihn, während er aß. »Nein danke«, sagte sie, als er ihr Wein einschenken wollte. »Ich finde es nicht gut, tagsüber zu trinken«.

David fand, daß der Käse bitter schmeckte und der Wein sauer. »Komm, wir gehen«, sagte er zu Lucys Schatten und legte etwas Geld auf den Tisch.

»Glaubst du denn, daß du noch fahren kannst?« fragte Lucys Schatten.

****

Sie kamen gegen Abend zurück. David schloß die Tür auf und ließ Lucys Schatten zuerst eintreten.

»Danke«, sagte Lucys Schatten. »Du bist doch ein Kavalier. Ich dachte schon, du wärst hier völlig verwildert«.

»Warum soll ich hier völlig verwildert sein?« fragte David verblüfft.

»Du weißt schon«, sagte Lucys Schatten.

»Ich weiß nichts. Sag mir's lieber«.

»Tu doch nicht so«, sagte Lucys Schatten. »Du hast mich zuerst in dieses komische Restaurant reingehen lassen«.

»Ach so«, sagte David erleichtert. »Wenn's weiter nichts ist. Hier gehen die Frauen immer zuerst in ein Restaurant hinein«.

»David«, sagte Lucys Schatten. »Du weißt, ich bin eine emanzipierte Frau. Es stört mich also nicht, wenn du mich mal nicht wie eine Dame behandelst. Aber was ich hasse, sind faule Ausreden«.

»Ich kann dir das beweisen«, sagte David.

Lucys Schatten gab ihm einen Klaps auf den Arm. »Vergiß es«, sagte sie versöhnlich. »Ich hatte es auch schon völlig vergessen«.

David beschloß, das Thema zu wechseln. »Ich würde jetzt gern eine Dusche nehmen«, sagte er vorsichtig. »Würde es dich stören, wenn ...«

»Ich auch«, sagte Lucys Schatten. »Ich nehme jetzt auch eine Dusche. Laß uns zusammen unter die Dusche gehen«.

****

David betrachtete ihren Körper und hoffte, daß Lucys Schatten nichts dabei fände. »Du kannst mich einseifen«, sagte Lucys Schatten, als ob sie seine Gedanken erraten hätte und gab ihm die Seife.

Er seifte sie ein. Er seifte ihren Rücken ein und glitt mit seinen Händen langsam zu ihrem Po hinunter. »Mm«, murmelte Lucys Schatten und machte ein wenig die Beine breit. »Ist er nicht süß?« Sie drehte sich um und sah seine Erektion. Sie lachte. »Männer«, sagte sie.

Er seifte ihre Schultern und ihre Brüste ein und kniete nieder, um ihren Bauch und ihre Schenkel einzuseifen. »Mm«, machte Lucys Schatten noch einmal. Sie legte den Kopf zurück und schloß die Augen. »Frauen brauchen viel Zärtlichkeit. Wir sind am ganzen Körper erogen, weißt du«, sie klang wie ein Artikel aus ›Metropolitan‹, »nicht so wie ihr, wo alles an einem Punkt...«

»Ich lasse mich auch gern streicheln«, sagte David.

»Ja, ja«, sagte Lucys Schatten. »Natürlich«. Sie streichelte mit einer Hand über seinen Kopf.

»Ich meine«, sagte David zögernd, »ich möchte auch am ganzen Körper gestreichelt werden«. Er gab Lucys Schatten die Seife. »Seifst du mich jetzt ein?«

Lucys Schatten lachte. »Ich weiß schon, wo du eingeseift werden willst«, sagte sie und legte die Seife in die Schale zurück. »Das könnte dir so passen«. Dann schaute sie an ihm herunter und lachte noch einmal. »Nanu?« sagte sie. »War da nicht gerade eben noch was?«

****

Das Abendessen hatte Lucys Schatten gemacht, während er versuchte, mit Sodik zu telefonieren. Es gelang ihm nicht.

Lucys Schatten hatte ebenfalls Probleme. »Hast du keinen Kartoffelschäler?!« rief sie von der Küche her zu ihm hinüber.

»Hallo!« sagte David. »Nein«.

»Kein Mensch kann ohne Kartoffelschäler Kartoffeln schälen!« rief Lucys Schatten.

»Nimm ein Küchenmesser! Hallo, hören Sie mich?! Hallo?!«

»Mit einem Küchenmesser kann kein Mensch Kartoffeln schälen!« rief Lucys Schatten gereizt. Mit dem Dosenöffner konnte auch kein Mensch eine Dose aufmachen, höchstens ein Mann, und mit dem Gas konnte kein Mensch kochen. »Man merkt, daß hier eine richtige Frau fehlt«, sagte Lucys Schatten. Die Kartoffeln waren verkocht.

Nach dem Abendessen saßen sie am Kamin. »Wollen wir etwas spielen?« fragte Lucys Schatten.

»Schach?«

»Keine Männerspiele«, sagte Lucys Schatten. »Irgendetwas Lustiges. Hast du nicht Trivial Pursuit?«

»Nein«, sagte David. Mensch-ärgere-dich-nicht hatte er auch nicht.

Für eine Weile spielten sie: Stadt, Land, Fluß. »Was machen wir jetzt?« fragte Lucys Schatten, als sie das Alphabet durchhatten.

»Ich kenne ein paar Tricks mit Steichhölzern«, bot David an.

»Mag ich nicht«, sagte Lucys Schatten. Sie schwiegen.

»Mit wem hast du eigentlich vorhin telefoniert?« fragte Lucys Schatten, nachdem sie lange Zeit wortlos in den Kamin gestarrt hatte.

»Mit niemandem«, sagte David. »Ich habe nur versucht...«

»Ich habe dich aber sprechen hören«, sagte Lucys Schatten mißtrauisch. »Hast du vielleicht Geheimnisse vor mir?«

»Das Telefon ist kaputt«, sagte David gerade in dem Augenblick, als das Telefon klingelte.

»Nun sag mal«, rief Lucy auf der anderen Seite. »Du wolltest mich doch um neun anrufen, du ungetreuer David!«

»Das Telefon ist kaputt«, sagte David.

»Wie man hört«, sagte Lucy. »Wie man hört«.

»Eben war es noch kaputt, wirklich«, sagte David.

»Ich will's dir glauben«, sagte Lucy lachend. »Weil du's bist. Übrigens, weißt du schon, was dir der Osterhase bringt?«

»Lucy?« fragte David.

»Erraten«, sagte Lucy.

Lucys Schatten war verschwunden, als er vom Telefon zum Kamin zurückkehrte. David holte den Cognac-Schwenker und schenkte sich einen Fingerbreit ein. »Vielleicht wird alles ganz anders«, sagte er zum Schwenker. »Und schließlich: Zu einem Mann gehört eine Frau«.

»Warum eigentlich?« fragte der Schwenker impertinent.

Daß Evagrio und Milagros heiraten wollten, war kein Zufall. Sie hatten sich schon viele Jahre vorher gekannt, gemocht, widerwärtig gefunden und hatten schließlich miteinander zu reden begonnen.
Sie hatten sich gekannt, weil sie im selben Dorf der Insel aufwuchsen, ihre Väter gemeinsam zur Jagd gingen und ihre

Bauernhochzeit

Mütter gemeinsam klöppelten. Sie spielten also in den ersten Jahren ihres Lebens gemeinsam auf den Treppenstufen oder in der Küche des einen oder des anderen Hauses. Bisweilen auch im Ziegenstall. Zu jener Zeit hatten sie sich gemocht. Evagrio mochte an Milagros, daß sie spucken konnte wie ein Junge, sie mochte an ihm, daß er stotterte und versuchte, es ihm nachzumachen.

Die frühe Freundschaft verlor sich, wie ein Fluß, der unter der Erde verschwindet, als Evagrio gemeinsam mit seinen Altersgenossen Mädchen zu hassen und Milagros ihrerseits Jungens zu verabscheuen begann. Als der Fluß wieder an der Oberfläche erschien, war Evagrio siebzehn. Milagros hatte Brüste und Hüften bekommen, und wenngleich es schönere Mädchen im Dorf gab, begann Evagrio mit ihr zu reden. Er stotterte immer noch, und wahrscheinlich wandte er deshalb Milagros seine Aufmerksamkeit zu. Er erinnerte sich, daß sie das früher auch nicht lächerlich gefunden hatte.

Auch heute noch herrscht in den Dörfern der Insel eine fast völlige Trennung zwischen Männern und Frauen. Jeder geht seinen Dingen nach, Männersachen sind Männersachen, Frauensachen sind Weiberkram. Man spricht auch eigentlich verschiedene Sprachen oder zumindest: Die Worte, die in der einen Gruppe benutzt werden, nimmt die andere Gruppe nicht in den Mund. Frauen reden von Kindern und schrecklichen Geburten, schüchtern die heranwachsenden Mädchen ein, indem sie ihnen das Ungeheuer Mann in haarsträubenden Details schildern, auch die Folgen vorehelicher Liebe: Kinder mit zwei Köpfen.

Männer reden von Jagd und Hunden, auch schon mal vom Fußball, von Frauen nur herablassend oder eindeutig. Die Sprache kennt das Wort »hembra«, das Frau, Weibchen oder Tierweibchen zugleich bedeutet. »Macho ó hembra?« fragt man als erstes nach der Geburt eines Kindes, und je nachdem, wie die Antwort ausfällt, strahlt der junge Vater und verteilt Zigarren oder vertröstet sich aufs nächste Mal. Man könnte sagen, daß die Emanzipation noch in den Kinderschuhen steckt in den Dörfern der Insel.

Es ist diese Trennung, körperlich und seelisch, in Status und Ansehen, in Sprachlosigkeit und Abgrenzung, die jenen merkwürdigen Satz hervorgebracht hat: Er redet mit ihr. Bei uns hieß das früher: Sie gehen miteinander. Man glaubt, den Unterschied mit den Händen greifen zu können: Hier gehen zwei Hand in Hand, suchen enge Pfade, um eng beieinander gehen zu können, fühlen sich wohl in ihrer Zweisamkeit. Dort sitzen sich zwei gegenüber, versuchen ihre Sprachlosigkeit zu überwinden, reden miteinander.

Man sollte es nicht so wörtlich nehmen. Viel geredet wird auch dann nicht, wenn miteinander geredet wird. Es entspinnt sich ein eher einsilbiger Dialog: »Qué?« – »Pues, nada«. – Immerhin, man kommt sich näher.

Nachdem Evagrio und Milagros vier Jahre miteinander geredet hatten, beschlossen sie zu heiraten. Bei Milagros hatte schon die Mutter gedrängt: »Ihr redet jetzt schon lange miteinander. Wann wird es denn nun endlich?« – Bei Evagrio hatte der Vater gesagt: »Ich mag Teofilio«. Teofilio war Milagros Vater, mit dem er seit eh und je jagte. Auch trank. Einer baldigen Trauung stand nichts im Wege.

Evagrio ist ein kräftiger junger Mann. Untersetzt, muskulös, ein schmuckloses Gesicht, wenn man von einigen pubertären Akne-Narben absieht. Er arbeitet in einer Bananenplantage. Seine Hemden und Hosen, die er zur Arbeit benutzt, kennzeichnen ihn: Der Saft der Bananenstauden macht Flecken, denen weder Chlor noch Bleichsoda etwas anhaben können. Bananenarbeiter erkennt man von Weitem. Man erkennt sie auch daran, daß sie mehr Geld haben. Die Arbeit wird gut bezahlt. Evagrio ist beliebt bei seinen Kollegen. Sein Stottern bringt ihm auch hier keine Nachteile, denn die Arbeit ist monoton, jede Abwechslung wird mit offenen Armen aufgenommen, sagen wir in diesem Fall, mit offenen Ohren.

Milagros ist mager. Ihre Brüste und Hüften, wir deuteten es bereits an, sind ohne Bedeutung, sie existieren, das ist alles. Ihr Gesicht ist dünn und wird von einer spitzen Nase in zwei Hälften geteilt. Das Spucken hat sie inzwischen aufgegeben. Es wird also eher eine Vernunftehe werden, keine Liebesheirat. Die Hochzeit war für den ersten Samstag im September vorgesehen.

Auf der Insel heiratet, wer etwas auf sich hält und das Geld dafür hat, was ungefähr das Gleiche ist, in der Kirche der Schutzpatronin. Es ist die schönste Kirche der Insel und die reichste. Die Schutzpatronin selbst, die an der Stirnwand steht, verfügt über Schmuck und Geschmeide im Wert von vielen Millionen Peseten. Auch hat sie 26 prachtvolle Kleider, so daß sie eigentlich alle zwei Wochen frisch angezogen werden könnte. Der Bequemlichkeit halber verzichtet man darauf.

Die Kleider in den Truhen können jedoch besichtigt werden. Besonders um die Weihnachtszeit kommen die Frauen aus den Dörfern und bewundern die Kleidertruhen der Schutzpatronin. Zur Weihnachtszeit bringen sie Geschenke für das Christkind, dem der Raum zur Vefügung gestellt wird, in dem das Taufbekken ist. Sie bringen Talkumpuder bekannter Marken, Wegwerfwindeln, Nuckel, Klappern und Nivea-Creme, auch Baby-Fertignahrung in vitaminschonender Glasverpackung und dekorieren damit das Taufbecken, auf dem das Christkind liegt.

Wir wollen nicht abschweifen, nur eins noch: Der Altar, auf dem die Schutzpatronin steht, wiegt 2000 Kilo und ist aus getriebenem mexikanischen Silber. Ist das Prestige, das die Trauung in diesem Kirchlein verleiht, damit ausreichend beschrieben und glaubhaft gemacht? – Na gut.

Glaubhaft erscheint auch, nicht wahr?, daß in so einer Kirche Trauungshochbetrieb herrscht. An den Wochenenden zumal wird von frühmorgens bis in die späte Nacht vermählt.

Evagrio und Milagros hatten einen Termin für 22 Uhr bekommen, Samstag. »Kö-kö-könnte es n-n-nicht etwas früher sein?« fragte Evagrio, als der Priester ihnen diese späte Stunde zuteilte. Der Priester blickte kurz und nervös von seinem überfüllten Notizbuch hoch. »Möchten Sie vielleicht die Mittagszeit?« fragte er unfreundlich. Evagrio und Milagros schwiegen betreten. Sie wußten, daß die Mittagszeit für ihresgleichen nicht in Frage kam. Sie war Höhergestellten vorbehalten, den wohlhabenden und wichtigen Leuten der Stadt. »D-d-danke«, sagte Evagrio. Er dachte mit einiger Sorge an seinen Vater, Salvador, den er zu einer so späten Stunde noch nie nüchtern gesehen hatte. Milagros dachte an ihren Vater, Teofilio, der mit Salvador Freude, Leid und Flaschen teilte.

Reisen ist besser als ankommen, sagt der Volksmund. Sicherlich gilt das auch für den Weg in die Ehe. Aber es ist eine anstrengende Wegstrecke, jedenfalls für die Braut. Nachdem der Tag der Trauung feststand, gab es für Milagros und die weiblichen Verwandten nur noch 16-Stunden-Tage. Der Grundstock für die Ausstattung war schon in den Jahren davor gelegt worden. Aber erst seit man wußte, daß es Evagrio sein würde, der Milagros heimführte, man also auch die Qualität der Ausstattung gegen ihn aufrechnen und abschätzen konnte, hatten die Omas und Großtanten der Familie begonnen, Monogramme ins Bettzeug zu sticken. Sie versorgten auch einen Nachschlag von Tischtüchern und Deckchen mit Lochstickereien, die eine Spezialität der Insel sind.

Die Schneiderin kam, eine Expertin für Braut-, Karnevals- und Trauergewänder und begann, Milagros einen Traum aus Tüll und Nylonspitze anzupassen. Das Brautkleid stand in keinem Vergleich zur mageren Durchschnittlichkeit Milagros, es erfüllte jedoch seine Aufgabe, indem es durch einen Überfluß an wallendem Luxus und schleppenden Schleppen mildtätig von ihr ablenkte.

Die Hochzeitskarten wurden gedruckt. Aus ihnen ging im wesentlichen in kursiver Antiqua hervor, daß Evagrio Lopez Hernandez und Milagros Lozano Perez von ihren jeweiligen Eltern zur Ehe freigegeben worden waren. Das Datum wurde verraten, ebenfalls wo die Trauung und danach die Hochzeitsfeier stattfinden würde. Jenen, die eingeladen worden waren, stand eine Liste zur Verfügung, die die kleineren und größeren Wünsche des jungen Paares aufzählte. Sie konnte in verschiedenen Geschäften der Hauptstadt eingesehen werden.

Die Tradition will, daß man die Geschenke am Tag vor der Hochzeit in das Haus der Braut bringt. Die Tradition will auch, daß die Geschenke sich durch eine gewisse Eintönigkeit auszeichnen. Neben dem gelegentlichen elektrischen Rührer, der automatischen Zitronenpresse und dem einstellbaren Toaster finden sich eine große Menge jener Dinge ein, die zwar nicht unbedingt nötig sind, doch aber das Leben etwas schöner machen, denn der Mensch lebt nicht vom Brotröster allein: Nippesfiguren und bunt bemalte Krüge, Körbchen in allen Größen und Materialien, von Stroh bis Plastik, Obstschalen, Blumenvasen, Serviettenringe, bunte Drucke, Aschenbecher mit Sinnsprüchen, Schmuckschatullen aus Schildpattersatz, Blumentopfschoner aus grünem und rotem PVC, Topflöffel und Salatbestecke. Vieles andere mehr.

Auch der japanischen Komponente der Zeit, in der Evagrio und Milagros lebten, war Tribut gezollt worden: 16 Digitalwecker und 3 Kuckucksuhren erfüllten das Geschenkzimmer mit tickendem Leben und gelegentlichen Piepsern und Vogelkreischen.

Braut und Brautmutter saßen vor dem Zimmer, in dem die Geschenke den Boden bedeckten – die Kuckucksuhren hatte man an hastig eingeschlagene Nägel gehängt – und dankten mit herzlichen, oft bewegten Worten. Jedes Geschenk, ob groß oder klein berechtigte darüber hinaus zu gastlicher Bewirtung – Kekse und Süßwein.

Der Hochzeitstag begann und mit ihm die Nervenprobe der späten Stunde. Milagros hatte bereits zur Mittagszeit ihr Brautkleid angelegt, weil die Löckchen drehende und Kämme stekkende Friseuse danach beim Hühnerrupfen helfen mußte und daher unabkömmlich war. Jetzt saß Milagros auf dem Rand eines Stuhles und versuchte, das Kleid nicht zu zerknittern. Hin und wieder stand sie auf, trank ein Glas Wasser und lief ziellos im Haus umher.

Teofilio trank ebenfalls Wasser. Er ersetzte es jedoch im Verlauf des Nachmittags mit einer Flasche Whisky, der auf der Insel bei besonderen Gelegenheiten den Rum ersetzt. Seine Mutter bekam einen Schwächeanfall und deshalb ebenfalls einen Whisky. Seitens Teofilios kam der Verdacht auf, daß die alte Frau simulierte, um an das Getränk heranzukommen. Er verließ nebst Flasche murrend das Haus und begab sich zu seinem Freund Salvador.

Salvador hatte ebenfalls bereits seit morgens, nachdem er die Ziegen gefüttert hatte, dem Whisky zugesprochen, denn man muß die Feste feiern, wie sie fallen. Sein Sohn Evagrio hatte sich trotz dringlicher Bitten nicht dazu überreden lassen, ihm dabei Gesellschaft zu leisten. Er lag auf einem Sofa neben der Küche, ließ die Stunden an sich vorbeiziehen und dachte vage aber nicht ohne Beklemmung an die Zukunft. Er war noch in Unterwäsche, frischer, versteht sich, aber über einem Stuhl im Wohnzimmer hing schon der Smoking, den er sich eigens für diesen Tag angeschafft hatte. Salvador empfing Teofilio mit offenen Armen und Flaschen.

Die Nacht beginnt auf der Insel im September so um 9 Uhr. Um 9 Uhr 30 erschienen vor den Häusern der Brautleute die Taxis, die das Paar und nähere Verwandtschaft zur Kirche befördern sollten. Milagros war zum Einsteigen bereit, desgleichen ihre kleinen Schleppenträgerinnen, sowie Mutter und Oma. Evagrio kam aus seinem Haus und stiefelte schwerfällig, denn der Smoking machte ihn unsicher, zu Milagros hinüber und nahm im Taxi neben ihr Platz.

Milagros blickte ihn an. »Wo ist Papa?« fragte sie. Evagrio bekam einen Schreck. »Ich d-dachte, der ist b-b-bei d-dir«, sagte er. Teofilio und Salvador hatten gegen 7 Uhr abends das Haus verlassen. Evagrio hatte zu viel mit sich selbst zu tun gehabt, um sich darüber Gedanken zu machen.

Teofilio und Salvador waren verschwunden. Der Erdboden, so schien es, hatte sie verschluckt, so wie sie zuvor den Whisky verschluckt hatten. Aber nach hektischer Suche, an der sich alle außer Evagrio und Milagros beteiligten, war es nur eine Bodega, die die beiden verschluckt hatte. Genau gesagt, die Bodega, in der Salvador seinen Wein in großen Fässern aufbewahrte, und in der auch im September, also kurz vor der neuen Weinlese, immer noch ein volles Fäßchen stand.

Eine Bodega ist ein staubiger Ort, der außerdem Weinflecken macht. Salvador und Teofilio mußten in aller Eile frisch angezogen werden. Sie protestierten nur schwach und ließen sich widerstandslos Kölnisch Wasser unter die Achseln reiben, denn sie waren glücklich und sturzbesoffen.

22 Uhr 25. Die Serpentine hinab, bis zur Brücke, oberhalb derer die stillgelegten Wassermühlen zerfallen, und dann wieder den Weg hinauf auf die Kirche zu, arbeiteten sich, am Scheinwerferlicht erkennbar, fünf Taxis voran, die Brautpaar und nächste Verwandtschaft enthielten. Die Menge vor der Kirche verfolgte die Fahrt mit Interesse: »Sie kommen! Sie kommen!« – Aus der wartenden Menge löste sich der Küster und begab sich zum Priester: »Sie kommen endlich!« – Der Priester blickte auf seinen japanischen Chronometer und knurrte irgend etwas, hoffentlich Frommes.

Die Taxis hielten vor dem Eingang der Kirche, Milagros stieg als erste heraus. Sie kam nicht sehr weit, denn Evagrio stand auf ihrer Schleppe. Sie drehte sich zur Taxitür zurück. »Die Schleppe!« flüsterte sie eindringlich. »Deine Quanten!«

Evagrio hob die Beine hoch und gab sie frei. Dann stieg auch er aus. Hinter den beiden formierten sich die kleinen Schleppenträgerinnen. »Ich muß mal Pipi!« sagte die eine. – »Psst!« machte ihre Mutter.»Das geht jetzt nicht«. – Das kleine Mädchen drohte, in die Hosen zu machen und mußte mit dem Versprechen von Erdbeereis besänftigt werden. »Ich muß auch Pipi«, sagte das andere kleine Mädchen verärgert.

Salvador und Teofilio wollten nicht aus dem Taxi steigen. »Ich will schlafen«, sagte Teofilio. – »Ich will einen Whisky«, sagte Salvador. Zwei Taxifahrer zogen sie heraus. »Eure Kinder heiraten«, sagte einer von ihnen vorwurfsvoll. – Salvador grunzte. »Mitten in der Nacht?« sagte er. »Wo sind die Gewehre?« – Der Taxifahrer holte zwei Schrotflinten aus dem Kofferraum. Zwei Patronengürtel. Zwei lederne Weinflaschen. Er blickte sich suchend um. »Wohin damit?« fragte er. – Teofilio wies auf einen Mann, der neben einem Transporter stand. »Dahin«, sagte er und stieß auf.

Aus der Kirche drang jetzt Musik. Es klang wie eine ungewöhnliche Version des Hochzeitsmarsches von Mendelsohn. »Das ist viel zu langsam«, sagte Milagros zu Evagrio. Sie hatte ihr Vordringen in die Kirche zu jener Melodie heimlich geübt. – »M-m-macht nichts«, sagte Evagrio. »Immer im Ta-ta-takt gehen«.

Es fiel ihnen schwer. Wer immer die Geschwindigkeit des Plattentellers von 33 Umdrehungen auf 16 reduziert hatte, konnte nicht wissen – oder doch? –, wie schwierig es ist, dazu zu schreiten. Evagrio und Milagros zogen in die Kirche ein, wie Menschen, die zum ersten Mal ihre neuen Holzbeine probieren. Sie fielen von einem Fuß auf den anderen. Die kleinen Mädchen, die ihre Schleppe trugen, hüpften ungeduldig hin und her und kicherten. »Mußt du wirklich Pipi?« fragte die eine. – »Nein«, sagte die andere. »Ich hab's nur wegen dem Eis gesagt«.

Langsam, unendlich langsam bewegten sich Evagrio und Milagros auf den Altar zu. Der Priester wurde ungeduldig. »Was ist mit der Musik los?« fragte er zwischen den Zähnen seinen Meßdiener. – Der Meßdiener verschwand hinter einem Vorhang. »Krrrtsch!« machte es. Dann wurde die Musik lebhafter.

Evagrio und Milagros wurden von den neuen musikalischen Gegebenheiten überrumpelt. Ihr langsamer, schneckenhafter Fortschritt hatte insbesondere Evagrio in eine Art Trance versetzt. Sie stolperten ein wenig, verloren dabei ihren Gleichschritt und machten hastig, jeder für sich, ein paar schnelle Schritte. Dennoch kamen sie fast gleichzeitig vor dem Altar an, weil Evagrio Milagros Arm nicht losgelassen hatte.

Für einen Augenblick sah es aus, als ob Milagros dem Priester in die Arme fallen würde. Jener trat jedoch geschickt einen Schritt zurück, und so mußte Milagros ihr Gleichgewicht ohne geistlichen Beistand zurückgewinnen. Es gelang ihr mit Hilfe der kleinen Schleppenträgerinnen, die, Pipi hin, Erdbeereis her, die Zügel fest in der Hand hielten. »D-d-dein B-b-brautkranz sitzt sch-schief«, sagte Evagrio. – »Pst!« machte Milagros nervös.

Stille breitete sich jetzt aus. »Brüder und Schwestern«, sagte der Priester. »Wir sind hier zusammengekommen«, er hob seine Stimme und den Zeigefinger, »mit einer halben Stunde Verspätung! – um Evagrio Lopez Hernandez und Milagros Lozano Perez in den heiligen Bund der Ehe zu geben. Bevor wir das jedoch tun, erscheint es mir notwendig, darauf hinzuweisen, daß Verspätungen dieser Art ganz und gar nicht zulässig sind«. Er begann die Folgen von Verspätung in eindringlichen Worten zu schildern. Nicht nur, daß es seinen Zeitplan durcheinander brachte, er, Diener dessen, vor dem tausend Tage wie ein Tag sind, sei da recht ergeben. Aber, um von Gott zu sprechen, den Herrn läßt man eben nicht warten. Er begann Gleichnisse anzuführen, Luftlinien, die von der Pünktlichkeit leben, Uhren, die nur deshalb fabriziert werden, um pünktlich zu sein. »Was wäre«, fragte er, »wenn wir nicht täglich um 1 Uhr unser Mittagessen bekämen? Was wäre, wenn der Hahnenkampf nicht pünktlich begänne?« Er schaute zornig auf seine Gemeinde, nicht zuletzt auf Evagrio und Milagros. »Na also«, brummte er. Dann schritt er zur Trauung.

Da im selben Augenblick ein Baby zu schreien begann, hörte niemand, daß Salvador und Teofilio auf einer der hinteren Bänke ein Nickerchen machten. Das Baby übertönte ihr Schnarchen. Niemand der Anwesenden verübelte es ihnen außerdem. »Das macht ihn wieder frisch«, sagte Teofilios Mutter. »Da kann er hinterher wieder ordentlich schlucken«. Sie war eine winzige alte Frau, und sie war stolz auf ihren Sohn. Sie trank gern selber einen und von Ausnahmen abgesehen, hatte er sich ihr gegenüber nie kleinlich gezeigt. »Er ist ein guter Sohn«, sagte sie zu ihrer Nachbarin und hatte Tränen der Rührung in den Augen.

Sie war auch ein bißchen betrunken. Sie holte ein Fläschchen aus ihrer alten Strohtasche und schraubte den Verschluß ab. »Medizin«, sagte sie erklärend zu ihrer Nachbarin und nahm einen Schluck. Die Nachbarin bekreuzigte sich, denn sie wußte, wohin Alkohol führt. Ihr Mann war in jungen Jahren daran gestorben und hatte ihr wenig mehr als einen Schuppen leerer Flaschen hinterlassen, auf die es zum größten Teil nicht einmal Pfand gab.

Anselmo, der Affe, kam verspätet zur Hochzeitsfeier. Er hatte die Trauung verpaßt, weil er noch einen Auftrag zu erledigen hatte. Er war Zigarrendreher. Anselmo, der Affe, sah ein wenig aus wie ein Affe, aber das war urspünglich nicht der Grund für seinen Beinamen. In der Jugend war er der berühmteste Bäumekletterer des Dorfes gewesen. »Anselmo klettert wie ein Affe«, hatten die Leute damals gesagt. So waren seit Menschengedenken Spitznamen auf der Insel entstanden.

Am Ende hatte ihn der Spitzname wohl doch geprägt, nicht zuletzt, weil der Mensch ein Produkt seiner Umgebung ist. Er war ein kleiner Mann, kaum ein Meter sechzig groß und hatte ein rundes, stubsnasiges Gesicht mit traurigen, etwas ausdruckslosen Augen. Seine Arme waren lang, sie reichten fast bis an die Knie. Wer ihn sah, mußte an Zoo denken. Auch aß Anselmo gern Bananen. Er kam, wie gesagt, mit Verspätung, als die eigentliche Hochzeitsfeier in dem Gartenrestaurant neben der Kirche bereits begonnen hatte.

Bauernhochzeiten auf der Insel haben in manchem breughelschen Charakter, in anderem nicht, wir werden sehen: Eine Hochzeitsfeier, zu der weniger als 100 Leute erscheinen, ist eine Armenveranstaltung. Die Hochzeit von Evagrio und Milagros hatte an die 150 Menschen an die Tische des Gartenrestaurants gebracht.

Wenn es von der Menge her stimmt und jenem niederländischen Maler gerecht wird, dann läßt sich die Atmosphäre jedenfalls nicht vergleichen: Bauernhochzeiten auf der Insel sind eine sehr ernste Sache. Fast scheint es, als ob sie symbolhaft das Leben andeuten wollen, das durch jenes Ereignis eingeleitet worden ist: Keine fröhliche Musik spielt auf, nicht Gitarre und nicht Fiedel, und die Bauern selbst bekommen ihre Zähne eigentlich nur zum Essen auseinander, sie gehören so recht zur schweigenden Mehrheit des Menschengeschlechtes. Keine Reden werden gehalten, kein Trinkspruch auf das junge Paar ausgebracht. Der Mund ist zum Essen und zum Trinken da.

Auch im Kulinarischen sind Unterschiede zu erkennen. Die ländliche Bevölkerung ißt im Alltag eher bescheiden. Am Montag wird eine Suppe auf den Herd gesetzt, der Puchero, am Samstag ist sie aufgegessen. Am Sonntag muß ein Huhn daran glauben, vielleicht auch ein Kaninchen. Für die restlichen Mahlzeiten haben Ziegenmilch und Käse zu genügen und ein pudriges Mehl, das Gofio heißt. Wundersames sagt man dieser geschmacklosen Substanz nach. Die Landbevölkerung leitet ihre allgemeine Langlebigkeit vom Gofio ab, ohne jedoch, vielleicht eben deshalb, dieses langen Lebens recht froh zu werden. Keine Rose ohne Dornen, möchte man sagen. Gofio ist auch ein guter Klebstoff.

Bei den Hochzeitsfeiern wird also nicht deftig Bäuerisches geboten, die Tische biegen sich nicht unter Fleisch und Würsten, Schinken und Wachteln, Broten und Suppen, Milch und Honig, es funkelt kein Wein, es schäumt kein Bier. Stattdessen werden die Segnungen der Zivilisation auf den Tisch gebracht: Konserven von der Ölsardine bis zum Fruchtcocktail, süße Torten mit echten künstlichen Lebensmittelfarben. Sandwiches aus feiner, weißer Brotpappe. Dazu Getränke: Süßer Schaumwein, der nie einen Kühlschrank gesehen hat, Whisky.

Die Brauteltern hatten pro Nase eine halbe Flasche Whisky und eine Flasche Schaumwein spendiert. Die Stimmung stieg trotz aller guten Vorsätze. Schon konnte man neben dem Kauen und Würgen und Schlucken auch ausgelassenes Murmeln vernehmen.

Gegen morgens um 3 jedoch hatte die Feier ihren Höhepunkt überschritten, waren die Tische leergegessen und die Flaschen leergetrunken. Einiges hatte sich in mitgebrachten Plastiktüten versteckt. Langeweile machte sich breit. Man wußte nicht recht, was jetzt noch kommen würde. Vielleicht Kaffee? – Ein Streit? – Eine Messerstecherei? –

Nichts dergleichen geschah. Nur Anselmo, der Affe, stand plötzlich auf und schlenderte mit schlenkernden Armen die Tische entlang, um Zigarren aus eigener Produktion zu verteilen. Als er bei Evagrio vorbeikam, beugte er sich zu ihm herunter, was wegen seiner Größe nur eine ganz winzige Verbeugung nötig machte. »Kommst du?« fragte er. Evagrio wußte, daß Milagros ihn beobachtete. Er zuckte unsicher die Schultern. »W-weiß n-nicht«, sagte er. – Anselmo, der Affe, zwinkerte ihm zu. »Wir haben Bananen ausgelegt«, sagte er und schmatzte mit den Lippen. »Es wird hunderte geben«. – Evagrio sah zu dem Tisch hinüber, an dem Salvador und Teofilio saßen. Sie machten aufmunternde Bewegungen mit den Händen und grinsten verschwörerisch. »In einem Viertelstündchen«, hauchte Anselmo, der Affe, ihm ins Ohr.

Die Männer rauchten schweigend ihre Zigarren. Die Frauen blickten schweigend auf die Tische oder wurstelten Taschentücher in ihren Händen. Kinder dösten auf Schössen und greinten im Halbschlaf. Teofilio stand auf und warf seine Zigarre auf den Boden. Er zertrat sie sorgfältig. Es schien, als ob er sich nüchtern gesoffen hätte, denn er stand gerade wie eine Pinie und schwankte nicht. »Ja«, sagte er in die allgemeine Richtung der Frauen, Kinder und Greise. »Wir kommen gleich wieder«.

Die anderen Männer scharrten und erhoben sich, spuckten unter die Tische, zogen ihre Hosen hoch und schüttelten sich alles schön bequem zurecht. Auch Evagrio stand auf. »Willst du wirklich?« fragte Milagros leise. – »Sie ha-haben Ba-ba-bananen ausgelegt«, sagte er, ohne sie anzuschauen. – »Und der Smoking?« gab sie zu bedenken. – Er machte mit der Hand eine Bewegung, die wohl heißen sollte, daß er sich vorsehen würde. Es konnte auch heißen, daß es ihm gleich war. Er würde ihn nie wieder gebrauchen.

Vor dem Restaurant wurden die Kofferräume geöffnet und wieder zugeworfen. Die Männer lachten plötzlich, fluchten und husteten ab. Dann entfernten sich ihre Schritte.

»Sie sind jagen gegangen«, sagte Teofilios Mutter und beugte sich vor, um eine halbgerauchte Zigarre aus einem Kuchenteller zu fischen.

Die Witwe von den leeren Flaschen machte ein griesgrämiges Gesicht. »Müssen sie denn unbedingt heute jagen gehen?« fragte sie. »Heute, am Hochzeitstag?«

Die Frauen blickten zu Milagros hinüber. Sie hofften, daß sie weinen würde. »Er hat gesagt, daß er mir ein Kaninchen mitbringt«, sagte Milagros. Es machte ihr nichts aus, daß sie log. Man heiratet ja nicht alle Tage.

Draußen im Wald ließen die Männer ihre Flinten knallen.

»Sie haben's gut«, hatte der Mann gesagt. »Sie sitzen im Paradies. Wir müssen im Büro rumsitzen und uns kaputtmachen. Sie haben's gut«. Ein Hauch von Neid und Bitterkeit schwang in seiner Stimme mit.
Der Mann hatte mitten in der Nacht angerufen. Ein Geschäftsfreund von früher, der ein Ferienhaus mieten wollte.

Noch ein verdammter Tag im Paradies

»Mummelmumm«, hatte Hartlieb verschlafen gesagt. »Es ist doch noch mitten in der Nacht«.

Von der anderen Seite kam kräftiges, heimatliches Lachen mit einer Spur von Herablassung an den Rändern. »Mitten in der Nacht!« lachte die Stimme. »Schläft in den lieben Tag hinein, während wir schon alle im Büro sitzen und schuften, daß uns die Schwarte knackt. Wenn alle bei euch so sind, kein Wunder, daß die viele Entwicklungshilfe... ich möchte noch 'ne Tasse Kaffee, Ingemaus!«

»Wie bitte?« fragte Hartlieb verwundert.

»Ich meine nicht Sie«, sagte die kräftige Stimme. »Ich meine meine Sekretärin. Ingemaus, kenn' Sie doch auch noch, oder? – Also abgemacht dann: Wir kommen am zwölften. Genaue Zeit wird noch durchgesagt. Ich brauche ein Auto, aber eins, das funktioniert, ja? Drücken Sie den Preis, woll'n sich alle nur an uns gesundstoßen. Und ein Dreiwochen-Ticket für den Tennisclub. Seh'n Sie zu, daß die Sache mit dem Haifischangeln klargeht. Daß wir auch ja welche fangen, könn' Sie dem Typ jetzt schon sagen. Gibt's eigentlich eine Versicherung dagegen, wenn man keine fängt? – Sowas wie bei uns die Regenversicherung? –

Ach so, ja: Und sorgen Sie dafür, daß schönes Wetter... Tschüs dann, zwei Löffel Zucker, Ingemaus, das lernt sie nie, und schönen Gruß ans Paradies. An Ihre Frau auch. Gleichfalls. Tschüss!«

Hartlieb Abel schaute auf die Uhr. »In zwei Stunden ist es hell«, dachte er. »Komisch, daß niemand da drüben den Zeitunterschied begreift«. Er schaltete das Licht wieder aus und stellte sich ans offene Fenster. Die Nacht war Samt und Seide und mit einem Muster von Hibiskusduft bestickt. Im Osten ließ sich der neue Tag als feiner, hellgrauer Streifen am Horizont erahnen.

Ein Hahn krähte. Ein anderer antwortete. Sie lieferten sich ein Kikeriki-Duell. »Sie fangen schon an zu krähen, wenn es noch mitten in der Nacht ist«, dachte Hartlieb. Er fragte sich, ob sie den Tag fühlen konnten. Er schaute zum Hühnerstall hinüber und versuchte, im Kastanienbaum die Hühner zu erkennen. Alle seine Hühner schliefen in dem großen Eßkastanienbaum. Im Winter, wenn der Baum keine Blätter hatte, sah er aus, wie ein Weihnachtsbaum, den man statt mit Kugeln mit Hühnern dekoriert hatte.

»Winter«, dachte Hartlieb und mußte lächeln. Das Wort kam ihm komisch vor. Auf der Insel gab es keinen Winter. Die Jahreszeiten gingen ineinander über, vermischten sich. Das, was in Europa Winter gewesen war, teilten sich hier ein warmer Herbst und ein frischer Frühling.

Im Hühnerbaum begann es zu rascheln. Die ersten Hühner erwachten. Hartlieb stellte sich vor, daß sie sich räkelten, was natürlich, das wußte er, Unsinn war. Zwischen ihm und den Hühnern herrschte ein unerklärter Kriegszustand. Die Hühner hatten längst aufgehört, ihre Eier dahin zu legen, wo ein Huhn gemeinhin seine Eier legt: Ins Nest. Sie legten auf der ganzen Farm, vorwiegend in so gut versteckten Verstecken, daß man die Eier nur finden konnte, indem man auf sie drauftrat. Auf seiner Eiersuche war Hartlieb daher immer von seiner Hündin begleitet, der er ansehen konnte, daß sie im Geiste die Daumen drückte.

Wenn neue Hühner hinzukamen, hatten sie innerhalb weniger Tage ebenfalls den Trick gelernt. Es mußte im Hühnerstall eine Anti-Hartlieb-Guerilla geben. »Sie sollten ihnen die Flügel abschneiden, damit sie nicht aus dem Gehege fliegen«, hatte der Nachbar geraten. »Ihre Hühner fliegen wie die Schwalben«.

Hartlieb hatte ihnen stattdessen einen festen Bau errichtet und sie eingesperrt. Die Hühner antworteten umgehend mit Repressalien: Sie begannen, ihre Eier aufzufressen. Sobald eine Henne aufs Nest ging, winkte sie eine andere heran und bot ihr das noch ungelegte Ei an. »Geduld, Geduld, Gevatterin«, schien sie zu glucken. Und dann mit einem Seufzer der Erleichterung: »Daaahh!«

»Sie müssen ihnen die Schnabelspitzen abschneiden«, hatte der Nachbar geraten. Alle Erziehungsmaßnahmen auf der Insel schienen chirurgischer Natur zu sein. Hartlieb konnte weder seinen 20 Hühnern die Flügel stutzen noch wollte er ihnen die Schnabelspitzen abschneiden. Am Ende ließ er sie wieder frei über die Farm laufen und suchte die Eier nach bewährter Methode, indem er ins Nest trat. Das versöhnte auch die Hündin wieder mit ihm.

Die Hühner hingegen trieben den Konflikt auf die Spitze, indem sie sein Salatfeld an einem einzigen Vormittag in eine Mondlandschaft verwandelten. »Aber ich wette, Sie haben jetzt keine einzige Schnecke mehr«, sagte der Nachbar. »Schauen Sie mal nach«. – Hartlieb schaute nach. Der Nachbar hatte recht.

Nach jenem Tag wurden die Gemüsefelder und der Hausgarten durch ein kostspieliges System von Zäunen und Netzen geschützt. Die Kohlköpfe gediehen unter diesem Vollschutz fußballgroß. »Das sind die prächtigsten Kohlköpfe, die ich je gesehen habe«, sagte der Nachbar neidisch. Es waren auch die teuersten. Um die Kosten der Zäune und Netze wieder hereinzubekommen – eines Tages jedenfalls – hätte Hartlieb den Kohl zum Preis von Erdbeeren und Ananas verkaufen müssen.

Der Aufkäufer versprach, sein bestes zu tun. »Vielleicht werde ich sie los«, sagte er. »Dieses Jahr haben wir eine Kohlschwemme. Wenn alle Stränge reißen, müssen Sie sie verkompostieren. Ich berechne Ihnen dann nur den Transport zum Markt und zurück«.

Alle Stränge rissen. »Donnerwetter«, sagte der Nachbar und pfiff zwischen den Zähnen, als er sah, wie Hartlieb und sein Farmarbeiter eine gute Tonne Kohl verkompostierten. »Eines Tages werden Sie den besten Boden weit und breit haben. Dann werden die Kohlköpfe bei Ihnen so groß wie Kürbisse wachsen. Wie im Paradies«, fügte er hinzu. Dann fragte er, was der Transport gekostet hatte. »Donnerwetter!« sagte er und pfiff durch die Zähne. »Sie müssen aber viel Geld haben!«

Hartlieb trat vom Fenster zurück. »Noch anderthalb Stunden«, dachte er. Er beschloß, noch einmal ins Bett zurückzugehen.

Die große Zwitscherorgel weckte ihn kurz vor Sonnenaufgang. Alles, was auf der Farm herumflog, schien sich an einer Stelle konzentriert zu haben. Die Zwitscherorgel war für Hartlieb einer der Höhepunkte des Tages. Er verglich sie mit dem Wecker, der ihn damals aus dem Schlaf getrieben hatte, und er war es zufrieden. Heute hatte sich ein neuer Solist hinzugesellt. »Kiwitt-kiwitt«, machte er mit einer klaren Stimme, die durch ein Metallrohr geflötet schien. »Hör mal«, wollte Hartlieb sagen. Er überlegte es sich im letzten Augenblick und sagte es nicht.

Er richtete sich im Bett auf und schaute aus dem Fenster, um den Sonnenaufgang zu erleben. Osten und Nordosten waren in rosa und orangegelb getaucht. Von der Nachbarinsel her grüßte der große Berg. Auf seinem Gipfel lag im Winter Schnee. Er sah dann aus wie der Fujiyama. Hinter dem Berg würden gleich die ersten Sonnenstrahlen hervorschießen. Hartlieb beobachtete den Berg minutenlang. Dann sah er, wie eine Stelle dicht neben der Spitze des Berges heller wurde, heller, heller. Er wartete auf den Blitz, der dem Sonnenaufgang Bruchteile von Sekunden vorausging, der Blitz des neuen Tages. Da! – »Schau mal!« wollte er sagen, aber er unterdrückte es und sagte es nicht.

Hartlieb Abel fielen ein paar Worte ein, die ihm an einem dieser Morgen in den Sinn gekommen waren. Er hatte sie aufgeschrieben, obwohl es ihn eigentlich furchtbar genierte, denn er war ein moderner Mensch: »Du bist meine Mutter, Sonne. Du wärmst mich, und du gibst mir zu essen und zu trinken. Wenn du abends fortgehst, freue ich mich auf den nächsten Morgen. Ich freue mich auf dich, weil alles durch dich war und ist und wird. Wenn es Gott im Himmel gibt, bist du seine Tochter auf Erden. Gottes Tochter – Himmel auf Erden«. Es war ihm auch heute noch ein bißchen peinlich, diese Worte zu denken. Er hatte sie noch nie zu jemandem laut gesagt, nicht einmal zu sich selbst. Seine Frau hatte sie gelesen. »Du bist ein unheilbarer Romantiker«, hatte sie gesagt. »Hast Du meine ›Brigitte‹ irgendwo gesehen?«

Er schaute zu seiner Frau hinüber. Sie schlief noch und schnarchte leise. Er hatte Lust, sie anzufassen. Er hatte Lust, mit seiner Hand über ihren Körper zu streicheln. Er widerstand seiner Lust. Sie hätte mit einem gähnenden Seufzer geantwortet und sich noch tiefer in ihren Schlaf verkrochen.

Seit sie auf der Insel waren, lebten sie nicht mehr miteinander. Sie teilten nur noch dasselbe Haus. Er fragte sich oft, wie lange noch. Die Insel war für sie zu einem Brennglas geworden. Sie hatte die Gegensätze, die Unzulänglichkeiten und Unvereinbarkeiten brennscharf gemacht. »Es war meine Schuld«, dachte Hartlieb. »Ich hätte uns nicht herausheben dürfen«. –

Er hatte gehofft, daß die Insel das Kleine und das Kleinliche, das sich im Lauf der Jahre zwischen sie gestellt hatte, abfallen lassen würde. Es geschah das Gegenteil. Wo er mehr Zusammengehörigkeit erwartet hatte, rissen Klüfte auf. Wo es gebröckelt hatte, brach nun das Fundament. »Ich hätte es nie tun dürfen«, dachte Hartlieb. »Es wäre alles so weitergegangen, ohne Ende, bis ans Ende, Tag für Tag, Jahr für Jahr«. Der Gedanke erschreckte ihn. »Es war gut, daß wir es getan haben«, dachte er. »Es war gut und traurig, daß es so gekommen ist. Wir waren in der Hölle, und wir hatten keine Zeit, es zu merken. Beruf und Trott«. – Er überlegte, ob er seine Frau jetzt wecken sollte. Er entschied sich dagegen und stand leise auf.

Vor der Küchentür begrüßte ihn seine Hündin. Sie war verdächtig schlank, wie seit Wochen nicht. »Wie viele, Tuffy?« fragte er. »Wie viele sind es dieses Mal?«

Tuffy hatte ihr Wochenbett in der Garage eingerichtet. Sie

zeigte es ihm. Hartlieb zählte bis neun. »Du liebe Güte!« sagte er. »Wie soll ich denn die alle wieder loswerden?« Er nahm die kleinen, blinden Köterchen nacheinander aus der Kiste. »Vielleicht sind es alles Männchen«, sagte er zu Tuffy. Männchen waren leichter loszuwerden. Niemand wollte Hündinnen. Tuffy grinste. Es waren acht kleine Hündinnen und ein Rüde.

»Oh Tuffy!« sagte er und begann, vor seinem geistigen Auge das Telefonbuch durchzublättern. Würden die alten Engländer ein Hündchen wollen? – Die, die bei ihm die Kartoffeln gekauft hatten? – Wie hießen sie noch – Farnbourgs? – Hatten sie nicht schon vierzehn Katzen? – Er beschloß, das Problem noch eine Weile vor sich herzuschieben.

Er erhob sich und warf vor dem Weggehen noch einen Blick in die Babykiste. Kein Hündchen ähnelte dem anderen. »Es wundert mich nicht«, dachte er. Mehr als zwanzig Köter der Umgegend, darunter auch ein Pekinese, überwiegend jedoch eine Auswahl jahrhundertelanger Hundefehltritte, hatten der Hündin die Zeit ihrer Läufigkeit verschönt und für Kurzweil und nächtelanges Hecheln und Heulen gesorgt. »Tuffy, du alte Schlampe«, sagte Hartlieb Abel liebevoll.

Er ging in die Küche zurück und begann, Frühstück zu machen. Er stand gern in der Küche. Der Morgen machte ihn fröhlich und – er konnte das Gefühl nicht ganz genau beschreiben – auf eine unbestimmte Art dankbar. Früher hatte er es gehaßt, morgens aufzustehen.

Er machte den Kühlschrank auf und freute sich über den Yoghurt, den er darin sah. Er hatte ihn aus Ziegenmilch bereitet. Er war stolz auf den Yoghurt und auf sich. Es machte ihm eigentlich nicht viel aus, daß er ihn allein essen mußte.

Wenn er Frühstück machte, tanzte er wie in einem Ballet zwischen Küche und Eßzimmer hin und her. Es gefiel ihm, auf diese Art den Tisch zu decken, mit einem Schritt die Teelöffel aus der Schublade zu holen, die Eier mit einem der Teelöffel ins kochende Wasser gleiten zu lassen, die Teekanne auszuschütten, während er schon den nächsten Schritt zum Obstteller plante. Er wußte, das sah ziemlich albern aus, aber es kümmerte ihn nicht. »Vielleicht ist das meine Morgengymnastik«, dachte er. »Aerobic für Aussteiger«. Er brachte das Frühstück in einem Bruchteil der Zeit auf den Tisch, in dem seine Frau es machen konnte. Hatte sie es auch deshalb aufgegeben? – Wenn ihm solche Gedanken kamen, fühlte er sich dafür schuldig, daß er glücklich war.

»Frühstück!« rief er zum Schlafzimmer hoch. »Frühstück ist fertig. Guten Morgen!« – Ein Seufzer informierte ihn darüber, daß er gehört worden war. »Ja«, sagte seine Frau. »Ich komme«.

Er setzte sich an den Frühstückstisch und wartete. Das nächtliche Telefongespräch fiel ihm wieder ein. Wann wollte der Mann kommen? – Am zwölften? – Wann war der zwölfte? – Seine Augen suchten den Kalender. Der zwölfte war übermorgen.

****

Hartlieb stieg aus dem Wagen und ging auf das Ferienhaus zu. »Übermorgen«, dachte er. »Hoffentlich hat Hyacinta die Zimmer saubergemacht«. Die Überprüfung blieb ihm zunächst versagt. In der Tür steckte ein abgebrochener Schlüssel.

Schlüsselabbrechen war Hyacintas Spezialität, Sicherheitsschlüssel ihre Leidenschaft. Jeder, bei dem sie putzte, hatte mindestens eins dieser Schlüsselerlebnisse mit Hyacinta gehabt. Das Gerücht ging, daß sie einen Beteiligungsvertrag mit dem örtlichen Schlosser hatte. Tatsache war, daß sie ihn liebte.

Hartlieb ging um das Haus herum, um ein offenes Fenster zu finden. Hyacinta ließ immer irgendwo ein Fenster offen. Erst kürzlich hatte er mit ihr ein sehr ernstes Wort darüber geredet. Hyacinta hatte es sich zu Herzen genommen. Das Haus war eine Festung. Kein Fenster bewegte sich auch nur um einen Millimeter.

»Der Schlüssel ist abgebrochen«, sagte jemand hinter Hartlieb.

»Hyacinta!« sagte er erleichtert. »Wann kommt der Schlosser?«

»Der Schlosser«, sagte Hyacinta, »kommt nächste Woche. Er ist auf der anderen Insel, Schlösser kaufen«. Sie sagte ›Schlösser‹ mit eigenartiger Betonung. Sie sagte es, als ob er es für sie persönlich tat. Wahrscheinlich war es so: Hyacinta hatte den Schlösservorrat der Insel verbraucht.

»Er muß vorher kommen«, sagte Hartlieb. »Übermorgen kommen Gäste für das Haus«.

»Er kommt nächste Woche«, sagte Hyacinta geduldig, wie man zu einem kleinen Kind spricht, das einen Stern haben will.

Hartlieb ging zur Eingangstür zurück. Hyacinta folgte ihm. »Ich habe dieses Mal die Fenster richtig geschlossen«, sagte sie stolz. Sie erwartete ein Lob. Als es nicht kam, sagte sie es noch einmal, ungeduldiger: »Ich habe alle Fenster richtig zugemacht«.

»Ja«, sagte Hartlieb. »Danke. Das war gut so«.

»Wenn ich die Fenster nicht alle richtig zugemacht hätte, könnten wir jetzt ins Haus rein und von innen öffnen«, sagte Hyacinta. Es gefiel ihr, Salz in die Wunde zu reiben.

Hartlieb wußte, daß sie recht hatte: Von innen die Tür öffnen, das Schloß abschrauben, auseinandernehmen und den Ersatzschlüssel benutzen. Er schaute ratlos das Schloß an, als ob er hoffte, daß es etwas sagen würde. »Unmöglich, es von außen zu öffnen«, sagte Hyacinta anstelle des Schlosses. »Man könnte höchstens die Tür eintreten«.

»Davon«, sagte Hartlieb mit Entschiedenheit, »kann überhaupt nicht die Rede sein«. Er hatte das Ferienhaus mit viel Mühe und Liebe aus einer alten, verfallenen Kate hergerichtet. Er hatte, wo immer es ging, die alten Hölzer, die Fenster und Türen wieder aufarbeiten lassen. Es hatte viel Geld gekostet. Er vermietete das Haus an Feriengäste.

Die Nachricht vom abgebrochenen Schlüssel mußte sich wie ein Steppenbrand ausgebreitet haben. Nachbarn schlenderten in kleinen Gruppen auf Haus, Hartlieb und Hyacinta zu. Hyacinta wurde nicht müde, den Unfall im Detail immer wieder neu zu erzählen.

Ein dicker Mann bot sich an, das Schloß aufzubohren und

den abgebrochenen Schlüssel mit einer spitzen Zange herauszuziehen. Ein Bohrer wurde aus dem Dorf herbeigeschafft, eine Steckdose fand sich auf der Terrasse.

Das erste Loch brachte keinen Erfolg. Mehrere Löcher weiter gab der Mann auf. »Es ist ein Sicherheitsschloß«, verkündete er und wischte sich den Schweiß aus den Augen.

»Jawohl«, sagte Hyacinta stolz. »Es ist ein Sicherheitsschloß, und der Schlüssel ist ganz kurz abgebrochen«.

»Man braucht«, schlug ein anderer Mann vor, der ruhig abgewartet hatte, »nur mit dem Messer zwischen Tür und Bolzen zu fahren, dann schnappt das Schloß auf«. Zum Beweis dafür, daß es ging, brach er sein Messer ab. Zuvor hatte er die Nut vom Türrahmen weggeschnitzt, um dazwischenzukommen.

Hartlieb bezahlte das Messer, was neue, begeisterte Aktivität auslöste. »Und wenn wir Alfoncito durch den Kaminschornstein schicken?« fragte eine Frau. Sie holte einen wirklich sehr kleinen Jungen unter ihrer Schürze hervor, wo er sich versteckt hatte. Er hatte gelbes Haar und karottenfarbene Sommersprossen in einem blassen, spitzmausigen Gesicht.

»Ja«, sagte ein Mann, der offenbar der Vater war, denn sein Gesicht glänzte vor Stolz und seine Stimme bebte ein wenig. »Wir brauchen nur das Schornsteindach abzudecken«.

»Davon«, sagte Hartlieb mit Entschiedenheit, »kann überhaupt nicht die Rede sein«.

Der Mann war gekränkt. »Die Abdeckung ist in fünf Minuten runter und in fünf Minuten wieder drauf«, sagte er verärgert. »Da will man helfen und wird zurückgestoßen«.

Hartlieb überlegte. Der Vorschlag schien nicht ganz und gar unvernünftig. »Also meinetwegen«, sagte er.

Unter beifälligem Murmeln der Alten und begleitet von den Anfeuerungsrufen der Frauen begab sich eine Gruppe von Männern auf das Dach. »Bitte keine Schindeln zertreten!« rief Hartlieb.

Die Männer lachten beruhigend. »Keine Sorge, keine Sorge!« sagten sie. »Tranquilo!« Einige Dachschindeln zerbrachen mit hellem Knall.

Nach einer halben Stunde war das Werk getan. Alfoncito wurde durch den Kaminschornstein geschickt. Man ließ ihn an einem Kälberstrick herab. Wenige Augenblicke später stand er innen vor der Tür. »So, und nun«, sagte der Vater väterlich, »mach auf«.

Man hörte Alfoncito am Schloß arbeiten und rütteln. »Es geht nicht«, stellte er fest.

»Doch, doch, mein Sohn«, sagte der Vater geduldig. »Es geht. Du mußt nur den Sicherungshebel zurückschieben und dann gleichzeitig den Knopf nach links drehen«.

»Wo ist links, Vater?« fragte Alfoncito.

»Links, mein Sohn«, sagte der Vater, »ist, wo du dir kürzlich den Fuß verstaucht hast«. Er schaute sich beifallheischend um und lächelte ein wenig eitel, ein Mann der das linke Wort zur rechten Zeit wußte.

Alles lauschte angestrengt, während Alfoncito drinnen arbeitete. »Es geht nicht«, sagte er nach einiger Zeit.

»Sei kein Dummkopf!« sagte der Vater, dem nun der Geduldsfaden riß. »Wenn du nicht sofort die Tür aufmachst, versohl ich dir den Hintern, du Nichtsnutz!« Er wandte sich an seine Frau. »Dein Sohn«, sagte er abfällig. »Da siehst du's mal wieder«.

»Alfoncito!« schrie die Frau gellend. »Hab keine Angst! Mammi schützt dich! Mammi paßt auf dich auf!«

Alfoncito begann hell und durchdringend zu heulen. »Ich will hier raus!« brüllte er.

Chaos brach aus. »Mein Kind!« schrie Alfoncitos Mutter. »Mein Sohn, mein geliebter!« röhrte der Mann, durch den Schock wieder ganz Vater. »Gebt mir meinen Sohn zurück!«

»Wir müssen die Tür einschlagen«, sagte ein Mann.

»Davon«, sagte Hartlieb mit Entschiedenheit, »kann überhaupt nicht die Rede sein«.

Vernunft und Elternliebe obsiegten. Zwei Männer hielten Hartlieb fest, während der stärkste Mann der Alfoncito-Fraktion, ein Bursche mit dem Leibesumfang eines japanischen Ringers, Anlauf nahm und gegen die Tür prallte. Die Klügere gab nach.

»Alfoncito!« schrie die Mutter und starrte in die leere Diele. »Wo bist du, mein Herzenskind?!«

»Hier bin ich, liebe Mutter«, sagte ein winziger pechschwarz gekleideter Neger und kam um das Haus herum. »Ich bin durch das Fenster rausgegangen«.

Später am Tag versprach der Schreiner, die Tür in einem Tag zu reparieren. Auch ein neues Schloß fand er nach längerem Suchen unter seinen Vorräten. »Ich glaube schon«, sagte Hyacinta beruhigend, als Hartlieb sie fragte, ob sich die zahlreichen Rußflecken von Wänden, Möbeln und Fußboden entfernen ließen. »Ihre Freunde werden sich fühlen wie im Paradies«. Sie machte eine Pause und fügte nachdenklich hinzu: »Aber die hübschen Hosen und das Hemd von Alfoncito, die werden sie wohl ersetzen müssen«.

Bis zum Mittag waren die meisten noch verbliebenen Probleme durch feste Zusagen und heilige Eide gelöst. Noch am selben Nachmittag sollte das Schornsteindach wieder aufgesetzt werden. Alfoncitos Eltern hatten sich um den Preis einer Hose und eines Hemdes sowie zweimal Unterwäsche bereit erklärt, die Sandalen des Kleinen als reinigungsfähig anzuerkennen und auch hinsichtlich Alfoncitos nicht auf Ersatz zu bestehen, sondern ihn zu waschen.

Hartlieb Abel war zur Farm zurückgekehrt. »Hol uns«, hatte seine Frau gesagt, »drei frische Brötchen«. Es sollte mittags Kaltes geben.

»Drei Brötchen«, sagte Hartlieb, nachdem sich die zwei Frauen, die vor ihm dran waren, mit vielen Klagen über zu viel Arbeit durch ihren Einkauf geschwatzt hatten. Die Kaufmannsfrau holte die Brötchen aus einem Sack und wickelte sie in braunes Papier ein. Dann nahm sie ihren Bleistift und begann, 3 mal 11 zu multiplizieren. Der Bleistift schrieb nicht, weil die Spitze abgebrochen war. »33«, sagte Hartlieb.

»Psst!« machte die Kaufmannsfrau unwillig, während sie den Bleistift mit dem Wurstmesser anspitzte.

»Pst!!« machten die Frauen, die noch im Laden standen und gaben Hartlieb mit Gesten zu verstehen, daß behufs Konzentration Stille vonnöten war. Die Kaufmannsfrau begann von Neuem. Binnen kurzer Zeit richtete sie sich auf. »33«, sagte sie und pustete sich das Haar aus der Stirn. Ihr Gesicht war gerötet. Die anderen Frauen atmeten erleichtert ihre Spannung aus.

Hartlieb lief den Weg zur Farm zurück. Es war die Stunde der Eidechsen. Sie saßen auf den Steinen aus denen die Mauern geschichtet waren, die den Weg begrenzten und wärmten ihre uralte Haut. Auf der Insel lebt eine besondere Rasse Eidechsen. Die Männchen sind grauschwarz, wie die Lava, die an manchen Stellen die Insel bedeckt und vulkanische Tätigkeit bezeugt. Zum Grauschwarz tragen sie am Hals eine Manschette in lebhaftem Blau.

Es war wohl Paarungszeit, denn Männchen und Weibchen, die Weibchen in schlichterer Haut, bräunlich gesprenkelt, lagen in geringem Abstand voneinander auf den Mauern und starrten einander selbstvergessen an. Sie lagen stundenlang so da, regungslos, die Köpfe einander zugewandt. Sie schienen, fand Hartlieb, in Trance, man konnte sich ihnen nähern, ohne daß sie weghuschten.

Hartlieb fand ein Paar in gegenseitiger Anbetung. Er ging näher heran. »Na, ihr kleinen Drachen«, sagte er leise. Die Eidechsen nahmen keine Notiz von ihm. »Garten Eden«, dachte Hartlieb.

»Plopp!« machte es weiter unten auf dem Weg. Hartlieb brauchte sich nicht umzudrehen. »Der verrückte Postbote«, dachte er wütend.

Seit einiger Zeit hatte sich ein Postbote aus der Stadt ein altes Haus im Dorf gemietet. Er verbrachte seine freien Tage auf dem Land. Es war seine Passion, Eidechsen zu schießen. »Er ißt sie«, erzählten die Kinder, die auf dem Weg spielten, aufgeregt. Das war übertrieben. Wenn er eine Eidechsen geschossen hatte, hob er sie auf und roch und leckte daran.

Hartlieb machte eine rasche Bewegung auf die Eidechsen zu und trieb sie aus ihrer Trance. Dann bückte er sich und sammelte eine Handvoll kleiner Steine. Auf dem Weg zurück zur Farm vertrieb er alle Eidechsen, die er sah. Er hoffte, die Eidechsen würden verstehen. Hinter ihm machte es »plopp!« und »plopp!« und »plopp«!

Hartlieb brauchte nicht ins Haus zu gehen, um zu wissen, daß seine Frau telefonierte. Sie sprach sehr laut, und er wußte, sie sprach mit ihrer Mutter, die am Telefon nie verstand. »Nein«, sagte sie, »nein, Mutti, es geht mir nicht gut. Ich hätte nie hierherkommen dürfen«. – Eine Pause. Dann genau so laut aber langsam: »Ich hät-te nie hier-her-kom-men dür-fen!« Pause. »Jawohl, du hast mich richtig verstanden: Ich hätte nie hierherkommen dürfen«.

»Die Telefongesellschaft wird uns demnächst eine Urkunde für vorbildliches Konsumverhalten geben«, dachte Hartlieb.

»Warum ich dann hiergekommen bin? – Aber Muttilein, du weißt doch: Ich mußte doch auch einmal etwas für ihn tun. Dachte ich. Wo er doch so viel gearbeitet hat. Selbst Vatilein hat gesagt: Ich hätte nie gedacht, daß der Mann so viel erbringt«. Pause. Dann: »Nein, Muttilein, er trinkt nicht. Er-brin-gen! Ich hät-te nie ge-dacht, daß der Mann so viel er-bringt! Hat Vatilein gesagt«.

Hartlieb machte sich draußen bemerkbar, indem er mit dem Fuß gegen einen Zinkeimer stieß. »Bist du's?« fragte seine Frau. – »Ja«, antwortete Hartlieb wahrheitsgemäß.

»Ich muß Schluß machen!« schrie seine Frau ins Telefon. »Er will Mittagessen haben!« Pause. »Nein, Schluß ma-chen. Schluß ma-chen! Tschüs Muttilein! Küßchen Muttilein. Küßchen für Vatilein! Tschüssi-Küssi!« Sie legte auf. »Ich habe mit Mutti gesprochen«, sagte sie erklärend.

Nach dem Mittagessen fuhr Hartlieb zum Tennis-Club. Er selbst interessierte sich nicht für Tennis, aber seine Frau hatte gleich nach der Ankunft auf der Insel ihre Begeisterung dafür entdeckt. Nachdem sie Clubmitglieder geworden waren, schmolz die Begeisterung unter der glühenden Sonne dahin. Der Club lag in einem sehr kleinen aber tiefen Talkessel, den kaum je ein Windhauch durchströmte. »Das ist gut«, soll der Legende nach der erste Präsident gesagt haben. »Auf diese Art behindert der Wind nicht das Spiel«. Er war sehr zufrieden, daß seine Argumentation sich durchsetzte und der Club das Gelände kaufte, denn es gehörte ihm.

Im Tennis-Club lehnte eine Putzfrau todmüde auf einem Besen und starrte ins Leere. »Ist der Sekretär da?« fragte Hartlieb.

Die Putzfrau überlegte lange. »Nein«, sagte sie dann und wandte sich wieder ihrer Untätigkeit zu. Es gelang Hartlieb immerhin zu erfahren, daß der Sekretär in kürzester Zeit wieder zurück sein würde. Dann seufzte sie und schlurfte davon, indem sie ihren Besen hinter sich herzog. Das Gespräch hatte sie noch mehr erschöpft.

Der Sekretär kam nach zwei Stunden. Hartlieb hatte inzwischen die Club-Nachrichten auswendig gelernt, die er an einer Wandtafel gefunden hatte. Sie bezogen sich auf die Ankündigung des Tennis-Turniers vom letzten Jahr, sowie auf die Mitteilung, daß in der Garderobe für Wertsachen nicht gehaftet wurde. Auch hatte man eine Liste der Funktionäre angepinnt und ein Foto, das ein kleines Mädchen zeigte, welches einen Tennisschläger in der Hand hielt. Ein Text unter dem Foto besagte, daß es sich um die Tochter des Präsidenten handelte, die einen Tennisschläger in der Hand hielt.

»Was kann ich für Sie tun?« fragte der Sekretär, nachdem er sich für seine Verspätung entschuldigt hatte. Er schrieb eine Einladungskarte aus und übergab sie Hartlieb. »Die Plätze sind zur Zeit enorm besetzt«, sagte er und folgte mechanisch Hartliebs Blick durch den menschenleeren Club. »Ich habe ihren Freunden die Zeit von 12 bis 1 zugewiesen. Sonst ist nichts mehr frei«.

»Danke«, sagte Hartlieb.

»Keine Ursache«, sagte der Sekretär. »Nur noch eins: Sagen Sie Ihren Freunden, daß sie es am Anfang leicht nehmen sollen. Wir haben zur Zeit kein Sauerstoffgerät«.

»Danke«, sagte Hartlieb noch einmal. »Wie hoch ist die Temperatur zwischen 12 und 1?«

Der Sekretär holte eine Tabelle aus der Schreibtischschublade und suchte mit dem Finger nach dem Monat. »41«, sagte er. »Manchmal weniger. Manchmal mehr«.

Das Mietauto war schnell besorgt. Der Autovermieter versprach, ja, garantierte, pünktlich am Flughafen zu sein, um dem werten Gast der Insel ein erstklassiges, kürzlich inspiziertes Auto zukommen zu lassen. Hartlieb wußte, daß er nicht da sein würde, und daß er vom Flughafen aus noch einmal anrufen mußte, damit das Auto kam. In gewisser Hinsicht konnte er sich auf den Autovermieter verlassen.

Am Hafen, im Schatten einer hundertjährigen Mülltonne, saß ein Mann, auf dem wiederum Fliegen saßen. Er roch nach Fisch, aber nicht nach dem frischsten. »Herodes«, sagte Hartlieb. »Es kommt ein Mann, der Haie angeln will«.

Herodes kicherte. »Er soll aufpassen, daß die Haie ihn nicht angeln«, sagte er und schlug nach den Fliegen. Die Fliegen flogen ärgerlich auf.

»Welcher Kutter läßt sich für Hai-Angeln anmieten?« fragte Hartlieb.

Herodes überlegte. »Keiner«, sagte er schließlich und schaute zu, wie die Fliegen wieder zu ihrer Heimat zurückkehrten.

Hartlieb schaute ihn an und wartete auf eine Erklärung. »Es gibt jetzt keine Haie auf dieser Seite der Insel«, sagte Herodes schließlich. »Ihr Freund muß auf der anderen Seite fischen. Dort ist jetzt Saison«.

»Und was kann man jetzt hier fischen?« fragte Hartlieb.

»Makrelen«, sagte Herodes.

Hartlieb wußte, daß das nicht genügen würde: Sein Geschäftsfreund legte Wert darauf, sich mit der Beute fotografieren zu lassen. »Ich werde auf die andere Seite fahren müssen«, dachte er bedauernd. An sich hatte er vorgehabt, zum frühen Abend seine Orangenplantage zu bewässern. Er hatte sich darauf gefreut. Er mochte es, wenn das Wasser in kleinen Kanälen zu den Bäumen floß. Er mochte die Kühle des Wassers und sein plätscherndes Geräusch. Tuffy mochte es auch und badete in den Kanälen. »Na«, dachte er. »Mit Tuffy ist heute sowieso nicht zu rechnen«.

Es ging auf den Abend zu, als Hartlieb Abel auf der Westseite der Insel ankam. Hartlieb kalkulierte noch zwei Stunden bis

Sonnenuntergang. »Das reicht«, dachte er, »um den Kutter zu mieten und dem Sonnenuntergang zuzusehen«.

Ost und West sind auf der Insel so verschiedenartig wie – um nicht Ost und West zu sagen – Norditalien und Sizilien. Der Osten der Insel ist frischer und kühler, er erntet den Regen der Wolken ab, die sich durch die Passatwinde an den Bergen bilden. Der Westen ist heiß und trocken. Die beiden Zonen unterschiedlichen Klimas haben auch die Menschen geprägt. Die Kuppe des Bergmassivs, das sich von Norden nach Süden über die ganze Insel erstreckt, trennt Geschäftigkeit von Schläfrigkeit, Kontakt zur Welt von Abgeschiedenheit. Eine direkte Straße von Ost nach West existiert erst seit einem guten Jahrzehnt. Die Trennung der beiden Inselhälften war bis dahin so scharf, daß die Leute im Westen einen anderen Akzent haben. »Westler«, sagen die vom Osten herablassend. »Östler«, sagen die vom Westen mit ähnlichen Gefühlen.

Der Weg zu dem kleinen Hafen auf der Westseite führt, nachdem der Tunnel durchfahren ist, der die beiden Inselseiten verbindet, zunächst durch Felder mit Mandelbäumen, dann durch künstlich bewässerte Bananenplantagen. Er führt auf dem Weg dahin durch ein Städtchen, dessen Frauen im Urteil der Leute vom Osten besonders schlampig sind. Die vom Westen haben sich im Osten ein Städtchen zum Zweck gleicher übler Nachrede ausgesucht.

Der kleine Hafen ist der eigentliche Fischereihafen der Insel. Im Meer davor erstreckt sich eine flache Bank nach Norden und nach Süden. Sie lockt die Fische an und macht den Fischfang lohnend. Hartlieb sollte, im Hafen angekommen, nach Diogenes fragen, nach Diogenes, dem Haifischer. Es fiel ihm auf, daß die Fischer der Insel zu klassischen Namen neigten.

Diogenes, das zeigte ihm ein kleiner Junge und verlangte ein Trinkgeld dafür, saß in einem Verschlag am Hafen, über dem ›Bar‹ stand. Die Bar hatte ein Dach aus Bambus und Palmwedeln und Wände aus Kistenholz und aufgeschnittenen Öldosen. Diogenes hatte ein Glas Wein in der Faust und den freien Arm schützend um die Flasche geschlungen, die vor ihm auf dem

Tisch stand. Er war ein älterer Mann und konnte daher den Wein besser vertragen als ein junger Mann, der neben ihm auf einem Stuhl schlief und mit zurückgelegtem Kopf schnarchte. »Ich möchte«, sagte Hartlieb höflich, »ein Boot zum Haifischangeln mieten«.

Diogenes blickte ihn freundlich abschätzend an und rülpste. »Seneca!« rief er. »Ein Glas für diesen Herrn«.

Seneca, der seinem vielleicht berühmteren Namensvetter – so man den Büsten trauen kann und davon absah, daß er nur ein Auge hatte und überhaupt keine Ohren – ziemlich ähnlich sah, brachte ein Glas. »Die Ohren haben sie ihm beim Ringkampf abgerissen«, sagte Diogenes.

Seneca nickte stolz. »Und das Auge habe ich beim Jagen verloren«, sagte er und humpelte zur Bar zurück.

»Er ist lahm«, sagte Diogenes erklärend. »Deshalb humpelt er. Er ist beim Möveneiersuchen vom Felsen gefallen«. Er schenkte Hartliebs Glas voll. »Haifischangeln«, sagte er. »Ja, das mache ich. Man nennt mich Diogenes, den Haifischer«. Er gab dem jungen Mann neben sich einen Stoß. Der junge Mann fiel vom Stuhl und schlief am Boden weiter. »Das ist mein Sohn«, sagte Diogenes freudlos.

»Auch Fischer?« fragte Hartlieb höflich und auch, weil der junge Mann ihm danach zu riechen schien.

Diogenes schüttelte verächtlich den Kopf. »Er wird seekrank«, sagte er. »Immerhin«, fügte er mit einem Anflug von Zufriedenheit hinzu, »macht er jetzt sein Examen als Müllkutscher. Dann ist er Beamter«. Er trank einen Schluck.

»Haifischangeln«, sagte er. »Der Tag kostet hundertfünfzig Dollar«.

»Dollar?« fragte Hartlieb erstaunt.

»Dollar«, sagte Diogenes. »Alle, die Haie angeln, sind Amerikaner«.

»Ich möchte in Peseten zahlen«, sagte Hartlieb.

Diogenes zog eine Kurstabelle aus der Hosentasche. »Geht in Ordnung«, sagte er und nannte den Kurs. »Wann wollen Sie angeln?«

Hartlieb erklärte den Sachverhalt. Daß ein Bekannter Haie angeln wollte. Und daß es Freitag nächster Woche sein sollte.

»Das geht in Ordnung«, sagte Diogenes und füllte Hartliebs Glas noch einmal. »Aber Sie müssen etwas anzahlen, damit Ihr Bekannter auch kommt«.

Sie einigten sich auf die Hälfte des Tagespreises. Hartlieb zahlte. Diogenes steckte das Geld ein. »Gibt es denn jetzt auch Haie?« fragte Hartlieb.

»Diogenes fängt immer Haie«, sagte Diogenes würdevoll. »Nicht umsonst nennt man ihn Diogenes, den Haifischer«. Er bemerkte, daß die Flasche leer war, und sein Gesicht verdüsterte sich für einen Augenblick. Dann fiel ihm etwas ein. Er griff in die Hosentasche, die gerade Hartliebs Anzahlung aufgenommen hatte. »Seneca!« röhrte er. »Rum, alter Junge!«

Kurz vor Sonnenuntergang saß Hartlieb Abel allein an einem Felsenstrand. Er hatte den Hafen verlassen und war einige Kilometer aus dem Ort herausgefahren. Sonnenuntergänge waren für ihn selten geworden, seit er auf der Insel lebte. Die Sonne verschwand schon am Nachmittag hinter den Bergen.

Die Sonne stand tief, er konnte sie mit nacktem Auge betrachten. Sie berührte das Meer und floß hinein. Das Meer um sie herum färbte sich rosa. Ein Fischerboot am Horizont brachte das Kunststück fertig, gerade in diesem Augenblick vor der untergehenden Sonne und durch das spiegelglatte Rosa des Meeres vorbeizuziehen, eine schwarze Silhouette, die ganz leise das Tuckern des Motors zum Land hinschickte und das Schreien der Möwen, die sie begleiteten. Dann ging die Sonne unter, und Hartlieb glaubte, den berühmten grünen Blitz gesehen zu haben, den es eigentlich nur in der Karibik geben soll. Hartlieb stand auf. »Schönen Dank für die Vorstellung«, sagte er leise und verbeugte sich zum Meer hin.

Hinter sich hörte er lautes aber herzliches Lachen. »Du kriegst die Tür nicht zu«, sagte eine Frauenstimme. »Der Einheimische hat'n Diener zur Sonne gemacht«.

Hartlieb drehte sich um. Er hatte die Gruppe nicht kommen hören. Oben am Weg standen zwei Frauen und ein Mann. »He!«

rief der Mann und seine Begleiterinnen winkten: »Du noch mal Diener machen! Ich Foto knipsen!« Der Mann machte Hartlieb eine Serie von Verbeugungen vor. »Du Diener machen! So!« rief er noch einmal. Hartlieb verbeugte sich verwirrt. Der Fotoapparat klickte.

»Prima«, sagte der Mann. »Muy bueno! Ich dir schicken Foto, wenn fertig. Du mir geben Adresse. Wo wohnen?«

Hartlieb ging an ihnen vorbei zu seinem Wagen. »Nix wohnen«, sagte er.

»Der ist ja reichlich unfreundlich«, sagte eine der Frauen. »Dabei sollen die Leute hier besonders freundlich sein«. Sie war eine üppige Blondine und hatte bisher im Süden immer nur die angenehmsten Erfahrungen gemacht.

»Steht sogar im Reiseführer«, sagte die zweite Frau. Da sie ihn in der Hand hielt, begann sie nach der Seite zu suchen, auf der es stand.

»Scheißdrauf«, sagte der Mann. »Mehr als nett sein zu denen, kann man nicht«.

Während Hartlieb ins Auto stieg, stimmte der Mann die Caprifischer an: »Wenn bei Capri die rote Sonne...« Die beiden Frauen fielen ein.

Seine Frau war auf, als er nach Hause kam. Sie saß im Wohnzimmer und rauchte eine Zigarette. »Dein Geschäftsfreund hat mich gerade aus dem Bett geholt«, sagte sie vorwurfsvoll.

»Tut mir leid«, sagte Hartlieb. »Hat er dir gesagt, mit welchem Flug er hier ankommt?«

Seine Frau schüttelte den Kopf. »Er kommt überhaupt nicht«, sagte sie. »Es ist etwas dazwischen gekommen. Er muß den Urlaub verschieben«.

Hartlieb ging zum Regal, in dem sich die Hausbar befand und holte eine angebrochene Flasche Wein heraus. »Sonst noch etwas?« fragte er, während er sich ein Glas einschenkte.

»Er hofft, du hattest einen guten Tag in deinem Paradies, und du sollst für ihn ein Plätzchen freihalten«.

»Und ansonsten?«

»Nichts. Er sagt dir Bescheid, sobald er den neuen Termin kennt«. Sie stand auf und gähnte. »Gute Nacht«, sagte sie. In der Tür drehte sie sich noch einmal um. »Ehe ich es vergesse: Übermorgen kommt Mutti«.

Eins war sicher: Zu einem gewissen Zeitpunkt hätte er für Carola sterben können. Zwischendurch war er froh, daß es nicht dazu gekommen war. Am Ende... na, wir werden sehen.

Thomas war entschieden zu jung, um allein auf der Insel zu leben. Das hatte er auch nicht vorgehabt, er wollte einen

Die Gelbe vom Ei & Co.

Platz, um in Ruhe arbeiten zu können – er schrieb – und eine Freundin, die dasselbe suchte. Die Freundin, die mitkam, suchte nicht dasselbe. Als sie ihren Irrtum einsah, ging sie nach Deutschland zurück, Thomas richtete sich allein auf der Insel ein. Er hatte erkannt, daß die eine Hälfte der Freiheit das Glück ist und die andere die Hölle. Schon vorher hatte er die Lektion gelernt, die dazugehört, wie der rechte Schuh zum linken: Daß die eine Hälfte jeder tiefen Beziehung die Hölle ist und die andere das Glück. Er hatte überlegt, wie diesem Dilemma zu entkommen sei und meinte, daß zwischen den Polen der Magnete und zwischen den Hörnern des Stieres das Paradies liegt: Zweisamkeit in Freiheit und Freiheit in Zweisamkeit.

Carola stürmte in sein Leben, als er gerade ein Jahr lang versucht hatte, sein Paradies auf Fundamente zu setzen. Carola spülte die Fundamente fort. Er hätte, wie gesagt, für sie sterben können. Nach all der Mühe.

Thomas ist 42. Er ist schlank, eher ein Astheniker. Er wirkt angenehm auf andere, aber die Wirkung geht von seinem Kopf aus: Hohe Stirn, lebhafte Augen, Bereitschaft zum Lächeln.

Carola ist 10 Jahre jünger, zierlich, blond, kühl. Oder scheu? – Jedenfalls lädt ihr Blick nicht ein, im Süden ein Verhalten, das respektiert wird. Später erfährt Thomas, daß sie verheiratet ist, aber berühmt ist die Ehe nicht. Eher ist sie ein freundliches Ausnutzen auf Gegenseitigkeit, gemeinsames Fernsehen, gemeinsame Langeweile, von der man sagt, daß sie sich leichter ertragen läßt, etwa wie geteiltes Leid. Auch gemeinsames Sozialprestige.

Thomas sah Carola zum ersten Mal in einem Restaurant. Sie saß in einer Gruppe, unbeteiligt. Sie war eigentlich allein. Sie kam ihm verloren vor, wie ein Kind unter Erwachsenen. Bei ihrem ersten Zusammentreffen hielt er sie wirklich für 18, Carola konnte sehr jung und sehr hilflos aussehen. Später, als sie sich kennenlernten, war Thomas froh, daß sie älter war. Er hätte wohl aber auch einer 18-jährigen Carola zu Füßen gelegen.

Es dauerte viele Tage und dann noch einmal viele Stunden eines Tages, bis sich zum ersten Mal ihre Hände berührten, danach ließen sich ihre Hände nicht mehr los. Weil sich ihre Hände nicht trennen konnten, liefen sie eine halbe Nacht hindurch bis zu Thomas' Haus in den Bergen. Dort wachten sie am nächsten Morgen auf und hielten einander fest in den Armen. Daran sollte sich 4 Wochen lang wenig ändern.

Wenn Liebe bedeutet, völlig im anderen aufzugehen, eins mit ihm zu sein, also, dann ist Liebe die höchste Form der Unfreiheit. Oder? – Thomas sah es anders. Die Lektionen waren vergessen. Liebe bedeutet, formulierte er, eben weil man völlig im anderen aufgeht, eben weil man eins mit ihm wird, die höchste Form der Freiheit. Carola seufzte ein »Jahh« zu seinen Gedanken und war so weich, so weich, so weich.

Zum Abschied schenkte er ihr 7 Küken. Sie sollten in seinem Garten leben, bis Carola zurückkam. Er nannte sie: Die Gelbe vom Ei, Fräulein Schmidt, Goldi Meier, Signorina Putt-Putt, Alice, die Schwarze, Carmen Flatero und Madame Curry. Carola nannte sie ihre 7 Babies. Carola wollte ihre Ehe scheiden lassen, ihren Beruf aufgeben, auf die Insel kommen. Mit Thomas leben. Hand in Hand. Arm in Arm. Mund an Mund. In Ewigkeit. Amen.

Eigentlich ließ sich zunächst alles ganz gut an. Carola nahm sich in Deutschland ein Zimmer und reichte noch davor die Scheidung ein. Thomas schrieb auf der Insel Gedichte für Carola und zog für Carola die Küken groß. Er behandelte sie, als ob sie rohe Eier wären, was ja auch tatsächlich noch gar nicht so lange her war, und wenn er Carola abends anrief, fragte sie: »Wie geht es meinen 7 Babies? Wie geht es…?« Thomas gab erschöpfend Auskunft. Seine Telefonrechnungen wurden pesetensechsstellig, aber wenn er die Ziffern auf der Quittung sah, hörte er die Worte, die dahinterstanden und Carolas Stimme. Carolas Stimme hüpfte wie ein kleiner Vogel, wie ein kleiner Vogel, der von Zweig zu Zweig hüpft, kam ihm ihre Stimme vor, wie ein Lämmchen, das Bocksprünge macht auf einer Osterwiese.

In den ersten Wochen war Carola immer gut gelaunt. Später war sie meistens gut gelaunt. Eines Abends, als er anrief, konnte sie nicht unbekümmert sprechen, denn ihr Mann war da. Eines anderen Abends, als er zur verabredeten Zeit anrief, konnte er sie überhaupt nicht sprechen, denn sie war nicht da.

Inzwischen waren 5 Monate vergangen. Die Küken waren groß geworden, und Carolas Scheidungstermin stand vor der Tür. An dem Abend, an dem er wieder einmal Tage und Stunden zählte, klingelte bei Thomas das Telefon: »Meine Frau«, sagte der Mann, »wird sich nicht von mir scheiden lassen. Meine Frau und ich werden weiterhin zusammenleben. Meine Frau wird Sie nie wiedersehen«. – »Kann ich sie sprechen?« fragte Thomas. Es machte ›klick‹ im Apparat.

Als erstes ließ Thomas die Gelbe vom Ei schlachten. Er bereitete sie sorgfältig in Weißwein zu, vergaß auch nicht, Schalotten hinzuzufügen und aß, was ihn erstaunte, mit Genuß. Von da an ließ er sich einmal in der Woche ein Hühnchen schlachten. Signorina Putt-Putt kochte er nach mediterraner Art mit Thymian und Rosmarin, Knoblauch natürlich auch. Die Brust hob er fürs Frühstück auf und dachte beim Essen an Carola.

Aus Goldi Meier wurde unter Hinzufügung von Mayonnaise, Pfeffer, Salz, Zitrone und Öl der köstlichste Geflügelsalat.

Fräulein Schmidt röstete er am Grill. Es erschien ihm für einen Allerweltsnamen die richtige Allerweltszubereitung, jedoch würzte er sorgfältig und sorgte durch häufiges Begießen für eine knusprige Haut. Sie erinnerte ihn an Carola, jedoch schien mit jedem Hühnchen auch ein Stück von Carola zu verschwinden, vertilgend schien er Carola aus seinem Leben zu tilgen.

Alice, die Schwarze, die er nach ihrem Aussehen und nichts anderem benannt hatte, bereitete er als Suppenhuhn. Das Fleisch zerging ihm auf der Zunge, die Suppe war golden vom Safran und mit einem Blättchen Minze gewürzt, die man auf der Insel ›hierba buena‹ nennt.

Über Carmen Flatero ist nichts besonderes zu berichten. Ein paar Oliven, grüne und schwarze und ein paar Tomaten garnierten die Jenaer Glasform, in der er sie im Ofen buk. Sie geriet ihm ein wenig zäh, wohl mangels Übergießen.

Für den siebenten Sonntag hatte er Madame Curry aufgespart. Es ging ihm inzwischen besser, fast gut. Weder wollte er für Carola noch sterben, noch für sonst ein Mädchen auf der Welt. Er hatte sich entschlossen, dem Dilemma nicht mehr auszuweichen, sondern es sich auf einem Horn des Stieres bequem zu machen. Er hatte sich für den Freiheits-Höllenhimmel entschieden, weil er ihm verläßlicher erschien als die Himmelshölle der Zweisamkeit. Madame Curry bereitete er – Name hin, Name her – in Champagner zu.

Er mußte sich erst den Mund und die Finger abwischen, bevor er ans Telefon gehen konnte. »Thomas«, sagte Carola. »Ich liebe dich. Ich will zu dir kommen. Es gibt jetzt nur noch dich«. Sie wartete auf eine Antwort, und als keine kam, sagte sie: »Wie geht es meinen Babies, Thomas? Wie geht es meinen Hühnchen?«

»Sie würden sich«, sagte Thomas vorsichtig, »sicherlich freuen, wenn du bei ihnen wärst«.

»Wenn ich bei ihnen wäre?!«

»Hm«, machte Thomas unentschieden.

Es gab eine Pause. »Du klingst, als ob ich für dich gestorben wäre«, sagte Carola dann vorwurfsvoll.

Thomas wußte beim besten Willen nicht, was er darauf antworten sollte. Ein Teil seines Hirns ahnte, daß er im Begriff stand, eine Riesendummheit zu begehen. Ein anderer Teil seines Hirns dachte fieberhaft darüber nach, woher er 7 neue Hühnchen kriegen konnte.

Am Anfang war das so gedacht: Sie wollten auf die Insel gehen und dort ein neues Leben beginnen. Ein ganz neues, ja! Fern von Streß, fern von Grau, Schmutz und Kohlendioxyd. Fern vom täglichen Wecker. Fern auch von den Zwängen: Angeben und ausgeben müssen, weil man es den anderen schuldig ist, vielleicht sogar sich selbst. Immer weiter nach

Kurz vor Einbruch der Trunkenheit

oben steigen müssen, obwohl man doch schon schwindelig war. Alles immer schneller machen müssen, immer konzentrierter, obwohl man doch schon außer Atem war. So hatten sie sich das gedacht. Vor allem er.

Sie hatten sich vorher gut umgesehen, die beiden, nichts war überstürzt geschehen. Sie hatten das Mittelmeer bereist, sie kannten die Inseln, auf denen man griechisch, italienisch, französisch oder spanisch spricht. Das Rechte war es nirgendwo gewesen.

»Die Griechen sind die geborenen Halsabschneider«, sagte Lilo. »Außerdem sind sie immer hinter den Frauen her«.

»Die Italiener sind mir zu windig«, sagte Leopold. »Gutes Essen ist nicht alles«. Er mochte die italienische Küche, das ist wahr, aber die Italiener, die sie pflegten, sah er lieber unter Kontrolle, in der Diaspora. »In Deutschland sind das ganz andere Menschen«, sagte er.

Die Franzosen waren Lilo zu arrogant. »Die benehmen sich, als ob sie Gott in Frankreich wären«, sagte sie und freute sich, den Spruch, wie sie meinte, witzig abgewandelt zu haben. »Da hast du als Deutscher das Gefühl, sie schauen auf dich herab. Ich glaube auch«, fügte sie nach einer Weile nachdenklich hinzu, »sie mögen keine deutschen Frauen«. Auf Korsika hatte sie ein diesbezügliches Erlebnis gehabt, der Stachel schmerzte.

Die spanischen Inseln im Mittelmeer kamen auch nicht in Frage. »Da ist ja ein Rummel wie in Wanne-Eikel!« sagte Leopold angewidert. Das Inselchen Formentera gar nannte er abwertend Düsseldorf-Süd.

Nichts also auf all diesen Inseln, und eine kombinierte Flug-Schiffsreise hatte ihnen überdies klargemacht, daß sie in der Karibik auch nichts verloren hatten, jedenfalls nicht für einen dauerhaften Aufenthalt, für einen ganz neuen Anfang. Jedenfalls nicht für den zweiten Teil des Lebens und für das neue Leben, das sie im zweiten Teil beginnen wollten.

Als sie schon fast aufgegeben hatten, half der Zufall. Leopold hielt eines Tages vor einer roten Ampel, blickte abwesend nach rechts auf die Geschäfte. »Komm auf die Grüne Insel!« rief ein Plakat in einem Reisebüro.

Das Schicksal, denn Zufälle gibt es nicht, das wußte Leopold, das Schicksal hatte gesprochen. Als die Ampel auf grün sprang – selbst das erschien ihm schicksalsträchtig und bedeutungsvoll – lenkte er sein Auto nach rechts um die Ecke. Er fand sofort einen Parkplatz. Er wurde im Reisebüro sofort gefragt: »Guten Tag. Was kann ich für Sie tun?« Er bekam sofort zwei Flugkarten und bezahlte sie sofort.

So kamen Leopold und Lilo auf die Insel.

»Ich bin«, schrieb Lilo nicht lange vor ihrer Abreise ins neue Leben in ihr Tagebuch, »heute 39 Jahre alt geworden. Ich bin 1.72 groß, dunkelhaarig, noch keine grauen. Meine Züge sind eher herb als weich, ich bin keine frauliche Frau, was das Aussehen auf den ersten Blick angeht. Im Innern bin ich aber ganz und gar Frau und glücklich darüber. (Ich habe übrigens auch ganz süße Brüste, nicht zu klein und nicht zu groß, ganz schön straff für mein Alter, ausgezogen würde mich niemand für einen Jungen halten, auch sonst nicht.) Das ›auch sonst nicht‹ hatte sie wieder durchgestrichen, fast unleserlich gemacht, es war ihr wohl zu frivol erschienen.

»Ich habe die meiste Zeit meines Lebens gearbeitet, auch in den letzten 10 Jahren noch, als Leopold anfing, viel Geld zu verdienen. Sehr viel Geld. Für lange Zeit erschien es mir, als ob

Arbeit, auch die langweiligste, zum Leben gehört, weil das Leben Pflichten mit sich bringt, die man erfüllen muß. Ich habe mein ganzes Leben lang meine Pflicht erfüllt. Wenn ich einmal nicht wußte, welche spezielle Pflicht ich speziell zu erfüllen hatte, habe ich irgendeine erfüllt. Besser irgendeine Pflicht erfüllen als gar keine. Wer rastet, der rostet. So dachte ich.

Seit einigen Jahren sind mir Zweifel gekommen. Ich glaube heute nicht mehr, daß ich Pflicht an sich zu erfüllen habe. Ich glaube stattdessen, daß ich eine Pflicht mir gegenüber zu erfüllen habe. In den letzten zwei Monaten habe ich 7 Kilo abgenommen. Ich habe auch begonnen, Gitarre zu spielen«.

Leopold schreibt kein Tagebuch. Es findet sich aber etwas über ihn in Lilos Tagebuch. »Leopold war von Anfang an mein Baby, mein Kind. Ich war auf der Suche nach einem Kind, weil es mir eine weitere Pflicht gab. Ein richtiges Kind wollten wir beide nicht haben. Meine Kindheit war zu traurig. Sie hatte mir den Mut zu einem Kind genommen. Leopold wollte lieber ein Kind sein als haben. Er bot sich mir von Anfang an als Kind, als Mittelpunkt an. Meine Vorstellungen von Pflicht und Schuldigkeit und seine Wünsche nach Aufmerksamkeit kamen einander entgegen. Ich muß zugeben, daß es mich glücklich machte – glücklich zu machen schien. Es hat mich nie gestört, daß Leopold in Wirklichkeit gar kein kleines, hilfloses Baby war. Es reichte, daß er bereit, nein, begierig war, mein Bemuttern zu akzeptieren. Ein kleines Mädchen spielt ja auch mit Puppen so, als ob es richtige Babies oder Kinder wären.

Im Lauf der Zeit traf etwas ein, was mir Vergnügen bereitete und Befriedigung verschaffte: Leopold wurde immer hilfloser. Ich förderte diese Hilflosigkeit nach Kräften. Ich suchte Wege, sie auf alles auszudehnen. Sie gab mir ein Gefühl von Unentbehrlichkeit, sogar von Macht: Ohne mich konnte Leopold nicht leben.

Ich konnte allerdings inzwischen auch nicht ohne ihn leben. Wir waren ineinander verstrickt und verknotet. Nur er gab mir wirklich Gelegenheit zur Selbstverleugnung und Opferbereitschaft und dadurch zur Selbstbestätigung. Meine Arbeit war im

Vergleich dazu unbedeutend – ein Nebenschauplatz für Aufopferung. Gewiß, auch dort opferte ich mich auf, arbeitete mehr als die anderen, übernahm Feiertage und Vertretungen, aber wichtiger war, daß ich die Aufopferung dort der Aufopferung für Leopold hinzufügen konnte. Die erste gab der zweiten zusätzliches Gewicht«.

Leopold ist wenige Jahre älter als Lilo, klein, dünnbeinig, dürr: hilflos selbst im Habitus. Er hat es in seinem Beruf zu etwas gebracht. Zur gleichen Zeit hat er es zu Kreislaufbeschwerden, chronischem Durchfall und Gewohnheitsalkoholismus gebracht. Er hat Angst vor Herzinfarkt, Leistungsknick und Abstellgleisen. Seine Augen werden schwach.

Für beide wurde es, so dachten und so fanden sie, höchste Zeit auszusteigen.

Das neue Leben war am Anfang wie das alte. Alles stand zum besten. Zum besten von Leopold. Lilo verwöhnte und bemutterte ihn weiter und las ihm jeden seiner quengelnden Wünsche von den Augen ab: »Wo ist denn wieder mein Schuhanzieher, Lilo?« – »Hier Schatz. Komm, ich ziehe sie dir an«.

»Oh weh«, sagte sie zu ihm, wenn er beim Aufwachen hüstelte und eine rauhe Kehle hatte. »Ich glaube, wir haben eine Erkältung. Ich glaube, wir brauchen ein Zäpfchen und heiße Milch mit Honig und Koreanischem Ginseng«.

Wenn er morgens mit einem Brummschädel aufwachte, stand sie schon fröhlich und lachend vor ihm, effizient und frisch geduscht, Ohren gesäubert und Nase geputzt: »Ich glaube, wir haben gestern abend ein bißchen zu tief ins Glas geschaut und zu viel geraucht. Wir müssen Alka-Seltzer nehmen«. Das Glas hielt sie schon in der Hand, und die Tabletten waren schon versprudelt, einnahmebereit.

Sie sorgte für ihn, daß es eine Freude war, seine Freude. Das Essen stand pünktlich auf dem Tisch, und die Wäsche duftete aprilfrisch, selbst im September. Leopold ruhte auf der Terrasse in einem Liegestuhl, den Lilo ihm hingestellt hatte und ging – meist in Gedanken – seinen Vergnügungen nach. Er dachte über seine Schallplatten nach, und welche er zum Spätnachmittag auflegen würde. Er dachte über seine Schmetterlingssammlung nach und welche ihm noch fehlten, insbesondere von den zentralamerikanischen, die ihm am Sammlerherzen lagen. Er dachte über seine elektrische Eisenbahn nach, und wann er den St. Gotthard-Tunnel bauen lassen würde. Er dachte über den Wein nach, den er zum Mittagessen trinken würde, und bei der Gelegenheit dachte er auch gleich an den Abendwein, denn wenn es keine Mühe machte, dachte er gern effizient. Er stand auf und ging ins Wohnzimmer, um ein Bild zu betrachten, das ein Maler für ihn gemalt hatte. Ein meditatives Bild, das Ruhe ausstrahlte und Harmonie. Er betrachtete es mit Wohlgefallen, dachte an Buddha und Zen, bis er merkte, daß der Rahmen ein wenig staubig war. »Lilo!« rief er.

Lilo und Leopold hatten sich, das muß man sagen, ein wunderschönes Haus gekauft. »Es gefällt mir ausgezeichnet!« sagte Leopolds Mutter, die sie einige Monate nach dem Aufbruch ins neue Leben besuchte, um zu schauen, ob alles seine Richtigkeit hatte. Es gab ein schönes großes Wohnzimmer, das auf eine Terrasse führte, die wiederum den Blick auf Bucht und blaues Meer freigab. Für Gäste war ein Gästezimmer da, in jenem Fall also für Leopolds Mutter. Ein Kinderbild von Leopold stand auf dem Nachttisch, um sie zu erfreuen. Lilo hatte es hingestellt, Leopold hatte die Idee gehabt: »Schau doch mal nach, ob du irgendwo das Foto von mir findest, als ich den ersten Tretroller bekam«.

Ein gemeinsames Schlafzimmer mit großem Doppelbett diente Lilo und Leopold zum Ausleben ihrer Mutter-Kind-Beziehung sowie seltenerem sonstigen. Leopold hatte des weiteren ein Spielzimmer, in dem seine Hobbies und allerhand Werkzeug wohnten, mit dem er vorhatte, eines Tages Do-it-yourself zu spielen.

Lilo hatte die Küche. Auch das Bad und die Gästetoilette, wenn man so wollte, denn sie trugen ihre Handschrift und beherbergten, neben Kosmetik und Handtüchern unterschiedlicher Größe für unterschiedliche Zwecke, Hygieneartikel und Medikamente jeglicher Art. Sie hätte am liebsten auch ein eigenes Zimmer gehabt, brachte diesen Wunsch auch zum Ausdruck, aber Leopold fürchtete, daß ihre Konzentration auf ihn darunter leiden könnte, die Beschränkung auf das Wesentliche. »Du hast doch alle Zimmer für dich«, versuchte er, sie zu überzeugen. »Und wenn du willst, gebe ich dir ein Eckchen in meinem Zimmer«.

Das wollte Lilo aber nicht, so, wie sie unvermutet vieles nicht mehr wollte. Sie stellte eines Tages fest, daß sie keine Lust mehr hatte, seine Eisenbahn wegzuräumen, keine Lust, die winzigen Bahnhöfe und Gabelstapler abzustauben, nicht einmal mehr die Schmetterlingssammlung.

Vielleicht hatte alles so begonnen, vielleicht war hier die Weggabelung, vielleicht war hier nun wirklich der erste Schritt, aber Leopolds Mutter hatte davon noch nichts gespürt. Es geschah alles erst Monate nach ihrer Abreise, die sie alles in allem mit ruhigem Herzen antrat und mit den Worten unterstrich: »Ihr habt es wirklich gut hier. Paß mir aber schön auf meinen Poldi auf«.

Warum sie ihn Poldi nannte, wußte der Geier, aus Bayern waren sie jedenfalls nicht, aber Lilo lächelte und sagte: »Ja, natürlich passe ich auf Leolein auf, verlaß dich nur auf mich!« Sie bügelte so die Sorgenfalten aus der alten Frau heraus, die im tiefsten Innern immer noch ganz sicher war, daß ihr Kind, wenn nicht einen schlechten, so doch einen schlechteren Tausch gemacht hatte, als es sich aus der Obhut seiner leiblichen Mutter in die Hände einer anderen begeben hatte. Sie dachte übrigens manchmal auch mit einer Spur von Bitterkeit daran, daß sie ihren einzigen Sohn wohl nur deshalb verloren hatte, weil er ihr eigen Fleisch und Blut war, und nur die Neue straf- und gewissensbißfrei auch noch seine Frau sein durfte.

Monate nachdem die Mutter fort war, wie gesagt, verspürte Lilo die negative aber unwiderstehliche, atemberaubende, revolutionäre, schwindelerregende Lust, Leopolds Zimmer nicht mehr sauberzumachen. Ihm nicht mehr die Schuhe zu putzen. Ihm nicht mehr Unterwäsche, Hemd und Hose hinzulegen. Nicht mehr auf saubere Socken zu achten. Fast gleichzeitig war es ihr egal, ob beim Spülen hygienisches blaues Wasser ins Klosettbecken floß oder gewöhnliches farbloses. »Es ist mir scheißegal«, sagte sie, als, er sie nörgelnd zu rügen versuchte. »Es ist mir scheißegal!«

****

»Lilo betrügt mich«, sagte Leopold dumpf. Er saß an einem Tisch auf der Terrasse des Bungalows. Er saß mit dem Rücken zum Wohnzimmer, vor ihm lag die Bucht und das Meer. Himmel und Meer waren blau.

Vor Leopold auf dem Tisch standen Flaschen. Sein Freund hatte sie halb unbewußt gezählt: 2 leere Weinflaschen, eine volle. Eine halbvolle Flasche mit Cognac. 4 leere Bierflaschen, eine volle geöffnete, 2 volle ungeöffnet. Eine Flasche Mineralwasser.

Der Freund hieß Ansgar, denn seine Mutter hatte den Norden Europas über alles geliebt, ihn wohl auch in der Nähe eines Fjordes im Schneesturm empfangen, im Hotel allerdings. In seiner Jugend hatte Ansgar unter dem fremdartigen Namen zu leiden gehabt, weshalb er zu dem Schluß gekommen war, daß seine Mutter die Fjorde mehr geliebt hatte als ihn.

Auch Ansgar lebte auf der Insel. Er war Kunsttischler, fertigte Möbel und Truhen an, manches daran handgeschnitzt. Die Fremden auf der Insel gaben ihm reichlich Arbeit, weil er die alten Handwerkskünste wieder aufleben ließ, die die Einheimischen vergessen hatten und vergessen wollten. Es war auch ›in‹ und nicht gerade billig, Möbel von Ansgar zu besitzen.

Auch für Leopold hatte Ansgar schon gearbeitet. Nicht nur der St. Gotthard-Tunnel war unter seinen fachkundigen Händen inzwischen naturgetreu entstanden, nicht nur Rahmen für Schmetterlinge, die unter Glas und unsichtbar aufgespießt an der Wand hingen. Auch der Terrassentisch aus schwerem, harzigen Holz und mit gedrechselten Beinen war Ansgars Werk. Im Lauf der Zeit und von Auftrag zu Auftrag mehr war Ansgar Leopolds Vertrauter geworden.

Ansgar drehte seinen Stuhl zum Tisch zurück. Er hatte auf Bucht und Meer geschaut, ein wenig Bier dabei getrunken. Er war erstaunt über Leopolds Worte. Er hatte nichts dergleichen erwartet. »Sie betrügt dich?« fragte er unsicher. »Lilo betrügt dich?« – Er gab sich einen Ruck: »Mit wem?«

Leopold trank sein Weinglas leer und stellte es auf den Tisch zurück. Er wischte sich den Mund mit dem Handrücken ab. »Mit Yoga«, sagte er.

Ansgar schaute ihn verblüfft an. Er mußte lachen. »Mit Yoga«, sagte er. »Vielleicht auch noch mit Aerobic, Stretching und Hoola Hoop«.

Leopold schaute ihn an, ohne zurückzulächeln. Er war ein bißchen betrunken, das konnte man sehen. Man konnte es auch wissen, denn seit einiger Zeit war er jeden Tag um diese Zeit schon ein bißchen betrunken. »Ja«, sagte er. »Vielleicht auch damit. Und mit Gitarrenspielen und Rollschuhlaufen. Und mit Tennisspielen und Psychotherapie und Büchern über Selbsterfahrung und Selbstverwirklichung«.

»Wenn's nichts Schlimmeres ist«, sagte Ansgar und machte eine Handbewegung, die sagen sollte: Das ist doch eine Lappalie, lieber Freund.

Leopold hatte die volle Flasche genommen, um sie zu öffnen. Er stellte sie wieder auf den Tisch zurück. »Nichts Schlimmeres?« fragte er verständnislos. »Wenn's nichts Schlimmeres ist, als daß Lilo mich betrügt?«

»Na«, sagte Ansgar. »Ich hatte mal eine Freundin, die hat mich in Gedanken mit den Stones betrogen. Mit einem nach dem anderen und manchmal mit mehreren auf einmal. Wenn wir miteinander geschlafen haben, hat sie immer vorher eine LP von denen aufgelegt. Bei »Let's Spend The Night Together« kam sie. Nicht früher, nicht später. So etwas nenne ich betrügen. Aber Yoga? – Rollschuhlaufen?«

»Du weißt nicht, wie es vorher mit uns war«, sagte Leopold, obwohl Ansgar es wußte, denn er hatte es schon oft gehört. Er nahm wieder die Flasche und zog mit einem Korkenzieher, der wie ein Stierkopf aussah, den Korken heraus, indem er die

Hörner herunterdrückte. Er goß sein Glas sehr voll. »Auch?« fragte er Ansgar.

Ansgar schüttelte den Kopf. »Bier«, sagte er und zeigte sein Glas.

Leopold nickte und trank. »Wir waren sehr eng«, sagte er, und Ansgar sah, daß ihm ein Faden Rotwein aus dem linken Mundwinkel lief und am Hals in seinem Hemd verschwand.

»Ihr wolltet ein neues Leben anfangen«, sagte Ansgar. Als er die beiden vor einigen Jahren, drei waren es wohl, kennengelernt hatte, hatten sie es ihm als erstes erzählt.

»Ja«, sagte Leopold. »Ein neues Leben. Aber so wie vorher«.

»Quatsch«, sagte Ansgar. »Ein neues Leben kann nicht so wie vorher sein«.

»Doch«, sagte Leopold störrisch und unterdrückte einen Rülpser. »Doch. Kann es. Wir, hörst du, wir, wir beide wollten ein neues Leben anfangen. Nicht jeder für sich. So war das nicht gedacht«.

»Wie war es nicht gedacht?« fragte Ansgar. Die Sonne versank gerade hinter den Bergen. In einer halben Stunde würde es dunkel sein.

»Es war nicht so gedacht, daß sie mich allein lassen würde. Sie hat mich früher nie allein gelassen. Einer war für den anderen das Wichtigste, früher«.

»Du warst für sie das Wichtigste. Nur das hat dich interessiert, daß du für sie das Wichtigste warst«, gab Ansgar zurück.

»Nicht nur«, sagte Leopold eindringlich. »Nicht nur. Auch sie für mich. Auch sie für mich war das Wichtigste«. Er begann, die Satzstellung durcheinanderzubringen und schenkte sich noch ein Glas Wein ein, um dem entgegenzuwirken.

Eines Tages hatte Leopold Lilos Tagebuch gefunden.

»Heute sind wir ein Jahr hier«, stand unter dem Datum des 23. März. »Es hat sich vieles verändert. Ich habe immer gedacht, ich muß für jemanden leben. Bis der Mann kam und mir sagte, daß das nicht so ist. Und es mir auch vorlebte. Es gibt nur einen, für den du leben mußt, hat der Mann gesagt: Für dich. Das

Entscheidende in deinem Leben bist du. – Zunächst mal kam mir das gemein vor«.

An anderer Stelle stand: »Jetzt ist mir klar geworden, daß ich Leopold gegenüber ungerecht war. Der Mann hat es mir klargemacht. Ich habe Leopolds Faulheit ausgenutzt, seine Bequemlichkeit und seine Mutterbezogenheit und habe daraus meinen Nutzen gezogen. Ich habe die Mutter gespielt, die Mutter nach der Mutter. Ich habe ihm erlaubt, daß er weiter Kind spielen durfte. Ich weiß jetzt, daß es nicht gut für uns war. Er weiß es noch nicht. Es ist immer schwerer, sagt der Mann, für jemanden, der zurückbleibt als für jemanden, der auf die Reise geht«.

Unter dem 29. November stand: »Ich fliege jetzt. Ich breite meine Arme aus und fliege. Leopold muß lernen, sich selbst zu entwickeln, ob er will oder nicht. Ich kann nicht auf ihn warten, bei ihm stehenbleiben. Wenn ich an ihm vorbeifliege, will ich ihn freundlich grüssen, liebevoll, zärtlich. Dann fliege ich weiter. Ich bin ein Schmetterling, aber ich bin nicht sein Schmetterling. Nicht hinter Glas und aufgespießt. Ich fliege!!!!!!!!!!«

Leopolds Gedanken kamen für eine Augenblick vom Tagebuch zurück an den Tisch. »Früher hat sie mich immer Leolein genannt«, murmelte er.

Ansgar schaute ihn an und wollte etwas sagen. Aber Leopold war schon wieder in Nachdenken und Wein versunken.

Unter dem Datum des Silvestertages stand im Tagebuch: »Das ist meine Resolution: Jeder von uns beiden muß seinen Weg finden. Er und ich, und wir werden sehen, ob die Gemeinsamkeiten dann da sind, und wir unsere langjährige Gemeinschaft aufrechterhalten können – in veränderter Form! Gemeinsam – jeder für sich allein, jeder dem anderen geben und von dem anderen nehmen. Keine hilflose Abhängigkeit sondern gleichberechtigtes Miteinander. Ich bin ganz ruhig und schaue genauer, was sich da so entwickelt. Ich schaue, ohne in meinen Gefühlen ständig beeinträchtigt zu sein von den Gefühlen der anderen. Mein Feld, meine Energie für mich! Ich in Verbindung mit den anderen!!! – P.S. Die anderen sind in erster Linie Leopold«.

Am 12. Mai, an ihrem Hochzeitstag, stand: »Er ist so weit zurückgeblieben. Ich bin so weit vorangekommen. Ist das Gestrige für das Heutige verantwortlich? – Bin ich schuld? – Der Mann sagt: Es gibt keine Schuld«.

»Wer ist: Der Mann?« fragte Leopold sich selbst und sehr undeutlich.

»Was sagst du?« fragte Ansgar.

Leopold stand auf. »Ich gehe und hole noch eine Flasche«, sagte er. Er schwankte und stieß gegen den Fernsehtisch, als er durchs Wohnzimmer zur Küche ging.

Ansgar schaute ihm nach. »Yoga«, dachte er. Er mußte wieder lachen. »Sie versucht, sich selbst zu finden«, rief er hinter Leopold her durch die offene Küchentür. »Sie hat das neue Leben benutzt, um für sich selbst ein neues Leben zu beginnen. Sie hat die Chance ergriffen, die sich euch geboten hat. Sie ja. Du noch nicht«.

In der Küche zerbrach etwas. »Scheiße!« sagte Leopold. Er kam mit zwei Flaschen zurück. »Scherben bringen Glück«, murmelte er verteidigend. »Es sind auch noch genügend andere da«. Er setzte sich etwas mühevoll und begann, eine der Flaschen zu entkorken. »Das kann sie nicht machen«, sagte er starrsinnig. »Einfach ein neues Leben für sich selbst zu beginnen«.

»Jeder kann ein neues Leben beginnen«, sagte Ansgar. »Manchmal kann er gar nicht anders«.

Leopold schüttelte den Kopf und gleichzeitig reflexhaft die Flasche. »Ich kann es nicht«, sagte er. »Ich kann es nicht, und ich will es nicht!« Er schenkte sich ein Glas ein und wurde plötzlich wütend. »Sie hat sich 20 Jahre um mich gekümmert!« schrie er. »Sie hat 20 Jahre nichts anderes gemacht, als sich um mich zu kümmern!« Er griff nach der Flasche und schleuderte sie in den Garten und gegen die Mauer. Sie flog sehr nahe an Ansgars Kopf vorbei und bespritzte ihn mit Wein.

»Verzeihung«, sagte Leopold. »Verzeihung«. Er legte den Kopf zwischen die Arme auf den Tisch und begann zu schluchzen.

»Sie hat dich gefüttert und getränkt, nicht wahr?« sagte Ansgar sanft. »Sie hat dich zugedeckt und dir den Gute-Nacht-Kuß gegeben. Sie hat dir die Waden gewickelt, wenn du erkältet warst…«

»… sie hat mir das Zäpfchen in den Arsch gesteckt«, sagte Leopold schluchzend und böse.

»… und sie hat dir morgens deine Multi-Vitaminpille neben den Teller auf dem hübsch gedeckten Frühstückstisch gelegt. Sie ist eine Stunde früher aufgestanden als du, damit alles fertig war und eine Stunde später ins Bett gegangen, damit Ordnung war am nächsten Morgen. Bestimmt hat sie dir sonntags den Kaffee und die Zeitung ans Bett gebracht«.

»Sie hat mein Arbeitszimmer aufgeräumt, und keine blöde Putzfrau, die meine Sachen durcheinanderbringt. Sie hat…«

»… sie hat mit dir geschlafen, wenn sie merkte, daß es nötig war. Bestimmt hat sie meist auf dir drauf gesessen«.

»Bestimmt«, murmelte Leopold zwischen den Armen und ohne hochzuschauen.

»Sie hat…«

»Hör auf!« unterbrach ihn Leopold. »Sie hat es für sich getan. Ich habe sie damit glücklich gemacht«.

Ansgar stand auf. »Heb den Kopf hoch«, sagte er leise, und Leopold gehorchte. Ansgar ging um den Tisch herum. Er streichelte Leopolds spärliches Haar und hakte ihm die vertränte Brille von den Ohren und putzte sie an seinem Pullover. »Du mußt da durch«, sagte er. »Du hast es schwerer, denn du hast dich nicht früh genug gewehrt«.

»Gewehrt?« fragte Leopold mechanisch.

»Gegen dich«, sagte Ansgar. »Gegen dich und gegen sie. Er setzte ihm wieder die Brille auf und ging zu seinem Platz zurück.

»Ich bin unglücklich«, murmelte Leopold. »Ich fühle mich verloren. Seine Silben begannen zu schlurren. »Ich bin eifersüchtig«.

»Auf Yoga?«

»Yoga. Rollschuhlaufen. Bücher«.

»Ich muß jetzt gehen«, sagte Ansgar.

»Ja«, sagte Leopold unglücklich. »Komm morgen wieder«.

»Ich komme«, sagte Ansgar.

»Wann?« fragte Leopold und behielt nicht allen Wein im Mund, während er zugleich trank und fragte.

Ansgar drückte seine Schulter. »Wie heute«, sagte er: »Kurz vor Einbruch der...« er zögerte und sagte dann: »Dunkelheit«.

Ansgar beeilte sich nach Hause zu kommen. Er hatte dafür einen guten Grund, wenngleich keinen netten: Lilo erwartete dort den Mann.

Der große Blonde war von Anfang an etwas Besonderes auf der Insel. Zunächst einmal, weil er groß, blond und nordisch war, wie die Welt aus der er kam. Das erregte unter den eher kleinen, drahtigen Dunkelhaarigen Aufsehen und Bewunderung. Dann aber auch, weil er alles wußte und das meiste davon besser. Das konnte niemandem auf die Dauer ver-

Weinprobe

borgen bleiben, zumal er sein Licht nie unter den Scheffel stellte, der große Blonde. Nachdem er in dem kleinen Krämerladen 4 mal 25 im Kopf ausgerechnet hatte, schneller, viel schneller sogar, als die Ladenbesitzerin auf ihrem Einwickelpapier, sprach sich die Nachricht wie ein Lauffeuer herum: Der große Blonde ist ein Teufelskerl, ein Mathematiker zudem.

Es konnte nicht ausbleiben, daß man bald begann, an ihn heranzutreten, wenn es um Bedeutendes ging. Um besonders Schwieriges, um besonders Neues, um besonders Wichtiges, kurz, um alles, was nicht in den Alltagskleinkram fiel, Alltagskleinkram wie Kartoffeln, Ziegen, Ferkelaufzucht und Kaninchenjagd. Aber auch solche Dinge wußte er natürlich besser, er hatte die Universität besucht.

Man trat an ihn heran, als der Tag der Weinprobe nahte. Seit Jahrzehnten, vielleicht seit Menschengedenken, was für die meisten dort auf dasselbe hinausläuft, gab es in jedem Jahr ein großes Weinfest im Süden der Insel. Es fiel in die Zeit kurz vor der Weinlese und diente neben der Leerung der Fässer dem fröhlichen Vergleich.

»Blonder«, sagte der Bürgermeister zum großen Blonden. »Wir möchten, Blonder, daß du in diesem Jahr mitmachst. Du sollst einer der Preisrichter sein. Wir wissen, du verstehst etwas davon«. – Er wartete mit fragendem Blick eine Bestätigung ab. Der große Blonde ließ ihn nicht lange warten. »Ja«, sagte er schlicht.

»Ich verstehe etwas davon«. Und »ja« sagte er auch, als man ihn um Zusage bat.

Danach veränderte sich das Leben im Süden der Insel. Der große Blonde nahm die Sache in die Hand. »Es geht nicht an«, sagte er zum Preisrichterkollegium, »daß der Wein einfach so runtergetrunken wird. Eine Weinprobe ist eine Weinprobe und kein Besäufnis«.

Dem Preisrichterkollegium war das neu. Sie waren alle Bauern von eher schlichtem Geschmack. Die Weinprobe war einer der Höhepunkte ihres Jahres. Da sprachen sie 16 Sorten Trockenem und Süßem, Weißem und Rotem zu. Am Ende kamen sie zu dem Ergebnis, daß alle Weine gut waren, mehr oder weniger. Schließlich hatte jeder seine eigenen dabei. Gebratenes Kaninchen in scharfer, knoblauchschwangerer Sauce wurde dazu gegessen, Weißbrot? – das hatte man noch nie gehört.

»Weißbrot«, sagte der große Blonde. »Und ein Eimer neben jedem Richtertischchen, in den die Probe, nun, hineingespieen wird«.

»Hineingespieen?« fragte der Bürgermeister, und die anderen bewegten bedenklich die Köpfe.

Am Tag der Weinprobe hatte der große Blonde die Weichen gestellt und die Richtung gewiesen. Jeder der Preisrichter saß in einem kleinen Verschlag, getrennt und außer Sicht seiner Kollegen. Vor ihm stand ein Tischchen, auf dem Tisch ein Korb mit Weißbrot. Papier und Bleistift. Bleianspitzer. Radiergummi. Neben dem Stuhl ein Eimer. »So«, hatte der große Blonde auf der Generalprobe, die mit Sodawasser stattfand, gesagt, »so wird Wein geprobt«. Und das Preisrichterkollegium schaute beeindruckt, um nicht zu sagen, beunruhigt zu, wie der große Blonde das Glas hob. Wie er das Sodawasser betrachtete. Wie er an ihm schnüffelte. Wie er ein kleines Schlückchen in den Mund nahm, schlürfte. Wie er es auf der Zunge trillern ließ. Wie er es in den Eimer spie. Und wie er, nachdenklich die Augen in die Ferne – oder war's die Ewigkeit? – gerichtet, sich ein ausgewogenes Urteil bildete.

Vor dem Preisrichterkollegium hatte man Bankreihen für das

Publikum aufgestellt. Der Raum begann sich schnell zu füllen. Mütter kamen mit ihren Kindern, junge Männer mit ihren Bräuten, Greise mit ihren Hunden und ihrer Gicht. »Dort sitzt der große Blonde«, flüsterten sie scheu, und selbst die Hunde schienen zu ahnen, was die Stunde geschlagen hatte. Sie wagten kaum, mit dem Schwanz zu wedeln. Die Kinder verhielten sich mucksmäuschenstill. Die Bräute drückten sich näher an ihre Zukunft.

Junge Mädchen, folkloristisch gekleidet, kredenzten den Wein in neutralen Krügen und flüsterten scheu eine Nummer. Das Preisrichterkollegium probierte stumm. Es schien zu der Stelle hin zu lauschen, an der der große Blonde vor ihren Blicken verborgen saß und prüfte. Man wartete auf die Geräusche, die von dorther drangen: Das kaum vernehmbare Schnüffeln, das deutlichere Schlürfen und Trillern, das hohle, eher traurige Geräusch des Eimers: plop-platsch!

Durch die Zuschauermenge ging eine atmende Bewegung. »Sie haben den Wein ausgespuckt«, sagte ein uralter Mann zu seinem Hund. »Schlecht muß er sein!« –»Warum, liebe Mutter«, flüsterte ein kleines Mädchen, »warum spucken sie ihn aus, den Wein?« »Pst!« sagte die Mutter und hielt ihm die Hand vor den Mund, denn sie wußte keine Antwort. Noch nie hatte sie erlebt, daß ein Mann den Wein wieder ausspuckt. Jedenfalls nicht aus freien Stücken.

Der große Blonde nahm ein Stück Brot und steckte es sich in den Mund. »Man sollte ihm Kaninchen geben. In Knoblauchsauce«, flüsterte eine Braut. Sie flüsterte in der Aufregung zu laut. Der große Blonde schickte einen langen, nachdenklichen Blick zu ihr hinüber. Ihr Zukünftiger sah sie ebenfalls an. Er schien darüber nachzudenken, ob es vielleicht ein Fehler gewesen war, diese Frau zu wählen und löste ihre Hand aus seiner.

Es ging zwei, drei Male so weiter. Aber es breitete sich, man konnte es spüren, eine bedrückte Stimmung aus. »Schade um unseren schönen Wein«, sagte eine Frau. Sie mußte es wissen, so meinte sie wohl, denn ihr Mann saß unter den Preisrichtern.

Ihr Mann schaute zu ihr hinüber. Er zuckte die Schultern und kaute verdrießlich an einem Stückchen Brot.

Nicht selten sind es die Frauen, die Rat wissen, obwohl es dafür keine Erklärung gibt. Besagte Frau stand also auf, denn sie mochte ihren Mann, und so, wie ihr das Unterhemd näher war als der schwarze Schal, den sie trug, so war ihr der eigene Mann näher als der große Blonde. Sie verließ den Raum und kam kurze Zeit darauf mit einem Aluminiumtopf von beachtlichem Umfang zurück. Sie stellte ihn auf einen großen runden Tisch, der in der Ecke des Raumes stand, und den man bisher den Preisrichtertisch genannt hatte. Dort hatten die Männer bis zum letzten Jahr getagt. Bis zum Jahr, bevor der große Blonde kam. Bis zum Jahr, an dem der Wein in Eimer gespuckt und trocken Brot gegessen wurde. Aus ihrer Schürzentasche holte sie Gabeln hervor und wischte sie an ihrer Schürze blank. Sie öffnete den Topf. Hinter sich hörte sie ihren Mann sehnsüchtig seufzen. »Komm!« machte sie mit einer Kopfbewegung, die Widerspruch nicht zuließ. Der Mann stand vorsichtig auf und nahm im Vorbeigehen einem der folkloristischen Mädchen, das vor Schreck kaum »sieben« flüstern konnte, die Kruke aus der Hand. »Ja«, sagte er, als er sich an den Tisch setzte: »Ja!«

Der Duft der warmen Sauce, Kaninchen, Knoblauch, Safran und Thymian, zog durch den Raum. »Ja«, atmete ein zweiter Preisrichter und folgte auf Zehenspitzen dem Duft. »Ja«, sagten ein dritter und ein vierter. »Ja«, sagten die restlichen fünf und verließen leise ihren Preisrichterplatz.

Der große Blonde merkte von all dem zunächst einmal nichts. Versonnen hob er sein Glas in die Höhe, schnüffelte, schlürfte, spie, vergab nach längerem Nachdenken eine Note, kaute ein Stück Brot, forderte mit einer Handbewegung frisches Glas und neue Kruke.

Vom runden Tisch her kam Gesang. Eine Kruke fiel zu Boden, zerbrach, rief Lachen hervor. »Scherben bringen Glück«, mutmaßte einer. – »Ja, Scherben bringen Glück!« war die einhellige Meinung: »Glück bringen sie die Scherben, man sieht's ja schon«. – »Auch zerbrochene Gläser bringen Glück«, sagte ein anderer und ging mit gutem Beispiel voran. »Und Kaninchen in Knoblauchsauce bringt Glück«, sagte noch einer. »Und Gitarrenspielen, wo ist denn meine...? hol sie, Frau!«

Der große Blonde stand plötzlich vor dem Tisch. Ernst war er, der große Blonde. Und Platz machte man ihm, dem großen Blonden. Und eine Gabel drückte man ihm in die Hand. Und ein Glas füllte man für ihn. »Ich glaube«, sagte der große Blonde, »die Entscheidung muß zwischen der Nummer 3 und der Nummer 14 fallen«.

»Ja«, sagte der Bürgermeister und fischte ihm ein besonders schönes Stück Kaninchen aus dem Topf. »Und zwischen Nummer 4, 5 und 6«. – »Und zwischen Nummer 1 und 12«, sagte der Mann, der diesen Wein zur Probe gebracht hatte. – »Und Nummer 9«, wollte ein anderer Mann sagen, aber da ihm seine Frau gerade in dem Augenblick die Gitarre brachte, stimmte er sie und spielte und sang stattdessen.

»Eine Weinprobe«, sagte der Bürgermeister wenige Stunden und viele Kruken später mit Nachdruck und süffig ausrutschenden Konsonanten zum großen Blonden, »eine Weinprobe ist schließlich kein Besäufnis«. – Aber da hatte der große Blonde schon seinen großen blonden Kopf auf den Tisch gelegt und war eingeschlafen.

Die Leute vom Lande, so sagen die Städter der Insel, sind grundehrliche Menschen. Sie würden sich eher eine Hand abhacken lassen, als Unrechtes zu tun. Hier handelt es sich um eine Legende. Die Bauern der Insel sind bescheiden wie Frettchen, keusch wie Ziegenböcke und großzügig wie Wüstenregen. Wer etwas nehmen kann, der nimmt es, wer

Schweineschlachten

etwas borgt, der gibt es nicht zurück, und wer einen anderen übers Ohr hauen kann, sieht zu, daß er nach dem Schlag das Ohr in der Hand hält.

Es sind dennoch freundliche Leute, von irgendwoher muß der Ruf ja kommen, und sie laden dich auch schon mal zu einer Tasse Kaffee ein, vorausgesetzt, du bringst die Kaffeebohnen mit und den Zucker oder gibst Anlaß zu der Hoffnung, daß du es ihnen später einmal tausendfach vergelten wirst. Markus, der auf dem Lande unter Bauern wohnt, erzählt folgende Geschichte: »Don Marco«, sagte sein Nachbar. »Ich habe gehört, Sie wollen sich einen Sack Zement aus der Stadt holen. Bringen Sie mir auch einen mit, denn ich habe kein Auto, aber Nachbarn müssen sich helfen, so will es der Anstand«. – Es regnete, als Markus mit dem Zement zurückkam. Der Nachbar half beim Ausladen. Einer der beiden Säcke platzte, und der Zement fiel in eine Pfütze. »Oh Gott, Don Marco«, sagte der Bauer. »Ihr Zementsack ist kaputtgegangen!« – Zum Ausgleich vergaß er, seinen zu bezahlen.

Von Markus stammt auch diese bizarre Geschichte von Alberto Castro und der alten Susana: Unter den Schlitzohren der Landbevölkerung ragte Alberto Castro wie ein Monument heraus. Man muß sich den Montblanc auf Sylt vorstellen, so etwa. Er war ein Galgenvogel, wie man ihn sonst nur unter Millionen findet. Es war gegen jede Regel der Wahrscheinlichkeit, daß eine so kleine Insel einen so großen Galgenvogel hervorgebracht hatte.

Wo immer er hinkam, versteckten Mütter ihre Kinder und ihr Nadelgeld, Väter ihre Rumflaschen, und Hühner hörten auf zu legen. Doña Caliente behauptet, daß, wenn er einen Baum anhauchte, alles Ungeziefer ohne Zögern unverzüglich starb. Es war für sie, die Raupen, Würmer und Blattläuse, eine Welt, in der es sich nicht mehr zu leben lohnte. Da aber auch der Baum nach drei Monaten vertrocknet war, ließ sich kein wirklicher Nutzen daraus ziehen.

Alberto Castro war auch der einzige im Dorf bekannte Fall eines Mannes, der Stallmist stahl und ihn in Ermangelung eines Sackes in die Hosentasche stopfte, das Diebische in ihm war stärker als jede andere Erwägung. Man sagte auch, daß, nachdem er eine Kuh gemolken hatte, der Besitzer in den Stall eilte, um deren Zitzen zu zählen.

Es ist unter diesen Umständen schwer zu verstehen, warum der alte José und die alte Susana eines Tages Alberto Castro den Zutritt zu ihrem Hof gestatteten. Allenfalls eben, weil sie alte Leute waren, alt auch für Inselverhältnisse. Er war 86, sie 78, und sie bewirtschafteten noch immer ihren Hof, allerdings zunehmend mit Mühe. Alberto Castro, der Galgenvogel, war daher willkommen, wenn er den Gemüsegarten hackte und die Ziegen auf der Weide anpflockte. José hoffte, ihn mit Wein zufriedenstellend entlohnen zu können, er gab ihm nach der Arbeit viel davon, denn der Wein taugte eh nichts mehr, und José hatte im Jahr davor das Weintrinken aufgegeben. »Einem älteren Mann steht Rum besser zu Gesicht«, hatte er gesagt. Sein Vater war mit diesem Rezept 97 Jahre alt geworden.

Weder auf das Schicksal noch auf den Rum ist Verlaß. José starb im achtundachtzigsten Jahr seines Erdendaseins. Susana, sonst eher eine schweigsame Frau, bekam, weil der Brauch es so will, einen Schreikrampf und fiel, nachdem sie die akustische Pflicht erfüllt hatte, in der Kür ohnmächtig zu Boden. Alberto Castro, der gerade dabei war, die Ziegen zu melken, hörte die Schreie und ging, Gutes ahnend, auf das Haus zu. Er übersah die Situation mit einem Blick und nahm als erstes José die Rumflasche aus der Hand, obwohl jener sie selbst im Tod nicht loslassen wollte, so sehr hatte ihn das Leben geprägt. Er hob ferner und danach Susana auf, legte sie aufs Bett und wartete, bis sie wieder zu sich kam. Als die alte Susana die Augen aufschlug und erneut zu schreien begann – gegen jedes Brauchtum, aber es war schließlich eine ungewohnte Situation, in der Menschen spontan zu reagieren pflegen – verließ Alberto Castro das Haus, um nachbarliche Hilfe zu holen. Die Rumflasche nahm er mit, weil er wußte, daß Pfand darauf war. Außerdem glaubte er, daß die alte Susana das in der Aufregung nicht bemerken würde.

Susana hatte es aber bemerkt, die Trauer hatte ihre Aufmerksamkeit nicht gemindert, sie konnte zwei Dinge auf einmal erledigen. Sie hatte auch gesehen, daß die Flasche leergetrunken war. Und so beschloß sie, eines Tages, nachdem sich Trauer und Gram gelegt hatten, bei passenderer Gelegenheit also, Rache zu nehmen. »Er hat mir in meiner schwersten Stunde den Rum ausgetrunken und die Pfandflasche gestohlen«, konnte man sie von nun an des öfteren sagen hören, das letzte Mal an dem Tage, an dem, kaum ein Jahr später, Albertos symbolische Entleibung stattgefunden hatte.

Tod, Unfall, Krankheit und Siechtum wecken in kleinen, abgeschiedenen Gemeinden eher Interesse als Trauer. Nur wenig geschieht dort, und für einen Augenblick hebt sich bei solchen Anlässen allegorisch gesprochen die graue Wolkendocke des Alltags und gibt einen Blick auf das Blau des Himmels frei. Auch die alte Susana empfand das so. Sie war damit beschäftigt, im Mittelpunkt zu stehen und die mit dem Todesfall verbundenen Verpflichtungen zu erfüllen. Das Weinen fiel ihr nicht schwer, schon eher bedauerte sie den obligatorischen Keks und das Gläschen gezuckerten Wein, die jedem kondolierenden Besucher zustanden, und die Leute kamen von weit her. Man mag von solchen Bräuchen denken, was man will, also auch Gutes, aber kostspielig sind sie allemal, es wird einem nichts geschenkt im Leben, nicht einmal Aufmerksamkeit.

Eines Tages war, abgesehen von José, alles wieder so wie vorher. Das Leben tat, was es vereinbarungsgemäß zu tun hat:

Es ging weiter. Bei der alten Susana pflockte Alberto Castro weiterhin die Ziegen an, er hackte auch ein wenig den Gemüsegarten und trank hauptsächlich die Weinfässer leer.

Das Ferkel kaufte die alte Susana von einem Viehhändler, der auf dem Rücksitz seines Autos, dort, wo sonst seine Frau und seine Kinder zu sitzen pflegten, eine Kiste mit schwarzen Schweinchen geladen hatte. »Alberto Castro«, sagte die alte Susana, als sie ihn an den Schweinestall führte, »dieses Ferkel gehört uns beiden. Von mir das Futter, von dir die Pflege«.

»Einverstanden«, grunzte Alberto Castro und begann, wenn auch dumpf, darüber nachzudenken, wie er das ausgewachsene Schwein zu seinem Vorteil teilen könnte.

Nachdem er am Abend Hof und Weinfässer verlassen hatte, ging Susana noch einmal zum Schweinchen hin. Sie schaute es lange an. Dann schlurfte sie ins Haus zurück. Sie steckte sich einen Kerzenstummel in die Schürzentasche, füllte eine rostige Dose, die einst Rattengift beherbergt hatte, mit Spülwasser und zog damit zum Schweinestall. Sie zündete den Kerzenstummel an und klebte ihn mit einem Tropfen Stearin auf dem Futtertrog fest. Dann bespritzte sie das Ferkel mit dem Spülwasser und sagte die folgenden Worte: »Schwarzes Schwein, ich taufe dich auf den Namen dessen, der mir in meiner schwersten Stunde Rum und Pfandflasche gestohlen hat: Alberto Castro«. Sie bekreuzigte sich, nahm die Kerze und spuckte dem Schweinchen geschickt zwischen die Augen. Dem schien das jedoch nichts auszumachen, vielmehr schien es an dem ganzen Vorgang Vergnügen zu finden, denn es grunzte fröhlich. »Na grunz mal, Alberto Castro«, sagte die alte Susana. »Eines Tages wirst du quietschen«.

Es wird Zeit, eine genauere Beschreibung jenes Mannes zu liefern, dessen Namen fürderhin ein schwarzes Schwein durch sein kurzes Leben begleiten sollte. Mancher käme sonst vielleicht auf den Gedanken, er hätte Aussehen und Habitus eines Ferkels gehabt. Nichts würde der Wahrheit ferner liegen, das Schweinchen war eher ein hübsches Tier. Es war, wie bereits zur Genüge berichtet, schwarz, doch hatte die Natur, von der wir alle wissen, daß sie bisweilen wie eine gütige Mutter ist, hatte Mutter Natur also ihm einen weißen Flecken auf der Stirn mitgegeben, sowie ein hängendes und ein stehendes Ohr. Es war ein männliches Ferkel, das sich normalerweise und ohne Mitwirkung Alberto Castros zu einem Eber entwickelt hätte, so aber der alten Susana zu einem frühen Zeitpunkt bereits einen Vorgeschmack süßer Rache gab, einen Aperitif sozusagen. Ein niedliches Schweinchen war das also, frohgemut zudem und ohne an der Last seines Namens sichtbar zu tragen.

Und Alberto Castro? – Wenn er schon dem Schweinchen nicht ähnlich sah, wie sah er dann aus? – War er häßlicher, schmutziger, schlürfender, schmatzender, übelriechender? – Ließen seine Hände und Füße die Pfoten des Schweinchens in vorteilhaftem Licht erscheinen? – Würde eine Oma, wenn es schon gar nicht anders ging, eher den Kopf des Schweinchens als das Antlitz Alberto Castros sich für ihr Enkelkind vom Allmächtigen erflehen?

Alles Vorhergefragte muß mit einem Ja beantwortet werden. Alberto Castro war ein Ausbund an Häßlichkeit. Gewiß, insgesamt ähnelte er einem Menschen: Er konnte aufrecht gehen. Auch entrangen sich seiner Kehle Wörter, und schließlich konnte er seine Hände zur Arbeit benutzen und dabei einfaches Gerät handhaben. Damit jedoch hört die Übereinstimmung auf. Sein Gang war schleichend und windend, stets suchte er die Nähe einer Mauer oder Wand. War er im Zustand der Ruhe einer Reihe von Worten mächtig, so entwichen ihm im Zustand der Erregung krächzende, gutturale Laute, die Mensch und Tier erschreckten. Seine Füße wusch er zur Weinlese, wenn es galt, die Trauben zu treten, seine Hände wurden bei dieser Gelegenheit ohne Extramühe mitgesäubert. Viele Worte der Beschreibung. Vielleicht hat es Eusebio, der Ochsenpflüger, am knappsten zusammengefaßt. Er soll eines Tages zu Armando, dem blinden Lotterieverkäufer, gesagt haben: »Na, wenigstens mußt du nicht Alberto Castro sehen«.

Selbst die alte Susana hatte wohl nicht geglaubt, daß ein Schweinchen dieses Namens gedeihen würde. Sie irrte, wie gesagt. Man konnte buchstäblich zusehen, wie aus dem Ferkel ein kleines Schwein wurde, wie sich sein Körper und sein Bauch entwickelten. Es fraß, was es bekam, der Trog war stets in wenigen Minuten leer, und als die Birnen reiften, wurden ihm die madigen Früchte sackweise zuteil. Es war daher fast ein wenig spät, als die alte Susana Alberto Castro daran erinnerte, daß das Schwein ein Eber war. »Wenn wir es nicht kastrieren, wird es nicht fett«, sagte sie und legte einen Kastrierklöppel auf die Mauer des Schweinestalles. Dann ging sie ins Haus zurück, denn die Frauen der Insel wohnen diesem Akt nicht bei, sei es, weil die Männer keine schlafenden Hunde wecken wollen, sei es, weil es der Anstand verbietet, kurz: sie müssen sich auf akustischen Genuß beschränken.

Alberto Castro verspürte angesichts der Aufgabe, die vor ihm lag, ein vages Unbehagen. Er beschloß daher, sich vorher mit einem Schluck zu stärken. Im Hause wartete unterdessen die alte Susana. Sie hatte sich ihre Strickarbeit vorgenommen und lauschte versonnen zum Schweinestall hin, während die Nadeln leise klickten. Ein unbefangener Beobachter hätte die Atmosphäre idyllisch genannt. Schließlich war es soweit: Quietschen vermischte sich mit krächzenden Lauten, es plumpste und klatschte, bis ein durchdringender Schrei das getane Werk verkündete.

Die alte Susana legte die Wolle und die Hände in den Schoß. »Alberto Castro«, sagte sie. »Du hast mir in meiner schwersten Stunde Rum und Pfandflasche gestohlen. Nun leide mit dem schwarzen Schwein, das deinen Namen trägt«.

Sie stand auf und ging zur Küchentür. Sie öffnete sie und schaute hinaus. Alberto Castro wand sich an der Mauer entlang zum Weinkeller hin. Als er die alte Susana sah, würgte er einige Wörter heraus: »Schwein... Jauche... Mist... reingefallen... grrrr!« und spuckte dabei schwarzes Unappetitliches aus. Die alte Susana schlug die Hände über dem Kopf zusammen und verbarg ihre aufrichtige Freude hinter einem heftig hervorgestoßenen: »Allerheiligste Jungfrau!«

Bald darauf trat ein weiteres Ereignis ein. War es Zufall,

Vorsehung oder die Kraft der Gedanken, die von der alten Susana ausgingen? – Darüber lassen sich nur Vermutungen anstellen. Die meisten der Nachbarn neigten dazu, den Allmächtigen ins Spiel zu bringen, der bekanntlich stets und seit Anbeginn ein Auge auf uns und unsere Taten wirft. Alberto Castro, so urteilten die Leute in ihren Stuben und in dem kleinen geschwätzigen Laden am Anfang der Dorfstraße, Alberto Castro mußte schon stets ein Dorn im Auge Gottes gewesen sein, weil ihm doch hier so offensichtlich beim Schöpfen die Kelle ausgerutscht war. Andere jedoch, unter ihnen Pura, die mit einem Hundefänger im Zustand der Sünde lebte, und über die unschöne Vermutungen wegen Art und Menge ihres Fleischkonsums im Dorf kursierten, Pura und andere also wollten die Angelegenheit in enger Verbindung mit dem Zorn der alten Susana sehen, der außerdem gerecht war. Sie waren also nicht verwundert darüber, daß etwas geschehen war, sondern eher darüber, was geschehen war. Der einzige, der das Geschehen dem reinen Zufall zuschrieb, war Benito, der politisch links stand und sich keinen Aberglauben leisten konnte. »Äste pflegen abzubrechen«, sagte er. »Esel pflegen auszuschlagen«. Nachdem er das gesagt hatte, bekreuzigte er sich und klopfte auf Holz.

Dieses war geschehen: Wenige Tage nach der Kastration des schwarzen Schweines war Alberto Castro, inzwischen notdürftig von den Spuren seiner Tätigkeit im Schweinestall befreit – es ging das Gerücht von einer frisch gewaschenen Hose um – auf einen Baum gestiegen, um Pfirsische zu pflücken. Der Besitzer des Pfirsischbaumes, das wußte er, saß in seinem Kuhstall und harrte gemeinsam mit dem Tierarzt bei Wein und Mandeln der Geburt eines Kälbchens. Seine Aufmerksamkeit war gleichsam gefesselt, und einem erfolgreichen Diebstahl schien nichts im Wege zu stehen.

Der Pfirsischbaum trug reichlich, Alberto Castro hatte daher den Esel der alten Susana ausgeliehen, mit der Ausrede, Grünfutter für die Ziegen aus den Bergen zu holen. Der Esel stand unter dem Baum, als der Ast brach und Alberto Castro samt vollem Korb vom Baum fiel. Er landete hinter dem Esel, der seinerseits den vollen Korb auf den Kopf und dadurch einen heftigen Schrecken bekam. Zudem blieb der Korb über seinen Augen hängen, was gerade Esel nun überhaupt nicht mögen. Der Esel schlug also, wer wollte es ihm verdenken, aus, sprang rückwärts und vorwärts, auch schon einmal seitwärts und erledigte zwischen den Sprüngen und dem Ausschlagen sozusagen unbeabsichtigt aber dennoch einwandfrei, was Alberto Castro beim schwarzen Schwein so viele Mühe bereitet und Unbill eingebracht hatte.

Es gelang Alberto Castro, unter gewissen Schwierigkeiten, das versteht man, sich bäuchlings auf den Esel zu plazieren und den Stall zu erreichen, in dem der Besitzer des Pfirsischbaumes und der Tierarzt gerade dabei waren, mit vereinten Kräften ein Kälbchen ans Licht der bestmöglichen aller Welten zu zerren. Dem Tierarzt genügte ein kurzer, wenn auch lustloser Blick, um zu einer Diagnose zu gelangen: »Ich hätte es«, sagte er, »nicht besser machen können«. Dann schaute er den Esel auf eine Art an, in die sich Hochachtung und ein wenig Neid mischten. Das versteht man, immerhin hatte der Tierarzt, um seine Kunstfertigkeit zu erlangen, jahrelang studieren müssen. Außerdem mißtraut der Professionelle seit eh und je dem Amateur.

Alberto Castro, der, weil sich die Nachricht in Windeseile verbreitet hatte, nunmehr allenthalben Alberto Castrado genannt wurde, jedoch hinter seinem Rücken, wie es sich unter Menschen mit Herzensbildung gehört, erschien nach einiger Zeit wieder bei der alten Susana, um seine Verpflichtungen und den Wein zu erledigen. Die Zeit der Kartoffelernte kam, und das schwarze Schwein wurde mit Kartoffeln vollgestopft. Der Mais wurde geerntet, und das Schwein erhielt seinen Anteil davon in großen Eimern voller Molke, die bei der Ziegenkäsebereitung abfiel. Noch fehlten die Eßkastanien, die der Schweinemast im Oktober die letzte Abrundung zu geben pflegen, aber schon jetzt bestand kein Zweifel: Es würde das fetteste Schwein werden, das die alte Susana je auf ihrem Hof hervorgebracht hatte.

Für eine kurze Zeit hatte das Schwein nach der schmerzlichen und zudem verspäteten Behandlung die Lust am Fressen und am Saufen, ja, wie es schien, sogar am Leben verloren. Aber schon nach wenigen Tagen und genau um die Stunde, da Alberto Castro vom Esel operiert worden war, begann das Schwein sichtlich aufzublühen und wie besessen zu fressen.

Das mit der zeitlichen Übereinstimmung jedenfalls behauptete die alte Susana, die damit gewissermaßen eine seelische Schicksalsgemeinschaft zwischen Alberto Castro und dem Schwein herzustellen suchte, und die bereit war, diesen Sachverhalt beim Leben ihrer Lieblingshenne zu beschwören. Kinder, die normalerweise diesem Zweck dienen, besaß sie nicht.

In allen Dörfern der Insel wird das Hausschwein um St. Martin geschlachtet. Das ist gleichzeitig der Tag, an dem der junge Wein gekostet wird. Auch die alte Susana war entschlossen, dieser Tradition zu folgen, umso lieber, als die vielfache Schweineschlachtung am diesem Tage lästige Esser auf ein Minimum beschränkte. Nur die wirklich unentbehrlichen Helfer würden mit einer Mahlzeit abgespeist und mit einem Fleischstück zum Mitnehmen für ihre Mühe entlohnt werden. Als Helfer hatte sie sich Pamela, das Dummchen, verpflichtet, die ihren Beinamen erworben hatte, weil man sie dazu bewegen konnte, um ein Gott vergelt's zu arbeiten. Des weiteren hatte sie Paco, den Schellfisch, eingeladen, der so hieß, weil er glotzte, und von dem sie nur geringen Freß-Schaden befürchtete, da er keine Zähne und ein Magengeschwür sein eigen nannte.

Am Abend vor dem Schlachtfest ging die alte Susana noch einmal zum Schweinestall. »Schwarzes Schwein«, sagte sie mit einer gewissen Feierlichkeit in der Stimme. »Ich habe dich auf den Namen dessen getauft, der mir in meiner schwersten Stunde Rum und Pfandflasche gestohlen hat: Alberto Castro. Morgen, Alberto Castro, wirst du zum letzten Mal quieken«. Diesmal vergaß sie, dem Schwein zwischen die Augen zu spucken, sie war zu aufgewühlt, um daran zu denken. Das Schwein schaute ihr nach, enttäuscht, wie es schien, denn nicht nur für Menschen sondern auch für unsere vierbeinigen Gefährten muß alles seine Ordnung haben.

Die alte Susana war schon bei Tagesanbruch auf den Beinen,

um die Vorbereitungen zu treffen. Sie zündete auf dem Hof in einer geschützten Ecke ein Holzfeuer an, stellte eine ehemalige aber noch gut erhaltene Sitzbadewanne auf ein paar um das Feuer gelegte Ziegelsteine und füllte die Wanne mit Wasser. Sie suchte Schüsseln und Behälter zusammen, die später Schweinernes in sich aufnehmen sollten. Sie suchte und fand eine Blechdose, die dereinst Hustenbonbons als Heimstatt gedient hatte, und in der nunmehr sehr gebrauchte Rasierklingen lagerten, Eigentum des alten, und wie wir uns erinnern, verschiedenen José und somit ihr rechtmäßiges Erbe. Mit den Rasierklingen sollten dem Schwein später die Borsten abrasiert werden. Sie spülte auch noch einmal das Faß aus, in dem das Fettige eingesalzen und dauerhaft gelagert werden sollte.

Pamela, das Dummchen, erschien nervös plappernd, huschte hin und her und begann, sich mit allerhand Unnützlichem nützlich zu machen: Sie räumte die Behälter und Schüsseln weg, die die alte Susana herausgesucht hatte, tat die Rasierklingen in das Nähkästchen, welches sie in der Speisekammer versteckte und begann, Fenster zu putzen. Dieser Tätigkeit verfiel sie immer, wenn sie aufgeregt war.

Paco, der Schellfisch, kam mit der beunruhigenden Nachricht, daß er von seinem Magengeschwür kaum noch belästigt wurde, aber wenigstens hatte ihm, wie sich zeigen sollte, als er gähnte, die Kasse kein neues Gebiß verpaßt. Die alte Susana hoffte daher, daß sie mit Knabberrippchen und hartgebratener Schwarte seiner Eßlust Zügel anlegen konnte.

Alberto Castro kam mit einem langen Messer in der Hand, das er umgehend an einem Stein zu schleifen begann. Seine Stimme war zwischenzeitlich höher geworden, man mochte sie einen Rabensopran nennen, und sie zeugte von den unergründlichen Gesetzen der Natur, die keine Widersprüche duldet, selbst wenn sie glücklicherweise nicht vor aller Augen offen liegen.

Wir werden dem eigentlichen Akt des Schweineschlachtens nicht beiwohnen. Alberto Castro führte ihn, gestärkt durch mehrere Schlucke aus der Weinflasche, allein und ohne Gegenwart von Zeugen aus, denn Dinge, die mit dem Odium des Anstößigen behaftet sind, werden auf der Insel gern in aller Heimlichkeit vorgenommen: Schlachten, Sex und Baden beispielsweise. Ein kurzer Quietscher tat daher recht bald kund, daß das Schwein in die ewigen Jagdgründe hinübergewechselt war. Direkt danach signalisierte ein heller, heiserer Grunzer Alberto Castros, daß nunmehr Hilfe erwünscht war.

Schweineschlachten, sowie die Verwertung des Objektes, ist außerhalb eigens dafür eingerichteter Institutionen, eher ein chaotischer Vorgang. Meist geht irgendetwas schief, das Wasser ist nicht heiß genug, oder das Schwein fällt von der Kuhstalltür, die man ausgehängt und von Mistspuren befreit hat, und auf der es rasiert, ausgeschlachtet und zerteilt werden soll. Auch ist die Schweinerasur, an der alle aktiv teilnehmen – das Schwein natürlich ausgenommen – ein mühseliges Geschäft: Normale und zudem an harten Bauernborsten erstumpfte Klingen lassen nur langsam Erfolg sichtbar werden. Immerhin kommt am Ende gegen jede Vermutung und stets wieder zum lauten Erstaunen aller unter den schwarzen Borsten ein weißes Schwein zum Vorschein. Es wird sodann mit einem deftigen Schnitt, dort, wo es am weichsten ist, geöffnet und mit wenigen Handgriffen von unnötigem Ballast befreit. Leber, Nieren und Lungen werden in die dafür vorgesehenen Gefäße getan und verwertbare Dekameter des Darmes im Verein mit der Blase gewaschen und für die später erfolgende Verwursterei in Salz getan.

Verzichten wir auch hier auf Detailbeschreibungen. Das Schwein war gegen Mittag in seine Einzelteile zerlegt, und während in einem kühlen Vorratsraum das Fettige der Einsalzung und das Magere einer schnelleren gastronomischen Erledigung harrte, wartete vor dem Haus bereits das Kurzgebratene, die Rippchen, die Leber, die Schwarte und die Stückchen, die hier und dort abfallen, sowie Brot und Wein als Lohn vollbrachter Arbeit.

Diese Leistung hatten die alte Susana und Pamela, das Dummchen, erbracht, während Alberto Castro und Paco, der Schellfisch, noch mit der Zerteilung beschäftigt waren und Alberto

Castro seinen, wie er hoffte, größergemogelten Anteil an Aurelio, den örtlichen Fleischaufkäufer, veräußerte. Jener wog und quengelte, runzelte die Stirn und machte verächtliche Bemerkungen, log den Kilopreis herunter, fragte, ob das Tier wohl nur aus Knochen bestünde und behauptete, daß man den Leuten heuer das Schweinefleisch nachwerfen könnte. Schließlich zog er zusammen mit einem Taschentuch, das er stets zu seinem Namenstag wechselte, ob es nötig war oder nicht, ein Bündel Banknoten aus der Tasche, um Alberto Castro auszuzahlen.

Nachdem er das Gekaufte in sein Auto geladen hatte, kam er an den Tisch vor dem Haus zurück, auf dem sich das Kurzgebratene türmte. »Das ist«, sagte er nachdenklich, »viel Fleisch für vier Personen. Wenn man dann noch bedenkt, daß Paco, der Schellfisch, ein Magengeschwür hat, das ihn leicht umbringen kann und außerdem keine Zähne...«

»Das Magengeschwür«, sagte die alte Susana eisig aber zugleich beunruhigt, »ist, fürchte ich, so gut wie verschwunden, Gott sei Dank, Paco schluckt wieder wie ein Wolf«.

»Na dann«, sagte Aurelio, der Fleischaufkäufer, bedauernd, »will ich mich mit einem Rippchen und einem Gläschen Wein im Stehen begnügen«. Die anderen schauten ihm schweigend zu, wie er ein Rippchen und noch eins aß, ein Glas Wein trank und noch eins und schließlich, guten Appetit wünschend mit seinem Auto den Weg in die Stadt antrat, wo ihn, allein durch die Benutzung einer anderen Waage, ein lukratives Geschäft erwartete.

Sie aßen und sie tranken. Pamela, das Dummchen, knabberte schüchtern an ihren Rippchen und nippte verlegen am Wein. Zwischendurch zerbröselte sie Brot und stopfte sich die Krümel in den Mund. Die alte Susana sah es mit Wohlgefallen. Brot ist billiger als Fleisch, altbackenes zumal. Paco, der Schellfisch, aß, als ob er nie ein Magengeschwür gehabt und als ob ihm ein Scherenschleifer den zahnlosen Gaumen behandelt hätte. »Man kann«, dachte die alte Susana bitter, »man kann sich heutzutage auf nichts mehr verlassen«.

Demgegenüber erfüllte sie Alberto Castros Appetit mit aufrichtiger Freude. Jenem war förmlich anzusehen, daß er auf diesem Schlachtfeld die Teilung des Schweins endgültig zu seinen Gunsten entscheiden wollte. Die Ragout-Stückchen verschlang er, die Leber atmete er ein, das Fleisch von den Rippchen saugte er ab. Zwischendurch schüttete er sich Wein in den Rachen und nahm sich nicht einmal die Zeit, sich vorher den Mund mit dem Handrücken oder dem Ärmel abzuwischen, wie es sich unter gesitteten Menschen auf der Insel gehört. Der alten Susana war es gleich. »Iß, Alberto Castro«, sagte sie. »Iß Alberto Castro«. Niemand hörte die Doppeldeutigkeit heraus. Wie sollte er auch? Erst am Ende des Essens, nachdem alle übermäßig gesättigt waren, und die Männer rülpsten und die Pfeifen angezündet hatten, stand die alte Susana auf und gab Alberto Castro einen Wink, ihr zu folgen. Als sie am Schweinestall standen, ließ sie die Katze aus dem Sack. »Alberto Castro«, sagte sie. »Erinnerst du dich an den Rum und an die Pfandflasche?«

Alberto Castro starrte sie verständnislos und vom Wein betäubt an. Die alte Susana sagte ihm alles noch einmal und endete dann so: »Du hast mir, Alberto Castro, in meiner schwersten Stunde den Rum und die Pfandflasche gestohlen. Deshalb habe ich das Schwein auf deinen Namen getauft. Deshalb hast du dich heute früh selbst geschlachtet und heute mittag selbst gegessen«. Die alte Susana drehte sich um und ging zu ihrem Haus zurück. Sie betrat es durch die Küche und verschloß hinter sich die Tür.

Pamela, das Dummchen, und Paco, der Schellfisch, hatten, schließlich waren sie einfache Leute und nicht gewohnt, aus Wortfetzen Kleider zu machen, einige Mühe zu verstehen, was vorgefallen war. Paco, der Schellfisch, entnahm dem würgenden Krächzen zunächst, daß Alberto Castro ein Schwein war, und daß man das falsche geschlachtet hatte. Pamela, das Dummchen, glaubte ihrerseits herausgehört zu haben, denn als Frau war sie sensibler als Paco, daß der Geist des Schweines in Alberto Castro gefahren war, daß also das Schwein sich Alberto Castro einverleibt hatte und nicht umgekehrt.

Aus der Küche, hinter der verschlossenen Tür hingegen schrillte, um die Verwirrung vollständig zu machen, die Stimme der alten Susana: »Er hat sich selbst geschlachtet! Er hat sich selbst gegessen!« Und man hörte sie kichern.

Alberto Castro wankte – Wein und Schreck gaben diesem Vorgang eine besondere Dramatik – vom Hof der alten Susana, während die beiden Zurückgebliebenen berieten, was geschehen war und sich als Zeichen ihrer Ratlosigkeit am Kopf kratzten und bekreuzigten. Weil das Mystische am Ende stets über das Profane siegt, kamen sie zu dem Schluß, daß sie es mit einem Fall von Seelenwanderung, einer Art Ringtausch zu tun hatten, und daß Alberto Castro nunmehr die Seele eines Schweins besaß. Das beunruhigte sie allerdings nicht sonderlich. Paco, der Schellfisch, sagte sogar: »Er kann dadurch nur besser werden«.

Nach und nach kam die Geschichte an das Licht der Dorföffentlichkeit. Pamela, das Dummchen, und Paco, der Schellfisch, erzählten allenthalben und besonders in dem geschwätzigen kleinen Laden am Anfang der Dorfstraße von der sonderbaren Schweineschlachtung, die alte Susana wurde um Erläuterungen gebeten, und Alberto Castro lief als leibhaftiger Zeuge des Geschehens umher. Er hatte den Erlös vom Verkauf seines Schweineanteils in Rum angelegt, ein unbewußter und fast rührender Versuch, Geist in Körper zurückzuverwandeln und sich derart wieder sich selbst zuzuführen. Wenn er, die Rumflasche in Hand oder Hosentasche, an einem der Höfe vorbeiging, rief der Bauer oder die Bäuerin: »Alberto Castro, komm, und schlachte uns das Schwein!« Und die Kinder, die auf der Dorfstraße spielten, hatten ein Lied erfunden, das übersetzt etwa so ging: »Da ist Alberto Castro, der frißt Alberto Castro!«

In einer dunklen Nacht, schwört die alte Susana, über deren Lippen noch nie ein Tropfen Alkohol gekommen ist, geschweige denn eine Lüge, und der Wind heulte nach ihren Worten auch noch um das Haus, kam um Mitternacht Alberto Castro über den Hof. Er war in Begleitung eines durchscheinenden, milchigmildes Licht verbreitenden Schweines, das rasiert war. Zu ihrer

Verwunderung lief es auf zwei Beinen und trug auf dem Rücken kleine aber wohlgeformte Flügelchen. Das durchscheinende Schwein führte Alberto Castro zum Schweinestall, wobei es ihm durch seine Leuchtkraft und ein ganz leises, fast überirdisches Quieken den Weg wies.

Dort fand ihn die alte Susana am nächsten Morgen schlafend und im Schlaf friedlich grunzend. Sie brachte es, Rache ist süß aber Verzeihen christlich, sie brachte es nicht fertig, ihn zu wecken und des Stalles zu verweisen. Später am Tag, als er aufgewacht war, brachte sie ihm Ziegenmilch und ein Stück Brot. Sie erhob auch keine Einwände, als er begann, den Stall ein wenig zu säubern und Säcke unter den Dachvorbau zu legen.

Am nächsten Tag schickte sie ihn, den Garten zu hacken und die Ziegen anzupflocken und sich sonstwie nützlich zu machen. »Und«, sagte Markus, »wenn's die Leber durchgehalten hat, dann lebt er dort noch heute«.

Auf eine geheimnisvolle aber sehr erfolgreiche Art war es Meisje gelungen, sich vom Chef der Inselverwaltung vor den Wagen spannen zu lassen. Welche Gegenleistung er dafür forderte, wissen wir nicht und bleiben daher auf Vermutungen angewiesen. Lassen wir es also lieber. Im Umgang mit Menschen immerhin kannte Meisje sich aus. Viele Jahre

Das holländische Zugpferd

ihres Lebens hatte sie beruflich Menschen die Tage und Stunden verschönt, und noch bevor jemand Zeit hat, hämisch »aha« zu sagen, sei hinzugefügt: Als Reiseleiterin auf Kreuzfahrtschiffen. Sie war auf deutschen, italienischen, englischen und französischen, auf schwedischen und russischen Schiffen viele Male um die Welt gefahren. Sie hatte Haíti gesehen und Hawaii, Mexico und Mauritius, die Seychellen und die Azoren, New York und Neuseeland, die Pyramiden und Disney World. Und stets war sie umringt gewesen von Menschen, die Wert darauf legten, für möglichst wenig Mark oder Gulden, Pfund oder Kronen, Franken, Lire, Schilling, Groschen, Rappen, Dollar und Yen, Escudos und Peseten, viel Welt zu sehen, am liebsten für gar nichts.

Diese Menschen, deren Gott Neckermann ist und die Gruppenreise sein Prophet, hatten jeder für sich eine überwiegende Stimmungslage: Ängstlichkeit. In der Gruppe wird daraus, denn die Gruppe ist ein Katalysator, der kuriose Reaktionen hervorruft und daher alles verändert: latente, schwelende Ängste, Aggressionen.

Meisje hatte gelernt, damit umzugehen. Sie hatte gelernt, ihre Herden friedlich zu halten, Stampeden und Panik, Ausbrüche aller Art zu vermeiden und sie mit sanften Worten und unmißverständlichen Gesten zu hüten. »Ich habe sie Zucker in das Hintern geblasen«, sagte sie in ihrem hübschen holländischen Deutsch, das fast immer ein wenig daneben lag.

Sie hatte die Kapitäne kennengelernt und die Offiziere. »Italiener«, sagte sie. »Mann, da mußt du oppassen, wenn einer vorbeigeht, daß du hinterher noch dein Unterwäsche anhast!« Sie wurde rot, als sie das sagte, auf Italiener war sie nicht gut zu sprechen. Auch nicht auf italienische Touristen. Sie waren die einzigen Leute, denen sie Tourismusfähigkeit rundweg absprach: »Schmuddelig sind sie, nicht zu bändigen, wenn eine Gruppe Italiener von das Bord geht, mußt du drei Tage länger in der Hafen bleiben, um die Kabinen wieder proper zu kriegen«. Ihrer reinlichen, blitzeblanken holländischen Seele widerstrebten solche Zustände.

Mit den Engländern kam sie gut zurecht. »Du weißt immer, woran du mit sie bist. Es ist eine direkte Sprache, ohne Umschweife, weißt du, Arend«. – Arend war ihr deutscher Freund auf der Insel, ein Mann voller guter Eigenschaften. »Geld ist zwar nicht alles«, sagte sie. »Aber wenn sonst alles in die Ordnung ist, soll man sich nicht sträubern«. Sie sprach seinen Namen mit doppeltem, rollenden R aus, was ihn entzückte.

Am liebsten mochte sie die russischen Schiffe, Kapitäne und Offiziere. Das hatte nicht nur mit dem Kaviar und dem Krimsekt zu tun, der in den Quartieren kullerte und floß, auch nichts mit dem Wodka, der sie an den Ouden Genever ihrer lieben Heimat erinnerte, (»natürlich smekt er anders als Wodka, Arend, aber man trinkt ihn auch aus Wassergläser!«) nichts damit hatte es also zu tun, sondern mit der russischen Seele. »Ich kenne die russische Seele wie das Name von mein Vater und meine Mutter, Arend. Sie ist schön, glaub es mich«.

Noch nachdem sie auf der Insel wohnte, bekam sie, wenn russische Kreuzfahrtschiffe dort Station machten, immer ein reichliches Deputat an Kaviar, Krimsekt und Wodka, hübsch verpackt in Offiziere und Kapitäne. Sie mußte einen tiefen Eindruck in jener schönen, russischen Seele hinterlassen haben.

Am Ende hatte sie die Kreuzfahrerei gehaßt. »Es ist immer dasselbe, Arend«, sagte sie. »Dasselben Menschen, dasselben Zielen. Derselbe Verstellung, dieselbe Grinsen, dasselbe Scheißfreundlichkeit«. Sie redete auch jetzt noch in großen Gesten und Grimassen, Nachwirkungen der Vielsprachigkeit, die zum genauen Verständnis heftiger Mimik bedarf. Wenn sie mit Arend redete, riß sie die Augen auf, rümpfte die Nase, legte den Kopf schief, zog den linken Mundwinkel herab und den rechten hoch, nur, um etwa zu sagen: »So ist es in das Leben, Arend!«

Die Insel hatte es ihr schon angetan, als sie das erste Mal auf einem der Schiffe in ihren Hafen kam. Beim zweiten Mal wußte sie, wo es ihr dort am besten gefiel. Beim dritten Mal kaufte sie präzis an jener Stelle – präzis sagte sie gerne: »Das ist präzis, Arend« – ein Stück Land, auf dem die Ruine eines Ziegenstalles stand.

Ein Jahr später kam sie auf die Insel, immer noch jung, aber uralt geworden im Beruf einer Reiseleiterin, der dem ältesten Gewerbe nur in wenigem nachsteht. Auf ihrer Visitenkarte stand: Dolmetscherin und Tourismus-Expertin.

Unter anderem wird es das gewesen sein, was den Chef der Inselverwaltung beeindruckte, aber Meisje hatte auch eine niedliche Figur, trug tiefausgeschnittene Blusen, enge Lederröcke, badete mindestens oben ohne in Meer und Sonne, war, kurz gesagt, eine Ausländerin und ließ daher manches erhoffen.

Noch während sie den Ziegenstall in ein behagliches Heim umwandelte, begann Meisje ihre Netze auszuwerfen, was liegt näher? Als Fischer konnte den Holländern eh niemand das Wasser reichen. »Diese Insel kann eine von die größten Touristenparadiese von die Werreld werden«, sagte sie und fügte hinzu, daß sie es schließlich wissen müsse.

Statistische Touristenströme wurden von nun an zur Insel umgeleitet, die Luft begann schwarz davon zu werden. Dollars und D-Mark, überhaupt alle Währungen der Erde, sofern sie hart waren, klingelten symbolisch in den Kassen der Händler und in den Taschen der Verantwortlichen. Hotelkomplexe waren im Begriff, morgen, spätestens übermorgen aus dem Boden zu wachsen, beziehungsweise gestampft zu werden. In den Zeitungen erschienen Meldungen, nicht nachprüfbar, versteht sich. Über die bevorstehende Eröffnung einer touristischen

Akademie. Liegestuhlverleiher sollten dort ausgebildet werden, Wasserveloziped-Manager und mehrsprachige Ansichtskartenverkäufer. Die Insel summte und brummte vor touristischer Zukunft. »Das Geld liegt auf der Straße«, sagte Meisje, wo immer sie auf der Straße jemanden traf, der Lust zu haben schien, es aufzuheben. Aber wer, wer würde in der Lage sein, es aufzuheben? Aber wer, wer würde in der Lage sein, all dieses Gold und Silber auf die Insel herabregnen zu lassen? Wo war der Experte mit dem Know How, mit dem Reisegeschäft in den Poren und Fingerspitzen? – Sollte das etwa...? Meisje nickte bescheiden. Ja, sie war es.

****

»Ich bin«, sagte Meisje in durchaus passablem Spanisch, »von Ihnen, meine Herren, aufgefordert worden, konkrete Vorschläge zur nachhaltigen Belebung des Tourismus auf dieser Insel zu unterbreiten«. Sie stand vor ihrem Stuhl im großen Sitzungssaal der Inselverwaltung. Am Kopfende des Saales hing ein Bild vom König, der wie immer ernst und majestätisch dreinschaute. Am anderen Ende hing eine Weltkarte.

Meisje sah holländisch aus. Reinlich und attraktiv. Man glaubte zu spüren, um nicht zu sagen, zu riechen, daß sie aus dem Lande stammte, wo nicht nur Milch und Käse fließen sondern auch insgesamt Sauberkeit und Tatkraft herrschten. Im Gegensatz jedoch zu den Gepflogenheiten vieler ihrer Landsleute, die demonstrativ nichts verbergen, sogar die Fenster ihrer Häuser ohne Gardinen lassen, hielt sie sich für dieses Mal bedeckt. Nur bis zum zweiten Blusenknopf – von oben gezählt – reichte ihr Ausschnitt, und ihr Rock half durchaus zu verbergen und zu verstecken, was für die Inselverwaltung an Meisje am anziehendsten war.

Um den Tisch herum saßen die Herren. Sie hatten umfangreiche Aktenordner mitgebracht, die indes nichts Zweckdienliches enthielten – sie übten eine rituelle Funktion aus. Die meisten der Herren rauchten Zigarren. Einer schwitzte, wohl weil Meisje ihn trotz züchtiger Verhüllung erregte. Alle schauten Meisje an und dachten sich ihren Teil dabei.

»Der Tourismus«, begann Meisje, nachdem sie für einen winzigen Augenblick in ihre Unterlagen geschaut und sich dabei nach vorn gebeugt hatte, »der Tourismus ist eine der überwältigenden Bewegungen unseres Zeitalters. Während vor 30 Jahren noch jeder vierte Westeuropäer einmal im Jahr durchschnittlich 2 Wochen Urlaub machte und davon nur jeder sechste im Ausland, sieht die Situation heute wie folgt aus: Jeder zweite Bewohner der Industrieländer – Baby, Frau und Greis – macht durchschnittlich 2,3 mal im Jahr insgesamt 3,7 Wochen Urlaub und verbringt ihn zu 67 Prozent im Ausland. Es handelt sich«, hier machte Meisje eine Pause und blickte bedeutungsvoll in die Runde der Herren, »es handelt sich um 217,3 Millionen Menschen«.

Meisje verteilte Fotokopien einer Statistik, die das gerade Gesagte schwarz auf weiß lieferte, an die Herren. Sie ließ die Zahlen einige Augenblicke wirken. Dann zog sie die nächste Karte. »Zweihundertsiebzehnkommadrei Millionen, meine Herren, sind eine fast unvorstellbar große Menge Menschen. Aneinandergereiht Kopf an Fuß würden sie 36 mal von New York bis zu unserer kleinen Insel reichen, oder 78 mal von Amsterdam hierher. Aufeinandergelegt würden sie bis zum Mond reichen, der bekanntlich rund 360000 Kilometer von uns entfernt am Himmel steht, wobei wir eine Personendicke von 50 Zentimetern zugrunde legen«.

»Und nebeneinander?« fragte einer der Herren. Er galt als Experte für Transportfragen, denn er war Viehhändler und hatte vor nicht allzulanger Zeit eine Schiffsladung Ochsen von Irland auf die Insel gebracht.

»Nebeneinander«, sagte Meisje schlagfertig, »würden allein die 18-jährigen Mädchen unsere Insel hundertmal bedecken«. Sie sah, daß dem Viehhändler der Mund aufging und fuhr, während der eine oder andere der Herren, scharf ausatmete, fort: »Was aber, meine Herren, bedeuten zweihundertsiebzehnkommadrei Millionen Menschen in Dollar und D-Mark? – In

Gulden und Franken? – Nun, jeder dieser Menschen gibt in seinem Urlaub durchschnittlich 700 Dollar aus. Das ergibt zusammengerechnet rund 152 Milliarden Dollar. Bei einem Kurs zur Landeswährung von, sagen wir, 1 zu 150 sind das rund 2500 Milliarden Peseten«.

Einer der Herren stöhnte und sackte im Sessel zusammen. Tumult brach aus. Saaldiener eilten herbei. Sie lösten dem Ohnmächtigen, um den sich in der Aufregung sonst niemand kümmerte, die Krawatte. Sie rissen die Fenster auf. Sie flößten ihm zunächst Wasser, dann, auf sein dringliches Bitten, Cognac ein und trugen ihn schließlich hinaus an die frische Luft. Während des weiteren Verlaufs der Sitzung kam er nicht wieder zurück, ließ jedoch durch seine Sekretärin mitteilen, daß er solchen Aufregungen nicht gewachsen sei und bei eventueller Abstimmung sein Votum der Mehrheit zur Verfügung stelle.

Angesichts allgemeiner Aufregung wurde die Sitzung für eine Viertelstunde unterbrochen. Die Herren kamen gefaßter und mit diskreter Fahne zurück. Meisje hatte die Gunst der Viertelstunde genutzt, um eine schwarze Tafel mit Gestell anzufordern und sie mit den wesentlichen Zahlen ihres Referats zu versehen: 217,3 Millionen Touristen, 152 Milliarden Dollar. 2500 Milliarden Peseten.

»Meine Herren«, sagte Meisje, als alle wieder saßen, »auf dieser Weltkarte«, sie zeigte darauf und ging hin, »auf dieser Weltkarte möchte ich Ihnen die großen Tourismus-Zentren und die Verteilung der Tourismus-Ströme der Welt zeigen«. Nun kam sie auf die Goldminen des Reisegewerbes zu sprechen. Sie zeigte die Strände Mexicos und der Karibik auf. Reiste mit dem Finger nach Florida und Hawaii, glitt in einem raschen Bogen zu den Seychellen, machte einen Hopser nach Bangkok, was unter den Herren vielsagendes Lächeln auslöste. Sie bereiste mit ihrem Finger das Mittelmeer, die Costa Brava, die griechische Inselwelt und die nordafrikanischen Küsten. Touristische Vokabeln magischer Qualität regneten auf Meisjes Zuhörer herab: Djerba, Mykonos und Ibiza. Blaue, Weiße, Rote, Sonnige und Smaragdene Küsten. Discos und Dünen. Vollmond und

Sterne. Paella und Sangría. »Überall hier«, sagte sie, »bleiben die unvorstellbaren Summen, jene 150 Milliarden Dollar, Tag für Tag, Woche für Woche, Monat für Monat, Jahr für Jahr hängen. – Auch auf den Inseln unseres Archipels«, fuhr sie fort und ließ ihren Finger zu der Inselgruppe fliegen, als ob er eine DC 10 von Danair oder eine Tristar von LTU wäre, »auch auf einigen unserer Inseln wird heute bereits Touristengeld in Hülle und Fülle verdient, fließen Abgaben und Sondersteuern. Rund 5 Millionen Übernachtungen«. Sie drehte sich voll um und schaute die Herren an. »Warum, so frage ich Sie«, fragte sie. »Warum erreicht von all diesem Geld unsere Insel nur ein Tropfen, ein Spritzerchen, eine Lächerlichkeit?«

Die Herren blickten sich an und zuckten die Schultern. Sie wußten auf diese Frage keine Antwort. »Das sollen Sie uns doch sagen«, sagte der Viehhändler, der vergleichsweise nur wenig auf den Mund gefallen war. »Dafür haben wir Sie doch hierhergebeten«.

Meisje lächelte ihn freundlich an. Er hatte ihr das richtige Stichwort gegeben. »Ich danke Ihnen für Ihr Vertrauen«, sagte sie. »Und tatsächlich gibt es einen Grund dafür, warum der Tourismus und sein Geld an dieser Insel vorbeilaufen«. Sie machte eine Pause und wartete, bis die Herren unruhig wurden und mit den Füßen zu scharren begannen. »Niemand kennt diese Insel«, sagte sie dann.

Meisje hatte Protest erwartet. Sie bekam ihn. »Jeder kennt diese Insel!« rief einer der Anwesenden und blickte sich um. »Kennen Sie jemanden, der die Insel nicht kennt?« fragte er in den Raum.

Alle redeten durcheinander. Selbstverständlich war die Insel bekannt. Natürlich kannte niemand jemanden, der die Insel nicht kannte. »Unerhört!« entrüstete sich einer der Beisitzer laut und vernehmlich. »Eine Frechheit, sozusagen!«

»Bitte gestatten Sie mir eine Erläuterung!« rief Meisje in den lauten Unmut hinein. »Bitte gestatten Sie mir, das näher zu erläutern!«

Die Herren wurden widerstrebend still. Sie nuckelten unwirsch an ihren Zigarren. »Daß viele Menschen, insbesondere alle unsere Freunde und Bekannten, diese Insel kennen, habe ich nicht in Zweifel gezogen. Was ich sagen wollte, ist das: Die Insel ist touristisch unbekannt. Sie ist ein touristischer Weißer Fleck auf der Landkarte. Niemand dort, wo die Fäden gezogen und die Schecks geschrieben werden, niemand dort weiß, daß eine der schönsten Inseln der Welt empfangsbereit vor ihnen liegt. Unverdorben, jungfräulich rein, von freundlichen, bescheidenen Menschen bewohnt, mit kilometerlangen Stränden, Hotels und Nachtbars...«

»Wir haben keine Hotels und Nachtbars«, unterbrach sie der Chef der Inselverwaltung. »Und kilometerlange Strände gibt es hier auch nicht«.

»Aber wir werden sie bekommen!« rief Meisje. »Wir werden sie aus dem Boden stampfen und in die Felsen sprengen. Und die Tour Operators, die großen Veranstalter werden uns das Geld dafür geben. Und sie werden uns die Menschen schicken, Menschen mit prallen Brieftaschen in harter Währung, und die Grundstückspreise werden steigen, und die Insel wird von dem elenden Bananenanbau befreit, der durch die EG sowieso zusammenbricht, und die Bevölkerung der Insel wird Arbeit finden als Kellner und Zimmermädchen, als Koch und Portier, als Putzfrau und Babysitter, als Gärtner und Schwimmbeckenwärter, und der Segen des Tourismus wird auf uns herabkommen, und Reichtum und Wohlstand werden über die Insel hereinbrechen!«

»Amen!« sagte der Chef der Inselverwaltung. Er sprang auf und ging auf Meisje zu. Er schaute ihr in die Augen. »Du wirst uns den Tourismus bringen«, sagte er. Dann korrigierte er sich: »Sie werden uns den Toursimus bringen!« Er wandte sich an die Herren, die benommen am Tisch saßen und im Geiste Dollars zählten: »Ich schlage vor, wir diskutieren die Vorschläge unserer Tourismus-Expertin«.

Einer der Herren entstieg seiner Trance und sprang auf. »Diskutieren!« schrie er. »Was gibt es hier noch zu diskutieren?! – Her mit dem Tourismus! Ich schlage vor, wir stellen die

Holländerin auf 6 Monate ein, damit sie uns den Tourismus bringt. Ich schlage das vor. Wer ist dafür?!« – Er hatte einen hundertprozentigen Abstimmungserfolg. Die Herren sprangen auf und drängten sich um Meisje. Sie schüttelten ihre Hand, der Viehhändler klopfte ihr sogar auf den Rücken, wohl auch, um bei dieser Gelegenheit zu erfühlen, ob sie einen BH trug und ordentlich was auf den Rippen hatte. Der Chef der Inselverwaltung ging an den Tisch zurück und brachte mit einer Glocke Ruhe in die Versammlung. »Hat jemand noch eine Frage, meine Herren?«

Ein kleiner, dicklicher Mann meldete sich zu Wort und sprach es aus: »Wie?« fragte er.

In die Sprachlosigkeit hinein antwortete Meisje: »Ich meine, wir sollten, nachdem wir die große Linie beschlossen haben, einen Ausschuß bilden, und es ihm überlassen, mit meiner Assistenz die Details auszuarbeiten«. Damit waren alle hochzufrieden, nicht nur, weil es Zeit für das zweite Frühstück wurde, sondern in erster Linie, weil man nunmehr die Weichen gestellt und somit das Problem im wesentlichen gelöst hatte.

****

»Wie, um Himmelswillen«, fragte Arend, als Meisje ihm von ihrem Erfolg erzählte, »wie in aller Welt willst du 217,3 Millionen Touristen auf diese Insel umleiten?«

Meisje lachte und schnitt ein paar Grimassen, darunter die mit den verdrehten Augen. »Mir genügt die 3 hinter das Komma, Arend. Und davon wiederum das sechste Teil«.

»Das sind 50000 Touristen«, sagte Arend. »Und 4000 pro Monat, 1000 jede Woche, 150 pro Tag. Gibt es überhaupt so viele Hotelbetten?«

»Kaum«, sagte Meisje. »Aber gutes Ding braucht Weile. Im Augenblick kommen alle 14 Tage etwa 100 Touristen auf der Insel und verbleiben in das Durchschnitt 2 Wochen. Das sind, sagen wir mal, 2500 im Jahr. Wenn ich diese Zahl in das erste Jahr nur vervierfachen kann, ist das schon ein großer Erfolg.

Wenn ich dazu noch ein paar zusätzliche Kreuzfahrtschiffen mit Tagestouristen bekomme, wirkt das allein schon von die Masse her. Stell dir vor: Die tPuschkine und die ›Bjelorussia‹ auf einmal in die Hafen! Wenn ich dann noch ein paar Tages-Charterflüge von die andere Inseln bekomme...«

»50000 werden es nie«, sagte Arend. »Und deine Auftraggeber erwarten eigentlich eher ein paar Millionen als 50000«.

»Laß mich das mal machen«, sagte Meisje unbekümmert. Am nächsten Tag ging sie ans Werk.

Als erstes mobilisierte sie die Presse in Europa. Sie lud deren Vertreter ein, die Insel in touristischer Hinsicht auf Herz und Nieren zu prüfen. Sie bot Freiflug, Betreuung, Hotel und Mercedes an.

Die Presse quoll nach 3 Wochen in Gestalt eines holländischen Journalisten aus dem Nachmittagsflugzeug. Meisje holte ihn mit ihrem Kleinwagen ab, denn der Mercedes wurde an diesem Wochenende vom Chef der Inselverwaltung dienstlich gebraucht. Sie zeigte dem Journalisten die Insel von links nach rechts und von oben nach unten. Sie brachte ihn in die Häuser ihrer ausländischen Freunde, denn spanisch sprach er nicht, auch legte die Inselverwaltung keinen Wert darauf, seine Bekanntschaft zu machen, Wochenende ist Wochenende. Sie ließ ihm in diesen Häusern zu essen und zu trinken geben. Und sie wehrte, als er auch sie auf Herz und Nieren und von oben bis unten prüfen wollte, seine Anträge ab, denn er war häßlich und erschien ihr zu alt für jemanden, der auf Dauer nicht wichtig war. Der Journalist – um einen alten Lateiner frei zu zitieren – kam, aß und schwieg. Eine winzige, bei den Anzeigen versteckte Mitteilung berichtete über eine Insel, zu der man, wenngleich mühevoll, vielleicht einmal hinreisen sollte.

Unterdessen, und noch bevor die Presse kam, hatte Meisje mit der Organisation eines gewaltigen Unternehmens begonnen: Dem Tag des Touristen. Dieser Tag, der im ganzen Land gefeiert wird, darin dem Erntedankfest ähnlich, und mit dem sich, wie spitze Zungen behaupteten, ein Funktionär im Ministerium für Tourismus für seine späte Pensionierung rächen wollte, dieser Tag hatte auf der Insel bisher kaum Beachtung gefunden. Warum auch? – Die paar Ausländer, die dort ein Haus gebaut hatten, kannte man mit Namen und wußte, was sie auf dem Bankkonto hatten. Für sie gab es keine Veranlassung, einen Touristentag aufzuziehen. Allerdings hatte man im Jahr zuvor eine Folklore-Gruppe auf dem Flughafen eingesetzt, die bei Ankunft der Flugzeuge einheimische Musik zu spielen hatte, vorrangig jedoch ein Kaltes Buffet als Lohn dafür aufaß. Meisje plante Größeres.

Gemeinsam mit dem Ausschuß entwarf sie einen Großveranstaltungstag, an dem schon am frühen Morgen fröhliche, in Trachten gekleidete Einheimische durch die Straßen schlendern sollten. Für mittags waren Ringkämpfe einheimischer Art auf dem Platz vor der Kirche der Hauptstadt sowie an anderen Orten der Insel vorgesehen. Auf dem Flugplatz wie am Hafen sollten Fluggäste sowie Kreuzfahrer eines zufällig für diesen Tag vorgesehenen Schiffes mit Musik, Nelken und Konfetti empfangen werden. Kleine Mädchen, einheimisch gekleidet, sollten mit Blumenkörben allerliebst vor das eintreffende Ausland treten und »willkommen« lispeln. Dazu einen Knicks machen, versteht sich. Am frühen Abend sollte in einem für seinen Wein und das Gesichtsmuttermal des Wirtes renommierten Lokal ein Weinabend mit Folklore-Kolorit stattfinden. Dazu waren alle Einheimischen und Fremden geladen, die auf der Insel lebten. »Sie sollen sich verbrüderen«, sagte Meisje.

Der Tag sollte ausklingen mit einem Brillantfeuerwerk, wie es die Insel noch nicht gesehen hatte.

»Das«, sagte die Inselverwaltung nahezu einstimmig, »erscheint uns von den Kosten her maßlos übertrieben«. Und der derselbe kleine, dickliche Mann, der derzeit schon das skeptische »wie?« in den Raum geworfen hatte, referierte: »Schließlich wollen nicht wir Geld für die Touristen ausgeben. Umgekehrt sollte es sein«.

Der Chef der Inselverwaltung gab zu bedenken, daß vor dem Lohn die Mühe steht. »Wer ernten will, muß säen«, sagte er.

»Die Holländerin soll säen«, sagte der ehemals Ohnmächtige,

der sich jetzt nicht mehr daran erinnern konnte, daß er seine Stimme der Mehrheit zugeschlagen hatte, dem es aber ansonsten wieder ganz ausgezeichnet ging. »Die Holländerin soll säen. Wir wollen ernten«.

»Überhaupt«, meldete sich der Viehhändler zu Wort, dem es ganz und gar gegen den Strich ging, daß Meisje sich geweigert hatte, ihn in seinem Landhaus zu besuchen. »Überhaupt: Wo bleiben eigentlich die Touristen? – Ich habe noch keine Ströme von ihnen bei uns gesehen«.

»Das dauert seine Zeit«, sagte der Chef der Inselverwaltung abwiegelnd. »Gott hat die Welt auch nicht in sieben Tagen erschaffen«.

»Doch«, sagte der kleine, dickliche Mann.

»Ich meine: Rom wurde auch nicht etc.«, verbesserte sich der Chef der Inselverwaltung.

»Trotzdem«, sagte der Viehhändler beharrlich. »217,3 Millionen Touristen. Da müßten doch wenigstens ein paar hunderttausend inzwischen zu uns umgeleitet worden sein, wenn alles mit rechten Dingen zugeht. Haben wir uns nun ein Zugpferd für unseren Tourismus eingestellt oder nicht?«

»Der große Erfolg wird sich erst noch einstellen«, sagte der Chef der Inselverwaltung, der es von Meisje erfahren hatte. »Wenn unsere Tourismus-Expertin die großen Touristik-Börsen bearbeitet hat, werden die Ströme umgeleitet werden. Die Touristik-Börsen finden ab nächsten Monat in Europa statt«.

»Und bis dahin kostet sie uns jeden Monat eine Menge Geld«, murrte der ehemals Ohnmächtige. Die Stimmung war deutlich umgeschlagen. Ungeduld war aufgekommen.

Um wenigstens ein gewisses Maß an Übereinstimmung wieder herzustellen, beschlossen die Herren, daß Meisje den Tag des Tourismus in eigener Initiative austragen sollte. Der dazugehörige Etat wurde bis auf die Verbrüderungs-Fête und zweihundertzwanzig Nelken abgelehnt. Um darüber hinaus auch Zufriedenheit untereinander herzustellen, beschloß die Versammlung ein Arbeitsessen im Restaurant des staatlichen Hotels einzunehmen, wo man im vorausgegangenen Jahr das Kalte Buffet für die

Folklore-Gruppe bestellt und auch abgeholt aber noch nicht bezahlt hatte.

»Mußt du dich wirklich als Einheimische verkleiden?« fragte Arend besorgt.

Meisje schnitt eine Grimasse, aus der Verzweiflung überdeutlich wurde. »Wer sonst?« fragte sie. »Wenn der Tag von das Tourismus kein Erfolg wird, bin ich erledigt, bevor ich richtig angefangen habe«. Sie fand allerdings bei ihrer Nachbarin zwei kleine Mädchen, die vom letzten Karneval her noch über Volkstrachten verfügten. Die Nachbarin war bereit, beides, Kinder und Kostüme gegen eine Tagesgage auszuleihen.

Am Tag des Tourismus fuhr Meisje zwischen dem Flugplatz und dem Hafen hin und her und verteilte zusammen mit den kleinen Mädchen, denen in geschwisterlicher Eintracht die Nasen liefen, Nelken und Willkommensgrüße. Die kleinen Mädchen wollten nur dann einen Knicks machen, wenn Meisje es auch tat. Der Fotograf des örtlichen Blattes hielt diesen niedlichen Vorgang fest und die Zeitung brachte Meisje und die beiden kleinen Mädchen auf der ersten Seite. »Großer Erfolg für den Tag des Tourismus«, verkündete die Balkenüberschrift. Im Text tauchte nach lobenden Worten allerdings die Frage auf, ob Fremde sich mit einheimischen Trachten verkleiden sollten. Wird dadurch, fragte der Journalist, nicht das heilige Erbe unserer Väter, wenn nicht mit den Füßen getreten, so doch entweiht?

* * * *

»Klappern gehört zu das Handwerk«, sagte Meisje zu Arend, als sie ihm eine Zeitung zeigte. »Auf diese Art sehen alle, daß ich tatkräftig bin. Kein anderer hätte das getan«.

»Ja«, sagte Arend. »Und wenn du willst, sage ich dir auch, warum«.

»Warum?« fragte Meisje.

»Weil«, sagte Arend, »man auf dieser Insel für alles jemanden hat, wenn man jemand ist. Ein wichtiger Mensch ist der, der selber nichts tut, sondern andere für sich tun läßt«.

»Willst du damit sagen«, fragte Meisje, »daß ich kein wichtiger Mensch bin?«

Arend schwieg.

»Daß ich mir verlächerlicht gemacht habe?« fragte Meisje mit großer Augen- und Mundgrimasse.

Arend schwieg immer noch.

»Habe ich mir disqualifiziert, Arend?« fragte Meisje dringend.

Arend schaute sie an und nickte.

Meisje begann zu weinen. Arend nahm sie in die Arme und ließ sie erst wieder los, als sie ihm das Hemd naßgeweint hatte und dringend ein Taschentuch brauchte, um sich die Nase zu putzen.

Das Verbrüderungsfest war auch nicht ganz nach Wunsch verlaufen. Meisje war nach den Anstrengungen des Tages der Wein schnell in den Kopf gestiegen, und sie hatte der deutschen Wahrsagerin, deren Spezialität Teeblätter waren, mit ihrer Zigarette ein Loch ins Seidenkleid gebrannt. »Sie hat geschrien, wie von der Tarantel gepiekst«, sagte Meisje, als sie später am Abend gemeinsam aßen.

»Waren viele Leute da?« fragte Arend.

»In Massen«, sagte Meisje.

»Die richtigen Leute?«

Meisje zerkrümelte ihr Brot. »Teils, teils«, sagte sie. »Von die Ausländer, die hier leben, waren eine Menge gekommen. Von die Einheimische...« sie zögerte.

»Niemand?« fragte Arend.

»Nein, nein«, sagte Meisje. »Es waren nur, wie soll ich sagen...?«

»Die falschen?«

»Wie man's nimmt«, sagte Meisje.

»Nun sag schon«, sagte Arend.

»Du weißt es doch«, sagte Meisje ärgerlich. »Du weißt doch immer alles. Tu doch nicht so heiligenscheinig«.

»Also die Halbwüchsigen«.

»Ja«, sagte Meisje.

»Und die Leute vom Hafen.«

»Ja«, sagte Meisje. »Und ein paar Bauern, die der Wein aus die Flasche tranken und auf das Fußboden spuckten«.

»Der Bürgermeister?« fragte Arend.

»Nein«, sagte Meisje und schüttelte den Kopf. »Und der Chef von die Inselverwaltung auch nicht. Überhaupt keiner vom Rat«.

»Ladenbesitzer?«

»Der Mann von die Autovermietung«, sagte Meisje. »Und der Grundstücksmakler von die deutsche Konsulat. Der mit die schreckliche Mundgeruch«.

Arend hatte zum Nachtisch selbstgemachtes Eis. »So etwas geht nicht von heute auf morgen«, sagte er tröstend. »Vielleicht bessert sich alles, wenn du auf den Touristik-Börsen warst«.

»Na ja«, sagte Meisje. »Wenn ich wenigstens nicht die Wahrsagerin ein Loch in das Kleid gebrannt hätte«.

»Halb so schlimm«, sagte Arend. »Sie hat noch eins«.

»Na, ich weiß nicht«, sagte Meisje zweifelnd. »Ich glaube, da kennst du Frauen schlecht. Nachdem sie zu Ende gekreischt hatte, hat sie mir angestarrt und mir eine dunkle Zukunft verprophezeit«. Sie schnitt eine verzweifelte Grimasse, legte den Kopf schief, hob die Hände mit den Handflächen nach oben gedreht und ließ sie wieder fallen. »Ich glaube, sie ist voller Neidigkeit und Eifersücht. Hoffentlich verzaubert sie mir nicht«.

Dennoch kam Meisje ein paar Wochen später strahlend und siegesgewiß von den Touristik-Börsen zurück. »Geschafft!« schrie sie, nachdem sie schon in Arends Einfahrt die Hupe ihres Autos strapaziert hatte.

Arend gab ihr ein Glas Wein und etwas Käse. »Willst du damit sagen, daß du jemanden überredet hast, Touristen auf die Insel zu schicken?« fragte er ungläubig.

»Jemand!?« schrie Meisje. »Die Leute waren hingerissen! Ein unverdorbene Insel. Ein Shangri-La, ein Paradeis! Unzerstörte Landschaft, Wasser, Luft und Sonne in ausgezeichnete Qualität! Naturbelassene Badestrände! Wildes und seltenes Gepflanze! Wanderwege!« Sie unterbrach sich. »Weißt du, daß es auf einige andere Inseln von das Archipel kaum noch Trinkwasser gibt? Weißt du, daß die Badewannen von die Großhotels der ganze Wasser wegsaufen? Weißt du, daß die Raffinirien von das Öl und die Autos dort die Luft verpesten? Weißt du, daß die Inseln verwüsteren, daß der Land zu Pulver geworden ist, daß es da früher auch einmal Wälderen gegeben hat und Badestranden, wo nicht das ganze Ort reinscheißt?«

»Zeit, daß der Tourismus kommt«, sagte Arend.

Meisje mochte die Bemerkung nicht. »Du bist negativ«, sagte sie. »Der Tourismus ist das einzige Industrie, das die Insel schnelles Geld bringt. Vielleicht mißgönnerst du mich sogar meine Erfolg. Fortschritt muß sein, Arend«, sagte sie dringlich. »Sonst haben die Leute hier auf die Insel bald nur noch, was sie selber produzieren«.

»Sie kommen also«, sagte Arend.

»Bald«, sagte Meisje. »Eine von diese Clubs hat uns in seine Planung von die Zukunft einbezogen. Im Süden von die Insel soll ein Camp für die Individualisten mit 2000 Betten entstehen: Einsamkeit à gogo. Die Engländer wollen die Insel direkt anfliegen und ein 3-Sterne-Hotel neben die Sternwarte finanzieren«.

»Die Deutschen?« fragte Arend, um nicht unpatriotisch zu erscheinen.

»Die Deutsche bauen ein Abenteuerlager im Wilde Norden für der unverfälschte Trapper- und Cowboy-Urlaub. Komplett mit Disco und französisches Restaurant«.

»Plant niemand ein Spielkasino?« fragte Arend.

»Präzis«, sagte Meisje stolz. »Die Holländer. Ein Spielkasino neben die alte Festung. Sie wollen die Mauer abreißen und eine Park machen mit eine Barockpalast«.

»Na schön«, sagte Arend. »Und wann kommen sie?«

»Sobald der endgültige Entscheidung auf die höchste Ebene gefallen ist. Finanzierung, Berechnung von die Gewinn und so. In diese Jahr ist natürlich schon alles geplant. Du weißt, Kontrakten geschlossen, Prospekten gedrückt. Es geht nicht von heute auf morgen«. Sie rührte im Kaffee, den Arend ihr inzwischen gegeben hatte. »Die Inselverwaltung ist begeistert«, sagte sie.

»Obwohl der Touristenstrom erst frühestens nächstes Jahr eingeschaltet wird?« fragte Arend.

»Wer sagt denn das?« fragte Meisje mit großer Grimasse und einem triumphierenden Glitzern in den Augen.

»Du hast das gesagt«.

»Ha«, sagte Meisje. »Ich habe aber auch ein Soforterfolg gehabt«. Sie warf noch ein Stück Zucker in ihren Kaffee und rührte, um die Spannung zu erhöhen.

»Nun sag schon«, sagte Arend.

»122 Personen für 3 Wochen, heute in...« sie schaute auf ihre Datumsarmbanduhr, »... heute in 18 Tage«.

»Holländer?« fragte Arend. »Belgier? Schweden? Finnen? Deutsche? Engländer?« Er konnte sehen, daß Meisje nicht so recht mit der Sprache heraus wollte. Sie schaute ihn an und zog einen Mundwinkel hoch. »Italiener?« fragte er mehr zum Spaß.

Meisje nickte. »Sag nicht, daß ich sie nicht mag. In die Not frißt das Teufel Spaghetti«.

»Aber es ist nicht gerade eine harte Währung«, sagte Arend.

»Aller Anfang ist weich«, sagte Meisje.

Es stellte sich heraus, daß es sich um eine Reisegruppe aus Neapel handelte. »Es sind die Kistenträger von die Gemüsemarkt mit ihre Familien«, sagte Meisje. »Der Markt soll umgebaut und für ein paar Woche geschlossen werden. Die Marktverwalterung hat die Reise gesubventioniert, weil es zu Proteste und Demonstrationen gekommen ist. Die Polizei mußte Heulegas einsetzen. Es hat Verletzte gegeben und die maoistische Gewerkschaft hat mit die Generalstreik gedroht«.

»Ich verstehe«, sagte Arend, weil er nicht zugeben wollte, daß er nichts verstand. »Aber warum kommen sie gerade hierher? Hier gibt es nicht einmal Tränengas«.

Meisje zuckte mit den Schultern und dem Gesicht. »Woanders ist alles voll«, sagte sie. »Außerdem geben wir sie Sonderkonditionen. Und schließlich...« sie stockte und nippte an ihrem Kaffee. »Ich hätte auch eine Gruppe Palästinenser bekommen können«, sagte sie. »Die hat die Rote Halbmond subventioniert. Aber weißt du, Moslems auf eine Insel, wo fast nur Schweinefleisch gegessen wird?«

****

Alles in allem waren die Neapolitaner besser als die Meinung, die Meisje von ihnen speziell und von Italienern im allgemeinen hatte. Sie waren nicht besser und nicht schlechter als andere Touristen, allenfalls dunkelhäutiger und deutlich lebendiger. Und selbst Meisje staunte, wie gut sich zunächst einmal alles anließ.

Das einzige genügend große Hotel der Insel, das seit einem guten Jahrzehnt vor sich hinkrankte, hatte seine Zimmer von Geschäftsreisenden und Olivenölvertretern geräumt und erheblichen Rabatt versprochen. Ein Veranstaltungsprogramm wurde auf die Beine gestellt. Es beinhaltete Busfahrten zu den schönsten Stellen der Insel, folkloristische Nächte und Besuche in diversen Weinkellern. Auf dem Flugplatz wurde ein Spruchband aufgehängt, auf dem »Benvenuti, Gli Amici Italiani« und unter dem Meisje stand. Und als die Neapolitaner aus dem Flugzeug stiegen, spielte die akustische Berieselungsanlage in der Empfangshalle sowie auf den Toiletten Melodien aus »La Traviata« und »O, mia bella Napoli«. Die meisten der Neapolitaner weinten vor Rührung.

»Ach weißt du, sie könnten schlimmer sein«, sagte Meisje einsichtig, als sie an einem Abend bei Arend im Garten saß. »Natürlich, die Männer haben jeder 4 Händen, und sobald sich die Mutter umdreht, um der Kinder zu verhauen...«

»...verhauen?!«

»Verhauen oder küssen«, sagte Meisje. »Das ist bei sie dasselbe. Jedenfalls, sobald sie sich umdrehen, ist es, als ob du von eine Polype verfolgt wirst. Überall Armen und Händen. Gestern hat mich einer im Bademantel die Zimmertür geöffnet und gesagt, daß Neapolitaner die besten Liebhaber von die Welt sind. Wir müßten uns aber beeilen, presto avanti!, denn seine Frau war nur schnell Fisch holen gegangen«.

»Fisch holen?!« fragte Arend.

»Na ja«, sagte Meisje. »Manche kochen auf die Zimmer, weil sie nur Halbpension haben«.

»Kochen?!« fragte Arend. »Auf den Zimmern?!«

»Auf die Balkon meinetwegen«, sagte Meisje. »Und meistens braten sie auch nur Sardinen. Aber trotzdem«.

»Und der Mann?« fragte Arend. »War er nun wirklich der beste Liebhaber der Welt?«

»Alte Sau«, sagte Meisje zärtlich. »Erstens kam gerade seine Frau zurück. Und zweitens hatte er zu viel Pomade in die Haar und eine Bauch. Und drittens tue ich so etwas eigentlich nie«.

****

Das Telegramm traf ein, während der Ausschuß, dem Meisje assistierte, tagte. Man war gerade dabei, harte Forderungen des Hotels zu diskutieren. »Lächerlich«, sagte Meisje. »Die wollen nur auf unsere Kosten das ganze Hotel neu möblieren. Die Möblierung hat aber schon vorher nichts getaugt«.

Auch der Busverleiher hatte Forderungen angemeldet. »Die Mütter wickeln ihre Babies auf den Sitzen und werfen die Windeln während der Fahrt aus dem Fenster«. Er meinte, daß sein Bus eine neue Polsterung brauchte und hatte Fotokopien von Strafzetteln der Verkehrspolizei machen lassen.

»Es wird wohl die Ankündigung sein, daß sie uns die Anzahlung schicken, die wir angemahnt haben«, sagte Meisje. Sie öffnete das Telegramm.

›Veranstalter in Konkurs gegangen Stop Zahlung Hotel Rückflug bedauerndst unmöglich Stop erbitten sofortigst Rückführung Kistenträger und Familienmitglieder Stop Untröstlichst Marktverwaltung‹

****

Das Urlaubsende der neapolitanischen Gruppe gestaltete sich unordentlich. Nachdem das Hotel per Gerücht, das sich in Windeseile verbreitete, über die Lage informiert worden war, exmittierten der Geschäftsführer und einige Freunde aus dem Ringerclub kurzerhand die Neapolitaner. Jene verbarrikadierten sich jedoch in der Hotelhalle, formten mit Frauen und Babies einen lebenden Wall und lebten und schliefen dort unter den schützenden Augen einer Stadtpolizeitruppe.

Ein Charterflugzeug war erst nach langwierigen Verhandlungen und nur gegen Barzahlung einschließlich Reinigungszuschlag zu bekommen. Der Busunternehmer weigerte sich, auch nur ein einziges weiteres Baby auf seinen Sitzen wickeln zu lassen, und die neapolitanischen Frauen begannen während der Wartezeit ihre Ohrringe zu verkaufen, um dem Hungertode zu entgehen. Auch das eine oder andere Kind, hieß es später, sei unter der Hand zum Verkauf angeboten worden, aber dafür haben sich nie Beweise gefunden.

An einem Morgen, der sich von der schönsten Seite mit hochsommerlichen Temperaturen zeigte, wurden die Neapolitaner zum Flugplatz in Bewegung gesetzt. Sie beanspruchten für die rund 5 Kilometer dreieinhalb Stunden, weil immer wieder Väter, Mütter oder Kinder am Straßenrand Pausen einlegten, sei es, um zu wickeln, Essen zu kochen oder auch nur um Pipi zu machen.

Das Spruchband am Flugplatz hatte irgendjemand abgenommen. Stattdessen stand an der Wand des Flughafengebäudes aus der Spraydose geschrieben: ›Nieder mit dem Tourismus!‹ Der Totenkopf war den Sprayern mißlungen. Er sah aus wie ein runder Käse mit gekreuztem Besteck darunter.

****

»Du mußt es nicht so tragisch nehmen«, sagte Arend. »Es hätte alles viel schlimmer kommen können. Stell dir vor, du hättest sie hier ansiedeln müssen. Und immerhin: Du hast gezeigt, daß es geht mit dem Tourismus«.

Meisje lächelte unter Tränen. »Das Zugpferd für die Tourismus«, sagte sie, und ihre Nasenflügel blähten sich wie bei einem Pferd. »Kennst du Lichtenberg?«

»Ja«, sagte Arend erstaunt. »Ich wußte nicht, daß du ihn kennst«.

»Doch, Arend«, sagte Meisje und holte den kleinen Manesse-Band seiner Aphorismen aus ihrer Handtasche.

Zwischen zwei Seiten steckte eine Haarnadel. Sie schlug das Buch auf und schob es Arend vor. »Lies«, sagte sie und zeigte mit dem Finger darauf.

Arend las: »Der Esel kommt mir vor, wie ein Pferd ins Holländische übersetzt«.

»Goethe hat gesagt«, sagte Meisje. »Wenn Lichtenberg etwas Lustiges sagt, dann kann man sicher sein, daß dahintern eine große Wahrheit steckt. Oder so ähnlich«.

»Goethe hat auch nicht alles gewußt«, sagte Arend. Er überlegte, womit er sie trösten könnte und fügte hinzu: »Auf jeden Fall hat ein Esel nicht so schöne Brüste wie du.« »Das ist präzis«, sagte Meisje stolz und atmete tief ein.

Der sonnige Süden, ganz gleich, was man darunter versteht, Italien oder die Algarve, das Mittelmeer schlechthin oder der Atlantik von den Kanaren bis zur Karibik, ist inzwischen vielen Menschen aus dem Norden ein neues Zuhause geworden. Meist ist es die Sonne die den Ausschlag dafür gibt, Heim, Herd, und Ölheizung zu verlassen. Sie scheint dort, der Name sagt's, verläßlicher, häufiger und wärmer.

Der trockene Februar

Es ist jedoch auch der klima-bedingte Lebensstil, der anziehend zu wirken scheint. »Schau dir diese Leute an, Friederikchen«, sagt der gutbürgerliche Aussteiger und zeigt auf einen Mann und auf einen Hund, die gemeinsam unter einer Pinie dösen. »Die verstehen zu leben. Die haben noch nie etwas von Streß und Herzinfarkten gehört, von Jogging und reiner Pflanzenmargarine. Dolce far niente, Friederikchen, dolce far niente.«

Doch auch große Duldsamkeit hat ihre Grenzen und zwar dort, wo sie überschritten wird. Dann, nachdem der Gärtner zum fünften Mal vollen Lohnausgleich für sein Mittagsschläfchen gefordert hat und die Putzfrau zu ihrem Vorteil mit zwei Uhrzeiten operiert, dann plötzlich erwacht doch wieder und wallt nordisches Blut und pocht nicht nur in den Schläfen sondern auch auf sein Recht: Sonne ja – Schlendrian nein!

Andere allerdings – und aus anderen Gründen – suchen gerade diesen Schlendrian. Die, die mitteleuropäischen Hochsteuerländern entfliehen, empfinden ihn als lobenswerte und gewinnversprechende Lebenshaltung. Aber selbst hier hört nach dem Geld die Freundschaft auf. »Man kann es«, sagt der Mann, während er die Abendkühle mit einem Cocktail celebriert, »man kann es doch wohl nicht umsonst so weit gebracht haben, bei uns in Mitteleuropa, hier sieht man wieder mal, warum«.

Eine dritte Gruppe ist heute zahlenmäßig die kleinste. In ihr finden sich nicht die Aussteiger auf freiwilliger Basis, sondern jene, die vom Schicksal ausgestiegen worden sind. In ihrer Mehrzahl, und das ist verständlich, denn die Welt ist aus Mehrzahl gemacht, besteht diese Gruppe aus kleinen und mittleren Gaunern, denen der Boden im kalten Norden zu heiß unter den Füßen geworden ist. Sie verdienen sich ihren Lebensunterhalt, Arbeit schändet nicht, das haben wir in der Schule fürs Leben gelernt, durch Schmuggel, durch den mehrfachen Verkauf von Grundstücken, durch die Vermittlung von Drogen und Mädchen, kurz, durch allerhand Tätigkeiten, für deren Ausübung man keine Arbeitserlaubnis bekommt und daher auch, so will es die Logik, keine gebraucht. Selten findet man in dieser Gruppe den großen Namen oder das große Geld.

Der Mann – die Feder sträubt sich, ›Mann‹ zu schreiben, weil ›Herr‹ am Platze ist – der Herr, von dem diese Geschichte handelt, war jedoch eine Ausnahme, die die Regel bestätigt: Träger eines großen Namens, Teilhaber am großen Geld. Der Name ist so bekannt, daß er nicht einmal andeutungsweise verraten werden darf. Wenn Sie beispielsweise statt Sachs Sex schreiben würden, dann wäre die Sache immer noch für jeden klar. Ich nenne den Helden dieser Geschichte daher einfach Herrn Meier. Da das aber nun wirklich nichts besonderes ist, gestatte ich ihm, sich nach Meier-Art einen zweiten Nachnamen zuzulegen, und wir entscheiden uns nach längerer Diskussion für Meier-Pech – er entspricht dem Verlauf seines Lebens am ehesten. Um schließlich noch etwas über die gesellschaftliche Stellung seiner Familie auszusagen, erlaube ich mir, Herrn Meier-Pech zu adeln. Wie könnte man es sonst ausdrücken, daß es sich hier um das Schwarze Schaf einer ungenannten aber weltbekannten geldaristokratischen Familie handelt: Herrmann von Meier-Pech.

Diesem Herrmann von Meier-Pech begegnen wir also auf der Insel. Er kam eines Tages, es ist schon Jahre her, dort in Begleitung mehrerer dunkel gekleideter Herren und einer leicht gekleideten Dame an. Jene war ihm, wie es sich später herausstellen sollte, von der Vorsehung als Lebensgefährtin auserkoren worden. Sie war Krankenschwester, und ursprünglich mußte es der Plan gewesen sein, sie Herrn Meier-Pech als Pflegerin und Behüterin und, wegen ihrer auch von der Kilozahl her schwerwiegenden Reize, als Gespielin beizuordnen. Am Ende wurde sie alles das und noch mehr: Sie wurde die bedingungslose Teilhaberin der bedingungslosen Leidenschaft ihres Schutzbefohlenen.

Über die Art dieser Leidenschaft wird später berichtet werden. Bis dahin wollen wir unsere Aufmerksamkeit jenen dunkel gekleideten Herren zuwenden, für deren Anwesenheit auf der Insel es einen tieferen Grund geben mußte, Urlauber waren sie jedenfalls nicht. Wir finden sie bisweilen einzeln, meist jedoch vereint an verschiedenen Stellen der Insel wieder, stets allerdings dort, wo sie am schönsten ist. Wir finden sie nach einigen Tagen, es mögen auch Wochen gewesen sein, so genau ist das nachträglich nicht festzustellen, im Büro des Notars wieder, aus dessen Räumen sie als Besitzer eines großen Terrains an bevorzugter Stelle oberhalb der Stadt ins Sonnenlicht zurücktreten. Wir sehen sie, bis auf einen der ihren, der zurückbleibt, zusammen mit Herrmann und seiner Gefährtin – Heidelinde übrigens – die Insel im Privatflugzeug verlassen und harren nunmehr der Dinge, die da kommen mögen.

Mit Hilfe eines unerschöpflichen Scheckbuchs und der sich daraus ergebenden Unterstützung durch die örtlichen Behörden, vermochte der zurückbleibende Herr im dunklen Anzug alsbald fieberhafte Tätigkeit auf dem erworbenen Terrain entfalten zu lassen. »Hier entsteht«, verkündete ein Schild, »ein modernes Luxus-Hotel mit 40 Zimmern«. Die Verkündigung erfolgte in der Landes- sowie in der überwiegend gesprochenen Touristen-Sprache. Es erfüllt uns mit nicht geringem Stolz zu sehen, daß es sich um unsere Sprache, also die der Dichter und Denker, handelt.

Und das Hotel entstand. Massiert eingesetzte Kolonnen von Maurern und Schreinern, Klempnern und Elektrikern, Malern und Gärtnern vollbrachten die Arbeit von Jahren in unerwarteten 13 Akkordmonaten. Umgeben von lächelnden Köchen und Kellnern, Zimmermädchen und Portiers, Abwaschfrauen und Küchenjungen, Empfangsdamen und niedlichen Pagen sehen wir Herrmann von Meier-Pech und Heidlinde frisch eingeflogen am Eröffnungstag vom Fotografen für die Ewigkeit festgehalten.

Am Abend folgte dieser Zeremonie die offizielle Eröffnung mit den Spitzen der Behörden. Sie ließ im lukullischen und atmosphärischen Bereich keinen Wunsch offen, erwies sich mit Reden und Dankesworten aufs Hübscheste garniert und endete selbst dann nicht, als Herrmann und Heidlinde von Kellnern und Zimmermädchen sowie vom Beifall der Gäste begleitet, in ihren Wohntrakt getragen wurden. Das Geheimnis ist hiermit gelüftet: Nicht Jungen oder Mädchen, Heroin oder Haschisch, Hesse oder Heine, Pferde oder Chemin de Fer einten Herrmann und Heidlinde in dunkler, verzehrender Leidenschaft, sondern schlicht und in einem Wort gesagt: Suff.

Alkohol und seine gesellschaftlichen Folgen, es fällt uns nun wie Schuppen von den Augen, waren der Grund, warum jene große Familie einen ihrer Söhne ins Exil geschickt hatte. Pietät und finanzielle Potenz aber auch Familiensinn – Blut ist dicker als Feuerwasser – hatten für ein Exil gesorgt, in dem sich das Angenehme mit dem Nützlichen verband: Am schönsten Platz der Insel ein Luxushotel mit der bestausgestatteten Bar seit der des legendären Adlon in Berlin.

Wir wenden uns nunmehr der Zeit nach der Eröffnung und somit dem Hotel zu, das Herrmann von Meier-Pech von der Familie als Spielzeug im Exil bekommen hatte. Es war Hotel Aquarius genannt worden, denn unter diesem Zeichen hatte Herrmann dereinst das Licht der Welt erblickt. Der Name gab Anlaß zu Verballhornungen, denn die Welt ist schnöde. Von der deutschen und skandinavischen Kolonie wurde das Hotel bald nur noch Hotel Aquavit genannt, während ein lästerlicher Mann für Herrmann die Bezeichnung Zwetschgen-Wassermann ersann.

Für Heidlinde fand der Volksmund deutscher Zunge zunächst keinen originelleren Namen als Blauer Engel. Später dann nannte man sie den Weißen Elefanten und das nicht nur wegen ihrer Leibesfülle. Vielmehr konnte sie, inzwischen an aufwendige Lebenshaltung gewöhnt, sich nicht entschließen, im Suff das zu sehen, was normale Alkoholiker zu erblicken pflegen: Weiße Mäuse. Ihre weißen Mäuse waren, wie sie immer wieder versicherte, erheblich größer, trugen überdies vorn einen Rüssel und trompeteten, wenn sie erregt waren oder eine Banane wollten. Aus all dem geht klar hervor, daß es sich um Elefanten handelte, um weiße zudem.

Dem Hotel war ein Geschäftsführer mitgeliefert worden, der sich um alles zu kümmern und für das Wohl der Gäste zu sorgen hatte. Jene jedoch, die letztenendes, wie immer man es auch drehen und wenden mag, einem Hotel erst Sinn geben, blieben aus. Nach Ablauf der ersten drei Monate hatte noch nicht einmal jedes der vierzig Zimmer einem Gast Erholung, Entspannung und Komfort geboten. Auf den Tennisplätzen, man hatte derer drei eingerichtet, wurde, wenn überhaupt, dann gegen Unkraut gekämpft. Man hatte vergessen oder darauf verzichtet, den Reiseveranstaltern Mitteilung zu machen, war wohl auch zu teuer für die einen und zu billig für die anderen. Man hatte sich also zwischen zwei Stühle gesetzt und gewöhnte sich mit der Zeit an diesen Zustand, der zumindest einem vorzeitigen Verschleiß des Mobiliars entgegenwirkte. Gelegentlich stieg ein Geschäftsmann auf der Durchreise ab, bisweilen auch ein Urlauberehepaar, das sich ohne den Schutz eines Veranstalters den schönsten Wochen des Jahres ausgesetzt hatte, insgesamt jedoch konnte man im statistischen Mittel nur eine Belegung von zwölfkommadrei Prozent vermelden.

Ganz anders war das im gastronomischen Bereich. Zwar fanden sich auch hier nur selten Gäste ein, jedoch wurde an jedem Spätnachmittag auf der Terrasse, die zum Meer hinblickte, ein Riesengrill in Funktion gesetzt. Auf dessen Glut bräunten und kohlten in den frühen Abendstunden Horden von Hähnchen, umgeben von Schweinehaxen, -lenden und -rippchen, kontrapunktiert von Würsten und Steaks und gaben ihren Duft ab, würzig oder brenzlig, je nachdem. Dieser Übung wollte

Herrmann auch dann nicht entsagen, als feststand, daß weder die einheimische Bevölkerung noch die ausländische Kolonie und schon gar nicht die Urlauber von diesem Angebot Gebrauch machten. Regelmäßige Gäste waren lediglich einige wenige Hundebesitzer, die zur Belohnung für den Verzehr eines Grillwürstchens eine wohlgefüllte Hundetüte erheischten. Gegen ein kleines Trinkgeld, das durchaus unter dem Preis einschlägiger Tiernahrung lag, bekamen sie sie auch stets.

Darüber hinaus wurde versucht, das Personal mit dem Gegrillten zu speisen, was jedoch sehr schnell zu heftigen Protesten über die Unausgewogenheit der Nahrung führte. Hier trat auch die Gewerkschaft auf den Plan, drohte mit Streik und Schlimmerem, so daß sich Herrmann am Ende gezwungen sah, all diese kulinarischen Kostbarkeiten gegen Abschluß des Abends dem Abfallkübel überantworten zu lassen. Aus diesem blitzsauberen Gefäß heraus traten die Hähnchen und Haxen, die Steaks und die Würstchen den Weg in die Häuser der Einheimischen an und verbanden durch vorteilhafte Preisgestaltung für jedermann das Angenehme mit dem Nützlichen. Das allerdings hielt man vor Herrmann geheim, aus Gründen der Fairneß, wie die Leute sagten.

Man hätte sich vielleicht gar nicht die Mühe geben müssen. Ihm, dem schnöder Erwerbstrieb völlig fremd war, machte es wenig aus, daß Hotel und Terrasse leer blieben. Vieles spricht dafür, daß er es nicht einmal bemerkte. Wichtig war ihm stattdessen, daß das Hotel funktonierte, wie es sich für ein Haus von 1. Kategorie gehört, Gäste hin, Gäste her. Glaubte man allerdings und hoffte es auch, Menschen sind schließlich Menschen, daß Herrmann und Heidelinde mangels Masse bald schließen würden, so sollte man sich getäuscht sehen. Weder war das Hotel Aquarius ein gewöhnliches Hotel noch Herrmann von Meier-Pech ein gewöhnlicher Sterblicher. In unregelmäßigen aber kurzen Abständen, offenbar genügte ein telefonischer Hinweis, erschien ein dunkel gekleideter Herr von Deutschland her und bereinigte mittels eines schlanken, schwarzen Handköfferchens nachhaltig die Lage. So gesehen ging das Hotel Aquarius also glänzend, und niemand unter den Angestellten konnte sich beklagen, außer vielleicht über Mangel an Arbeit, aber da sah selbst die Gewerkschaft keine Möglichkeit einzuschreiten.

Das Hotel war jedoch nicht durch und durch leer und tot. Mochten auch noch so wenige Gäste ihr Haupt in die weichen Kissen drücken oder auf den Tennisplätzen den Ball übers Netz treiben, mochte auch kaum einer dem Duft des Grills erliegen, von streunenden Hunden und mageren Katzen einmal abgesehen, so klopfte doch tief im Innern, genau gesagt, unter der Erde, ein kräftiges Herz. Wir haben dieses geistige Kraftzentrum bisher nur am Rande erwähnt: die im Keller gelegene Bar Bacchanal.

Hier nun pulsierte bei vierundzwanzigstündiger Öffnung das Leben. Ein Barmann hohen Ranges war aus Paris importiert worden und dirigierte mit zwei Untergebenen die Bar. Eine Band, die jede Woche wechselte und mal aus Südamerika, mal aus New York, auch schon mal aus Budapest oder Nairobi eingeflogen wurde, spielte von Sonnenuntergang bis Mitternacht. Ein Disk-Jockey übernahm den Rest der Nacht, während ein Barpianist ersten Ranges die leeren Vor- und Nachmittage mit synkopierten Noten füllte.

Es ist klar, daß diese Bar allenthalben brennendes Interesse wachrief. Die Insel, die von Grillrestaurants übersät war und ist, hatte im Bereich Unterhaltung nichts derartiges, genau gesagt, überhaupt nichts zu bieten. Alt und Jung, Arm und Reich, Einheimsche und Auswärtige liefen des Abends und des Nachts ziellos auf den Straßen der Stadt umher oder saßen in neonbeleuchteten Cafés, in denen sich elektronische Spielautomaten und das Fernsehen akustische Entscheidungsschlachten lieferten. Monate vor der Eröffnung des Hotels, als die Einzelheiten durchzudringen begannen, Gerüchte zunächst, die sich später zu entstellten Tatsachen verdichteten, wuchs das Verlangen, diese Königin unter den Bars der Welt kennenzulernen.

Doch wie es so oft im Leben ist, das Einzige, was man gern mit Herrmann und Heidlinde geteilt hätte, blieb dem großen Publikum verschlossen: Die Bar befand sich unter dem Wohntrakt der beiden, war nur von dort aus zu erreichen – Personal-Eingänge einmal ausgenommen – und stand neben Herrmann und Heidlinde lediglich geladenen Gästen offen. Hier hatte Herrmann seinen Lebenstraum verwirklicht, der verwöhnteste Alkoholiker der Welt im luxuriösesten Rahmen zu sein. Hier hatte er sich sein eigenes Reich geschaffen und herrschte in ihm gemeinsam mit seiner Gefährtin wie einst Gott Bacchus, jedoch unter Bedingungen, von denen jener nur hätte träumen können.

****

»Bon jour, monsieur »Errmann«, sagte der Barman. »Dasselbe wi immör?« Herr von Meier-Pech nickte, denn er war ein Mann von wenigen Worten. Der Barmann schaute auf die Uhr. 17 Uhr, Bourbon-Zeit. Er warf Eisstücke in ein poliertes Glas und suchte unter den Bourbons auf der Etagère den, der dienstags dran war. Währenddessen wartete er auf Heidlinde. Sie würde um diese Zeit und an diesem Tag Campari mit Orangensaft trinken.

Beide hatten den Tag in Getränke aufgeteilt und die Wochentage in Getränkemarken. Jede Stunde hatte ihre Spezialität, nur in den Stunden zwischen Mitternacht und 3 Uhr morgens herrschte freie Wahl, ›Freistiltrinken‹ nannte es Heidlinde. Das war die Zeit, in der Herrmann auch schon einmal hinter die Bar ging, wenn Gäste geladen waren zumalen, vor allem aber dann, wenn er zu dieser späten Stunde noch gehen konnte und ein paar Flaschen aus dem Regal nahm. Der Barmann, der sich Jacques, die Katze, nannte, pflegte dann zu lächeln und sich zu verbeugen: »Oui, monsieur »Errmann«. Es galt, aus den von Herrmann ausgewählten Getränken einen Cocktail zu kreieren.

Meistens machte Herrmann es ihm leicht, noch niemand, so pflegte er zu betonen, hatte ihn einen Leuteschinder genannt. Gin und Wodka, Calvados und Cointreau, Danziger Goldwasser und Kümmel, daraus läßt sich etwas machen, wenn eine Kapazität wie Jacques, die Katze, am Mixbecher stand und Zitronen da waren. Nur wenn Herrmann eine schlechte Nacht hatte, wenn ihm die Alka-Seltzer nicht bekommen waren, beispielsweise, konnte es vorkommen, daß Jacques, die Katze, all sein Können aufbieten mußte, um Herrmanns Auswahl zu einem trinkbaren Cocktail zu verarbeiten: Bier und Coke, Sake, Krimsekt, Rumtopf, Enzian und Tequila.

Den Morgen, die Zeit zwischen 9 und 12 erledigte der 2. Assistent. Es handelte sich um Frühstücks-Drinks, die zwar Aufmerksamkeit jedoch kein besonderes Können erforderten: Bloody Maries, Prairie-Oysters, Champagner-Cocktails. Hier hatte Herrmann in Übereinstimmung mit Heidlinde drei Getränkestunden zusammengefaßt, weil, wie jeder weiß, das Frühstück die wichtigste Mahlzeit des Tages ist und ihm daher Vielfalt geboten schien.

Herrmann von Meier-Pech war trotz der hohen Absätze, die er unter den Schuhen trug, eher ein kleiner Mann. Er wirkte jedoch nicht unauffällig. Reiche Leute, jeder weiß das von den Fotos in der Gesellschaftspresse her, sind aus Gründen, die bisher noch niemand glaubhaft erklären konnte, selten unauffällig. Irgendetwas an ihnen fällt immer auf. Außerdem war Herrmann aus früheren, trockeneren Jahren ein Rest Charme verblieben, der ihn in der glücklichen Verbindung mit Reichtum für Frauen unwiderstehlich machte. Manche hätte sicherlich gerne mit Heidlinde getauscht, denn Geld hat keine Alkoholfahne, aber jene ließ nicht den geringsten Zweifel an ihren Rechten aufkommen. Niemals war sie weiter als einen Drink von Herrmann entfernt, und nie verließ sie die Stätte ihrer Trinklust vor Herrmann, gleich, ob er getragen wurde oder sich aus eigener Kraft bewegte.

Heidlinde war bei ihrer Ankunft auf der Insel eine füllige Blondine gewesen, ein Jahr später war sie fett. Herrmann schien das jedoch nichts auszumachen, er war von klein auf gewohnt, alles reichlich zu haben, außerdem sah er in Heidlindes Fett ein Zeichen von Hingabe an die gemeinsame Sache. »Du schwabbelst«, sagte er einmal, als sie nackt vor dem Spiegel stand und sich – war es ihr eigener Anblick, war es die Morgenkühle? –

schütteln mußte. In der Bemerkung schwang Zärtlichkeit und Wohlwollen mit.

Der Rahmen, in dem unsere Geschichte stattgefunden hat, ist nunmehr abgesteckt, wir können zum Kernstück kommen: Zwei Jahre waren vergangen, seit Herrmann von Meier-Pech mit Heidlinde das Hotel Aquarius auf der Insel eröffnet hatte. Zwei Jahre, in denen ein beständiger Zufluß an Geld den Lebensstil und die Lebenshaltung der beiden abgesichert hatte. Zwei Jahre, in denen das Hotel, kaum besucht zwar, dennoch in Funktion und gutem Zustand erhalten werden konnte. Zwei Jahre jedoch auch, in denen selbst die hehrsten Freuden schal werden und, wie Herrmann eines Tages zu Heidlinde sagte, alle Cocktails gleichzuschmecken begannen. »Ich kann sie nicht mehr unterscheiden«, sagte er unzufrieden und nörglerisch, während Heidlinde Zustimmung nickte und Jacques, die Katze, erblich.

Es sind stets die Kleinigkeiten, die die Welt verändern, der Volksmund trägt dieser Tatsache mit der Bemerkung von den kleinen Ursachen und den großen Wirkungen Rechnung. In den folgenden Tagen und Wochen schien Herrmann etwas mit sich herumzutragen, und viele ahnten, daß ein Ereignis besonderer Art bevorstand. Jacques, die Katze, tat sein Bestes, um Cocktails und Getränke mit deutlichen Unterschieden herzustellen, sie wurden auch anstandslos getrunken, doch es fehlte an Lob und an Sympathiekundgebungen.

Es geschah dann in der winzigen Zeitspanne zwischen dem 31. Januar und dem 1. Februar, in den kaum wahrzunehmenden Augenblicken, in denen sich der alte Tag einem neuen übergibt. »Jacques«, sagte Herrmann von Meier-Pech und überreichte ihm zu diesen Worten einen überaus großzügig bemessenen Scheck. »Nehmen sie einen Monat Urlaub«. Er verabschiedete sich mit Handschlag von ihm, danach von der Band, sodann von den Assistenten, forderte Jacques auf, alle angebrochenen Flaschen zu einem großen Cocktail im Ausguß zu vereinen, die Bar abzuschließen, alle Beteiligten zu informieren, den Schlüssel dem Geschäftsführer zu übergeben und im übrigen pünktlich nach einem Monat wieder zu erscheinen. Dann verließ er die Bar, gefolgt von Heidlinde, die, nebenbei gesagt, sprachlos war.

Später, im Bett erklärte ihr Herrmann sein Vorhaben. »Wir werden«, sagte er, »einen ganzen Monat trocken leben. Damit es wieder Spaß macht«, fügte er hinzu. Von Heidlinde, die zunächst einen kleinen, fassungslosen Schrei ausgestoßen hatte, nach weiteren Einzelheiten befragt, versprach er ihr und sich am Ende der Trockenperiode ein Fest von unvorstellbaren Ausmaßen und wies darauf hin, daß er den Februar gewählt hatte, weil er nur aus 28 Tagen bestand: »Zehn Prozent Rabatt, Heidlinde.« Auch weil sich in jenem Jahr die Karnevalszeit direkt daran anschloß. »Wir treffen«, sagte er, »zwei Fliegen mit einer Klappe«. Dann drehte er sich um und schlief sofort ein, denn der Entschluß hatte ihn viel Kraft gekostet. Heidlinde kämpfte noch ein Weilchen mit den Tränen und sah sich dann gezwungen, eine Schlaftablette zu nehmen.

****

Von den Tagen und den Ereignissen des trockenen Februar sind Aufzeichnungen erhalten geblieben. Heidlinde, die am nächsten Morgen aus schweren Träumen erwachte, einen eisigen Schrekken bekam, als ihr die Geschehnisse der letzten Nacht ins Bewußtsein zurückkehrten und mit unverhohlenem Widerwillen auf die Zeit blickte, die vor ihr lag, entschloß sich, zu Bleistift und Papier zu greifen. Als ehemalige Krankenschwester, die auch das eine oder andere Buch gelesen hatte, wußte sie um die therapeutische Wirkung dieses Vorgehens.

1. Februar, am Abend. Der erste Tag, eigentlich nur ein halber Tag bisher, ist besser vergangen, als ich gedacht hatte. Ich bin den ganzen Tag im Bett geblieben, weil ich am Morgen aus Versehen eine Schlaftablette genommen habe, statt meinen Muntermacher. Herrmann meint, absichtlich. Stimmt aber nicht. Herrmann sagt, er kann leicht einen Monat ohne Alkohol leben. Warum hat er sich dann am Nachmittag von oben bis unten mit Franzbranntwein einreiben lassen?

2. Februar. Habe mich entschlossen aufzustehen. Zittern und Schweißausbrüche. Haben gemeinsam einen Gang durchs Hotel gemacht. Rein zufällig auch an der Bar vorbeigekommen. Probiert, ob die Tür richtig verschlossen war. Sie war es, und kein anderer Schlüssel paßt. Hinterher in den Garten gegangen und an den Blumen gerochen. Kein Ersatz.

4. Februar. Wir reiben uns jetzt täglich gegenseitig mit Franzbranntwein ein, mehrmals. Leider ist das Zeug völlig ungenießbar, selbst Benzin schmeckt da besser. Herrmann sammelt auf der Terrasse Bierflaschenverschlüsse und sortiert sie wie Briefmarken, dabei stand er nie auf Bier. Wenn er sich unbeobachtet fühlt, riecht er an ihnen. Ob er es war, der meinen Nagellackentferner…?

9. Februar. Es war eigentlich kein Tobsuchtsanfall, egal, was die Leute sagen, aber ein bißchen nervös sind wir beide schon. Trotzdem, das geht keinen was an, und jedermann sollte das Recht haben, seine Möbel aus dem Fenster zu werfen, wenn ihm danach ist. Auch wenn die Fenster geschlossen sind. Es war schließlich unser Klavier. Niemand konnte ahnen, daß die Katze darin gerade Junge gekriegt hatte. Trotzdem sind sie alle mit dem Schrecken davon gekommen. Das Klavier natürlich nicht. – Nun, vielleicht war es ganz gut, daß man uns in die Klinik gebracht hat. Aber in Zwangsjacken?!

11. Februar. Wieder zurück im Hotel. Herrmann hat seine Verbindungen spielen lassen. Der Pfleger, den sie uns mitgegeben haben, ist sehr nett. Er läßt uns, bevor wir die Spritze bekommen – dreimal täglich – am Wattebausch schnuppern, den er mit Alkohol getränkt hat, leider aber immer Herrmann zuerst. Heute früh, als er uns versorgte, hatte er eine Bierfahne. Ich mußte mich zurückhalten, ihn nicht zu küssen. Herrmann ist es genau so gegangen, dabei ist er eigentlich stinknormal.

14. Februar. Halbzeit! Aber noch liegt eine Ewigkeit vor uns. Herrmann sagt, er träumt, daß er Gläser und Flaschen mittrinkt.

17. Februar. Gestern habe ich beim Kramen eine Getränkekarte vom Sheraton gefunden. Zusammen mit Herrmann laut gelesen. Wir mussten beide weinen.

19. Februar. Noch 10 Tage! Wir haben heute das erste Mal über unseren Neubeginn, über unser neues Leben gesprochen. Herrmann hat mich gefragt, ob mir ein Bad in Champagner Spaß machen würde. Er selbst erwägt, unter Cognac zu duschen, weiß aber noch nicht, ob Hennessy oder Napoleon. Mir persönlich scheint Wodka erfrischender, aber ich will ihm da nicht reinreden.

23. Februar. Ich habe heimlich einen Spritzer Feuerzeuggas genommen. Schmeckt ganz gut unter den Umständen, habe mich aber übergeben müssen. Herrmann hats rausgekriegt und mir mit einem Latschen den Hintern versohlt. Den Nackten!! Neid? – Hätte ich ihm etwas abgeben sollen? – Alkohollosigkeit verdirbt den Charakter.

28. Februar, ein Uhr morgens. Wir sind beide ohne Wecker aufgewacht und haben uns angezogen. Wir werden jetzt den Tisch decken für die Feier. Meine Hände zittern. Der Pfleger ist gestern abend gegangen. Hat uns ein frohes Fest gewünscht.

28. Februar, 8 Uhr früh. In Eile. Wir haben die Tür zur Bar auch ohne Schlüssel aufbekommen (Küchenbeilchen). Der Tisch ist gedeckt, sieht himmlisch aus. Jetzt heißt es nur noch warten.

...

Herrmann und Heidlinde hatten in der Mitte der Bar, auf der kleinen Tanzfläche, die von oben und unten auf Knopfdruck relaisgesteuerte Lichteffekte lieferte, einen großen Tisch aufgestellt. Diesen Tisch hatten sie nach einem System dekoriert, daß ihnen während der Zeit der großen Dürre eingefallen war. Es war ein simples System: Von jeder Flasche eine. Eine Ausnahme machten nur Sodawasser und Biere, die kastenweise auftraten, von Herrmann jedoch, ihrer geringen Bedeutung entsprechend, unter den Tisch geschoben worden waren. Die Mitte des Tisches schmückte eine Flasche Champagner – Moët Chandon übrigens, denn Herrmann war in diesem Bereich eher gleichgültig, nahm, was ihm in die Hände kam, gewissermaßen. Heidlinde hätte Roederer den Vorzug gegeben, denn sie kam aus einfachen Verhältnissen, wo man Etikette und Etiketten genauer nahm. Der Champagner stand jetzt schon in einem silbernen Kühler, sie hatten beschlossen, über den Tag hinweg Eis nachzufüllen. »Vorfreude«, sagte Heidlinde, »ist die schönste Freude, und bereit sein, ist alles«. Auch hier hatten sich die beiden auf eine Flasche beschränkt, denn Ordnung muß sein, eine Magnum.

Um 9 Uhr morgens – Prost minus 15 – öffnete Herrmann feierlich eine Flasche Remy Martin und goß sie über den Boden. Dann setzte er sich wieder an den Tisch, an dem sie, sich gegenübersitzend, Platz genommen hatten, schaute Heidlinde über die Flaschen und Fettpölsterchen hinweg in die Augen und sagte, indem er eine weit ausholende Geste über den Tisch machte: »Faites votre jeu, madame«. – Heidlinde wählte mit Bedacht eine Flasche Pernod und warf sie gegen die Wand am äußersten Ende der Bar. »Damit die Gerüche nicht durcheinandergeraten«, sagte sie auf den fragenden Blick Herrmanns hin.

Beide hatten sich sorgfältig gekleidet. Heidlinde trug ein halblanges cognacfarbenes Kleid und hatte ein Collier aus der Familienschatulle der Meier-Pechs angelegt. Der Schmuck war nicht echt, aber das störte sie nicht. Sie wußte, daß der echte in einem Schweizer Banktresor ruhte. Herrmann von Meier-Pech trug einen weinroten Smoking und zum Hemd goldene Manschettenknöpfe, in denen das Familienwappen mit Diamantsplittern und Rubinen nachgebildet war. Die Manschettenknöpfe waren echt, desgleichen die goldene Repetieruhr, die er vor sich auf den Tisch gelegt hatte.

Um sie herum verbreitete der Remy Martin seinen Duft, den Heidlinde, während ihr das Wort auf der Zunge zerging, Bouquet nannte. Vom hinteren Teil des Raumes fluteten kontrastierend Pernod-Schwaden über sie hinweg. Herrmann und Heidlinde sahen sich an und seufzten. »Wie lange noch?« fragte Heidlinde. Herrmann schaute auf die Uhr, die, wie ihm schien, immer, wenn er nicht hinschaute, stehenblieb. »14 Stunden und 37 Minuten«, sagte er angewidert.

Heidlinde nahm eine Flasche Amer Picon und spritzte sie gegen den Ventilator, der seinerseits den Inhalt über die Bar verteilte. »Ich weiß nicht, ob ich das noch lange aushalte«, sagte sie. Herrmann nickte. »Ich weiß es auch nicht«, sagte er.

Sie vertrieben und töteten die Zeit unter Aufbietung ihrer kreativen Kräfte. Sie kegelten mit Becks Bier, spielten mit ungekühltem Champagner aus der strategischen Reserve Schiffstaufe gegen das Piano, tauften es Titanic und Andrea Doria und setzten sich, wenn die Kollision krachte, auf die Tasten. Heidlinde erreichte zumeist eine überzeugendere Kollision, was die ohnehin überreizten Nerven nur noch mehr strapazierte. Herrmann erhitzte eine Schallplatte im Grillherd, aber keiner von beiden hatte Appetit, obwohl es sich um eine sehr geschmackvolle LP handelte. Sie waren gerade dabei zu versuchen, ob sich das Telefon schmackhafter zubereiten ließe, als es, wie um sich zu retten – Not macht erfinderisch – klingelte. »Ja«, sagte Herrmann unwirsch.

»Isch wollte nur anrufen, monsieur »Errmann«, sagte Jacques, die Katze, »um zu sagen, daß isch ein Tag spätör komm. Isch bin in Australie«.

»Meinetwegen«, sagte Herrmann uninteressiert, denn er hatte jetzt, weiß Gott, andere Probleme. »Wann fliegen Sie ab?«

»Am ersten März um swei Uhr früh. Also in swei Stunden. Isch bin schon auf der Flug-afen«.

Herrmann ließ den Hörer fallen. Er ließ auch das Telefon fallen. »'allo?« schrie Jacques, die Katze, vom Boden her zu ihnen hinauf. »'allo, monsieur »Errmann! 'ören Sie misch noch? Bis gleisch!«

Herrmann von Meier-Pech winkte Heidlinde mit den Augen zum Tisch hin. »Setz dich«, sagte er und nahm die Magnum aus dem Sektkühler. Heidlinde versuchte einen halbherzigen Einwand: »Aber es ist doch erst ... es ist doch noch nicht einmal 12 Uhr mittags!«

»In Australien«, sagte Herrmann und gab sich keine Mühe, seine Tränen zu verbergen, »in Australien ist es jetzt Mitternacht und erster März«.

Heidlinde fiel vom Stuhl herunter auf die Knie. »Gottes eigenes Land«, schluchzte sie in fassungsloser Dankbarkeit und erhob die Hände zur Decke der Bar, wo sie wohl den Himmel vermutete. Wie zur Bestätigung ließ Herrmann den Propfen knallen.

Die Feier dauerte in ihrem Kernstück 29 Stunden. Herrmann und Heidlinde haben nach Aussagen zuverlässiger Zeugen während dieser 29 Stunden die Bar Bacchanal nicht verlassen. Hin und wieder, wenn sie eine Müdigkeit überkam, haben sie sich auf den Sofas und Sesseln ausgeruht.

Jacques, die Katze, der am 1. März gegen 17 Uhr Ortszeit, also zur Bourbon-Stunde, die Bar betrat, fand Herrmann hinter der Bar. Heidlinde saß auf dem Tresen und zappelte in Zeitlupe.

»Was wollt ihr beiden?« fragte Herrmann ungehalten und versuchte sich an einigen Gläsern in der Etagère festzuhalten.

»Isch bin nur einör, monsieur 'Errmann«, sagte Jacques, die Katze. »Möchten Sie etwas trinken? Comme d'habitude?«

Herrmann von Meier-Pech schaute zu Heidlinde hinüber, die mit den Backen im Spülbecken festsaß und nicht herauskam. »Wurde ja auch Zeit«, sagte er und zog an ihr, allerdings vergeblich. »Wurde ja auch wirklich Zeit, daß sich endlich wieder jemand um die Bar kümmert. Selbst das Spülbecken ist schon ganz voll.«

Wenn er den Dr. nicht im Flugzeug kennengelernt hätte, wäre Annas Leben anders verlaufen. Wahrscheinlich hätte sie dann auch niemals Anna geheißen, denn in Wirklichkeit hatte man sie Lysistrata getauft. Sie hätte also weiterhin Lysistrata Bern geheißen oder Frau Dr. Bern, wie sie sich manchmal nannte oder nennen ließ, wenn sie den Dr. zum

Die patente Frau

Ausdruck bringen wollte. So kam ein Hätte zum anderen. Um den Vornamen Lysistrata verständlich zu machen, muß hinzugefügt werden, daß sie eine geborene Kunzelmann war. Auch daß ihre Mutter aus dem Beamtenadel stammte, während der Vater ein erfolgreicher Obst- und Gemüsehändler gewesen war. En gros.

Im Flugzeug kamen sie durch eine Fügung des Schicksals nebeneinander zu sitzen, Dr. Bern und Olibus Hagelstern. Dr. Bern jedenfalls hat späterhin mehrfach darauf hingewiesen, daß es sich nur um eine solche Schicksalsfügung gehandelt haben konnte.

Der Flug ging nach Gran Canaria. Olibus hatte ein paar Wochen in Europa verbracht, auf das Angenehmste, wie er gern zugab, denn die Zeit war zum größeren Teil mit zärtlicher Zweisamkeit erfüllt gewesen. Seine Freundin hatte ihren Mann, dem sie seit längerem nichts mehr abzugewinnen wußte, vom Einkommen einmal abgesehen, mit ein paar Freunden zum Segeln an die See geschickt. Und Olibus hatte erfahren, daß auch in der nörglerischsten, unzufriedensten Ehefrau der Wille zur Hingabe steckt oder jedenfalls die Bereitschaft, ihn sich einpflanzen zu lassen. Olibus war daher, er kannte das an sich nach solchen Ereignissen, friedlich und ein wenig schläfrig auf diesem Flug nach Las Palmas und spürte noch Thomis Duft in der Nase und freche Flüsterworte in den Ohren. Die Stewardessen, eine kleine, braunhäutige zumal, spürten es ebenfalls und behandelten ihn zuvorkommend, ein wenig, als ob sie damit andeuten wollten, daß auch bei ihnen der Aufenthalt angenehm war. Auch Herr Dr. Bern merkte es, wenngleich es nichts Sinnliches in ihm weckte. Er begann ein Gespräch.

Olibus wollte von Las Palmas aus weiter auf die Insel fliegen, Dr. Bern wollte es auch und fand es einen bemerkentswerten Zufall. Er fügte hinzu, daß es Zufälle nicht gibt. Olibus lebte schon 8 Jahre auf der Insel, Dr. Bern war im Begriff, auf der Insel ein Haus zu bauen und begann, hinter ihrem Zusammentreffen den ausgestreckten Finger der Vorsehung zu erblicken. Olibus hatte auf der Insel seine Lebensgefährtin verloren, Dr. Bern versuchte, ähnliches zu erreichen und empfand, daß der Finger des Schicksals genau auf Olibus deutete.

»Meine Frau«, sagte Dr. Bern, »ist schon dort. Sie holt mich vom Flugplatz ab. Sie ist eine patente Frau. Sie wird Ihnen gefallen«.

Olibus hielt das für möglich, aber seine Gedanken und auch seine Gefühle waren noch bei Thomi, die die weißesten Schenkel hatte und so blond war, daß sie ihm fast nackt erschien. Er fühlte, daß die braunhäutige Stewardeß ihn bei seinen Gedanken beobachtete, und Dr. Bern bemerkte es auch und sagte: »Sie haben aber Chancen, Mann! Sie haben aber Chancen bei den Frauen!« Dann begann er zu erzählen: »Wir haben drei Kinder, Lysistrata und ich. Sie sind alle erwachsen inzwischen, jetzt beginnt das Leben noch einmal aufs Neue, Sie verstehen«.

»Ja«, sagte Olibus, »das verstehe ich. Heißt Ihre ...« er überlegte, ob er Gattin sagen sollte, entschied sich dagegen, »heißt Ihre Frau wirklich Lysistrata?«

Dr. Bern nickte. »Und ich heiße Otto. Otto und Lysistrata«. Er lachte. »Sie haßt den Namen«, fügte er hinzu.

Eines ihrer Kinder hatte Musik studiert und spielte Harfe. »Klassich natürlich«, sagte Dr. Bern. ein weiteres ihrer Kinder war Apotheker geworden. »Der einzige Sohn«, sagte Dr. Bern stolz und schlug einen Oberschenkel über den anderen. Das dritte Kind hatte Limakologie studiert und dann einen Pfarrer geheiratet. »Das ist heute alles ganz anders«, sagte Dr. Bern entschuldigend. »Die sind nicht mehr so rückständig, wie sie einmal waren. Bei den Katholiken spielen selbst die Nonnen Fußball«.

Olibus wußte nicht, was Limakologie war und wollte danach fragen. Aber er kam nicht dazu. »Nun erzählen Sie doch mal, wie es Ihnen so ergangen ist auf der Insel«, sagte Dr. Bern. Das war die Frage, die alle stellten, und Olibus fiel es schwer, darauf zu antworten. Er lebte auf der Insel, und er fand die Insel schön. Er konnte sich nur schwer vorstellen, an einem anderen Ort zu leben. Er hatte dort Ruhe für seine Arbeit gefunden. »Meine Freundin ist vor drei Jahren gestorben«, sagte er.

Dr. Bern fuhr zurück. »Oh Gott«, sagte er. »Das ist ja schrecklich. Ich meine, manchmal geht ja eine Beziehung auseinander, aber gleich sterben…« Er stotterte und wußte nicht, was er sagen sollte.

»Es wäre nie auseinandergegangen«, sagte Olibus ruhig. »Einer von uns mußte sterben, damit es auseinanderging. Wir waren so gut und so schlecht miteinander, daß einer sterben mußte«.

Eine Weile schwiegen sie. Olibus stellte fest, daß er nicht traurig war. Er war lange traurig gewesen. Jetzt vibrierte Thomis Echo auf seiner Haut und überzog ihn mit Wärme. Er glaubte, Sonnenstrahlen zu spüren. Die Wärme begann, zwischen seine Schenkel zu ziehen. Die braunhäutige Stewardeß löste sich von ihrem Platz neben der Bordküche und kam zu ihm. Sie lächelte ihn an. »Drink?« fragte sie.

»Einen Cognac«, sagte Dr. Bern.

Die Stewardeß schien ihn nicht zu hören. Sie schaute Olibus an. »Champagner?« fragte sie. »Whisky? – White Horse?«

»Kaffee«, sagte Olibus. »Kaffee mit Milch«. Er sah, wie die Stewardeß unter ihrer braunen Haut rot wurde.

»Sie muß aus der Karibik kommen«, sagte Dr. Bern ein wenig später. »Auf Martinique gibt es wirklich die schönsten Mädchen«. Er lachte. »Mein lieber Mann«, sagte er. »White Horse? – Café au lait? – Wird hier ein Film gedreht?« – Er nippte an seinem Cognac. »Lysistrata ist brünett«, sagte er. »Sie wird

Ihnen gefallen, wie ich Ihnen schon sagte. Eine patente Frau«.

»Was heißt patent?« fragte Olibus. Dr. Bern hatte das Wort nun schon zweimal benutzt.

»Gott«, sagte Dr. Bern. »Was heißt patent? Ja, was heißt das? – Also, als die Kinder aus dem Gröbsten raus waren, wie man so schön sagt, als sie also aus dem Gröbsten raus waren, ist sie auf die Uni gegangen und hat Psychologie studiert. Ich muß sagen, hat mich ungeheuer beeindruckt«.

»Warum?« fragte Olibus.

»Warum es mich beeindruckt hat?«

»Warum sie Psychologie studiert hat«, korrigierte Olibus.

»Sie ist Psychotherapeutin geworden«.

»Auf der Insel?« fragte Olibus erstaunt.

Dr. Bern schüttelte den Kopf und lachte. »In Deutschland«, sagte er. »Die Sache mit der Insel kam erst später. Das war meine Idee. Aussteigen, neu anfangen«.

»Und jetzt wollen Sie beide dort leben?« fragte Olibus.

Dr. Bern zögerte mit seiner Antwort. »Lysistrata ist schon da«, sagte er schließlich. »Bei mir wird es wohl noch ein bißchen dauern«.

Olibus schnallte seinen Sitzgurt ab. »Dürfte ich mal vorbei?« fragte er.

»Selbstverständlch«, sagte Dr. Bern und stand auf.

Olibus stand in dem kleinen Waschraum und wusch sich das Gesicht. Er spürte jetzt auf angenehme Art, daß die vergangene Nacht nachzuwirken begann, und daß er schläfrig wurde. Er nahm ein paar Tropfen Eau de Toilette und verrieb sie auf seiner Stirn. Er öffnete die Tür und sah die Stewardeß. Sie stand neben der Bordküche und rauchte eine Zigarette. Ein Schildchen auf ihrer Jacke sagte ihren Namen. »Müssen Sie heute noch zurück, Mademoiselle Chevrolier?« fragte er.

Sie schüttelte den Kopf. »Glücklicherweise nicht«, sagte sie, und es klang hübsch mit dem kleinen karibisch-französischen Akzent dahinter. »Wir bleiben in Las Palmas«. Sie schaute zu ihm hoch, denn sie war sehr viel kleiner als Olibus. »Und Sie?«

Er wollte sagen, daß er noch weiter mußte, aber dann fiel ihm ein, daß auf der Insel niemand auf ihn wartete. »Ich wette, wir sind im selben Hotel«, sagte er.

»Im Hotel Iberia?« fragte sie.

»Genau«, sagte Olibus und fragte sich, wer von ihnen beiden schlauer gewesen war.

So kam es, daß Olibus Lysistrata erst später kennenlernte.

****

Olibus hatte mit seiner Freundin in einem alten Haus in der Hauptstadt der Insel gewohnt. Danach, als er allein war, schien ihm das Haus zu groß. Auch zu laut, denn vor dem Haus lärmten die Motorräder ohne Auspufftopf vorbei und die Fischhändler mit ihren Lautsprechern auf dem Auto und den aufmerksamkeitsstarken Vierklanghörnern unter der Haube. Zu zweit war es ihnen wie Ambiente erschienen, allein war es für Olibus nur noch infernalischer Lärm, der in der Leere des Hauses ein Echo warf.

Er kaufte sich ein kleines Haus direkt am Meer in einer felsigen, strandlosen Bucht. Das Haus hatte nur ein Zimmer mit Kochecke und ein Bad mit Dusche und Toilette, aber vor dem Haus erstreckte sich eine große Terrasse und vor der Terrasse nach zwei Seiten hin das Meer, und das nächste Land war Amerika auf der anderen Seite des Ozeans.

Der Vorbesitzer hatte mit Geduld und Zement einen Weg durch die Felsen gebahnt, an dessen Ende eine Badeleiter ins Wasser führte. Olibus Hagelstein badete selten im Meer. Er war kein sportlicher Mann. Niemand, der mit den Körperkultmaßstäben unserer Zeit operiert, hätte ihn zudem einen schönen Mann genannt. Er war groß, ja, aber sein Körper war frei von männlichen Muskeln, Bizeps und Trizeps hüpften nicht unter brauner, glänzender Haut, mager hätte man ihn auch genannt, wenn da nicht ein kleiner Bauch gewesen wäre. Er trug eine Brille auf einer ziemlich großen Nase in einem faltigen Gesicht. Olibus wurde trotzdem überall und überall sofort wahrgenommen, und wo er hinkam, erregte er Aufmerksamkeit.

Auch sein Beruf erweckte Interesse. Er war Astronom. Allerdings schaute er nur selten durch die Spiegelteleskope, die auf dem höchsten Berg der Insel aufgestellt worden waren und dort eine der größten internationalen Observatoriumsgruppen der Erde bildeten. Er arbeitete Programme aus und koordinierte die Ergebnisse. Das Centro Astrofisico hatte ihn dafür auf die Insel geholt.

Zu dem Haus am Felsenstrand kamen, wie es kurz vor der Landung in Las Palmas noch vereinbart worden war, am 7. März pünktlich um 5 Uhr Dr. Bern und Lysistrata. Lysistrata hatte ein geblümtes Kleid an, das auf Eleganz fast protestlerisch verzichtete. »Ein Kleid«, dachte Olibus, »wie es meine Großmutter im Garten getragen hätte, wenn kein Besuch kam.«

Sie hielt ihr Haar weder lang noch kurz, frisurlos, als ob sie sagen wollte: Was soll's? Sie trug holzige, klappernde Gesundheitssandalen, faltige Söckchen und eine gleichgültige aber nicht unfreundliche Miene. Olibus nahm an, was sich später bestätigen sollte, daß sie zum Frühstück Müsli und frisch gestampfte Körner aß. Sie setzte sich auf die Terrasse, akzeptierte ein Glas Wein und schaute aufs Meer, während sie es austrank und blickte weiter aufs Meer, während sie ein zweites und ein drittes Glas bekam.

Dr. Bern war merkwürdig aufgeregt. Er lobte Bucht, Meer und Felsen, so, als ob da ein beliebter Modearchitekt am Werk gewesen wäre. Er fand freundliche Worte für Lage und den unverbaubaren Blick und sprach dann von seinen Plänen auf der anderen Seite der Insel. Ein Haus wollte er bauen in hervorragender Lage, ein großes Haus aus edlen Materialen nur, mit einem echten Springbrunnen davor und antiken Pflastersteinen. Bauholz, aus alten Gebäuden und Kirchen geborgen, sollte für Fenster und Möbel verwendet werden, nicht gelackt sondern nur geölt und dann… er verlor sich in Gedanken.

»… dann ziehen Sie hierher«, versuchte Olibus nachzuhelfen. Er spürte, wie ihn ein Blick von Lysistrata streifte, ein neugieriger, spöttischer Blick, so schien es ihm, und Dr. Bern antwortete zögernd: »Ja, ja, vielleicht, man wird sehen, kommt Zeit, kommt

Rat. Jedenfalls ist Lysistrata schon hier, und es gefällt ihr sehr gut…«

»…uns«, sagte Lysistrata, ohne ihren Blick ein weiteres Mal vom Meer zu wenden.

»Ja, natürlich uns«, beeilte sich Dr. Bern zu sagen.

»Und wo wohnen Sie jetzt?« fragte Olibus, weil ihm die Pause, die nun folgte, wie ein verlegenes Schweigen vorkam.

Dr. Bern nahm den Ball dankbar an. »Wir wohnen in einem kleinen, alten Schober, massiv. Abenteuerlich, sage ich Ihnen, kein Wasser, kein Klo, kein Licht. Er steht einen Steinwurf von dem Platz, an dem ich meinen Neubau ausführen werde«.

»Ich werde den Schober ausbauen, Otto«, sagte Lysistrata.

»Natürlich«, sagte Dr. Bern. »Gewiß doch. Wenn das große Haus bewohnbar ist, wird das kleine Haus umgebaut«.

»Nein«, sagte Lysistrata, immer noch ohne sich umzudrehen. »Wenn du wieder wegfährst, beginne ich, mein Haus umzubauen«.

Dr. Bern räusperte sich. »Und wo willst du…« setzte er an, aber er beendete den Satz nicht. »Habe ich es Ihnen nicht gesagt?« fragte er Olibus stattdessen und lachte in einem verlegenen Kicherton. »Habe ich es Ihnen nicht gesagt? – Lysistrata weiß, was sie will. Sie ist eine patente Frau«.

»Sie wird Ihnen gefallen«, sagte Lysistrata von ihrem Platz auf der Terrasse aus. »Hat er Ihnen das auch gesagt?«

Bei Einbruch der Dunkelheit gingen sie.

****

Einige Wochen später saß Lysistrata, als Olibus von einem Tagesbesuch am Observatorium zurückkam, auf der Terrasse und schaute aufs Meer. Sie hatte eine Flasche Wein gefunden und ein Glas. Das Glas hielt sie Olibus entgegen, als sie sich, ohne aufzustehen, nach ihm umblickte.

»Nanu?« sagte Olibus überrascht.

»Ich habe mit dem Hausbau begonnen«, sagte Lysistrata. »Kann ich während der Bauzeit hier wohnen?«

Olibus zögerte. »Es gibt nur ein Bett«, sagte er, um Zeit zu gewinnen.

»Ein Doppelbett«, sagte Lysistrata. »Das reicht«. Sie trug ein schwarzes, langes und weites Baumwollkleid. An der Taille hatte sie es mit einem roten Tuch zusammengebunden. Sie war barfuß. Das Haar hatte sie sich kurz schneiden lassen und nach hinten gekämmt.

»Ich will, daß du mich Anna nennst«, sagte sie in der Nacht, als sie auf seine Seite des Doppelbettes hinüberkam.

****

Während der Monate, die Anna bei ihm blieb, ließ sie ihn in ihr Leben hineinschauen. »Weißt du«, sagte sie. »Ich habe nicht viele Männer gehabt. Ein paar Fummler vor Otto. Zwei Sachen während der Zeit mit Otto. Und eine richtige Liebe«.

Sie brauchte eine ganze Menge Wein, bevor sie anfing zu erzählen. Otto und sie hatten eine Ehe nach alter Art begonnen und geführt. Sie hatten sich kennengelernt, früh geheiratet, früh Kinder bekommen. Derart für den Beruf vorbereitet und ohne die Chance, Alternativen zu wählen, hatte sich Otto an seine Karriere gemacht. Sie war ihm trefflich gelungen.

»War Otto dein erster Mann?«

»Ich bin nicht als Jungfrau in die Ehe gegangen. Jedenfalls nicht technisch oder doch technisch, ich weiß nicht, wie man das bewertet. Einer der Fummler hat's mit dem Finger getan«. Sie lächelte. »Im tiefsten Innern war Otto sein ganzes Leben lang enttäuscht, daß er es nicht war oder wenigstens sein persönlicher Finger«.

»Hast du ihn geliebt?«

»Vielleicht gab es Zeiten«, sagte Anna nachdenklich. »Aber es waren alles seine Zeiten. Als er seinen Doktor gemacht hat, als er Partner in der Firma wurde, als er Bevollmächtigter im Konzern wurde. Ich glaube, immer, wenn er glänzte, habe ich gedacht, daß ich ihn liebe. Wahrscheinlich habe ich seinen Erfolg geliebt, weil er auch mich gewärmt hat«.

»Die Kinder?«

»Die Kinder waren schön. Sie waren das Schönste. Glaub mir, Olibus, eine Ehe ist nicht Liebe. Wenn sie Liebe wäre, das könnte keiner auf die Dauer aushalten«.

»Was ist die Ehe dann, wenn nicht Liebe?« fragte Olibus.

Anna überhörte seine Frage. »Einmal habe ich einen geliebt«, sagte sie. »Mit den Kindern um mich herum und dem Mann und dem Hund und dem Haushalt, habe ich einen Mann geliebt«.

»Und er dich?«

»Und er mich«, sagte Anna feierlich.

Mehr wollte sie nicht sagen. »Ein anderes Mal«, sagte sie. »Laß uns ins Bett gehen, Olibus«.

Olibus spürte, daß der Mann von damals zurückgekommen war und Anna mit ihm schlafen wollte. Er nahm den Part des Stellvertreters an, weil er Anna mochte. »Sag mir seinen Namen«, sagte er, als sie sich liebten.

Anna stöhnte und warf den Kopf hin und her, und dann plötzlich zog sie seinen Kopf an ihr Gesicht und seufzte: »Henry, oh Henry, Henry!« und immer weiter, während die Blitze eines endlosen Orgasmuses durch ihren Körper zuckten. Danach weinte sie.

Sie hatte Henry an der Haustür kennengelernt. Er verkaufte Bücher und behauptete, Student zu sein. Am Ende stellte sich heraus, daß er im Gefängnis gesessen hatte, aber es störte Anna nicht mehr. Er nannte sie Anna, weil er den Namen Lysistrata unausstehlich fand und sie mit der Abkürzung Lys nicht einverstanden war. »Dann werde ich dich Anna nennen«, sagte er und wußte auf das Warum nur zu antworten: »Weil ich dich anna Haustür getroffen habe«. Er war jünger als Anna und kam aus Berlin.

Sie ließ sich das erste Mal von ihm im Auto nehmen. »Es war unbequem«, sagte sie. »Ich meine, ich hatte gehört, daß das die jungen Leute von morgens bis abends so machen und wollte nicht zickig sein. Aber immerhin war ich schon Anfang dreißig«. Sie lachte. »Hast du es schon mal im Auto gemacht?«

»In der Telefonzelle«, sagte Olibus, um Anna zu beeindrucken.

Anna sah ihn bewundernd an. »Geht das?«

»Nur, wenn man die richtige Nummer wählt«.

Er spürte, daß sie versuchte, sich ein Bild davon zu machen. Erst nach einer längeren Pause sagte sie: »Er war auf meine Liebe überhaupt nicht vorbereitet, der arme Junge. Er vernachlässigte seine Arbeit, und ich tat, was ich konnte, um ihm ein Einkommen zu erhalten. Unser Haus füllte sich mit Büchern. Heute noch stehen da mehrere Große Weltatlanten herum. Damals hatte ich an die zwanzig. Otto war es ein Rätsel, was ich mit so vielen Atlanten wollte. Ich sagte ihm, daß ich sie alle zu Weihnachten verschenken würde. Otto bezweifelte, daß wir überhaupt so viele Freunde hatten, die sich für Geographie interessierten«.

»Immer nur im Auto?« fragte Olibus. Er wollte die Geschichte voranbringen.

Anna schüttelte den Kopf. »Als der Sommer kam, habe ich ein Zelt gekauft«.

Olibus starrte sie an.

»Guck nicht so entsetzt«, sagte Anna und lachte. »Er kam um 10, wir sind schnell auf irgendeine Waldwiese gefahren oder ans Flußufer, da ist morgens niemand, höchstens Schafe. Es hat nur Minuten gedauert, das Zelt aufzubauen.«

»Immerhin«, sagte Olibus. »Sehr spontan scheint mir das Ganze nicht gewesen zu sein«.

»Sprich nicht so gedrechselt«, sagte Anna. »Für uns war es spontan genug. Mir wird noch heute ganz heiß im Bauch, wenn ich ein Zelt sehe. Zelte sind seitdem sinnlich für mich. Manchmal haben wir es auch stehen lassen mit meinem Terrier als Wache und sind am Nachmittag noch einmal wiedergekommen. Einmal haben wir das ganze Wochenende an einer abgesoffenen Kiesgrube verbracht. Ich bin mit dem Fahrrad einfach hin- und hergefahren. Er wartete«.

»Wie oft?«

Anna lachte. »Was du für dumme Fragen stellst«, sagte sie. »Er war noch jung. Komm jetzt lieber ins Bett«.

Nur langsam hörte sie auf, ihn Henry zu nennen. Aber sie aß

inzwischen schon kein Müsli mehr zur Frühstück, und die Körner hatte sie an die Vögel verfüttert.

»Otto hat eine Freundin«, sagte sie eines Tages, als sie auf der Terrasse saßen und schon viel Wein getrunken hatten. »Ich weiß, daß er eine Freundin hat, aber ich soll es erst später erfahren«.

»Erklär mir das mal«, sagte Olibus.

»Also, es ist so«, sagte Anna. »Er hat erst mal so getan, als ob wir beide hier auf der Insel leben würden. Aussteigen gut bürgerlich. Geld ist da, das weißt du. Und dann hat er mich vorgeschickt, weil er die ganze Zeit schon eine Freundin hat«.

»Will er sie verlassen und nachkommen?« fragte Olibus.

»Du bist schwer von Begriff«, sagte Anna. »Mich will er verlassen«.

Olibus gab ihr Wein. »Ich verstehe es trotzdem alles noch nicht. Warum hat er eine Freundin, aber du sollst es erst später erfahren«.

»Er will, daß ich die Schuld daran habe. Wenn ich hier einen Mann finde, dann hat er das Recht, das moralische, sich dort eine Freundin zu suchen. Und mich ist er los. Hast du nicht gemerkt, wie er kuppelt?« Sie machte Otto nach: »Sie wird Ihnen bestimmt gefallen«.

»Einfach«, sagte Olibus. »Du wirst ihn zappeln lassen, bis seine Freundin ihn zwingt, sich zu entscheiden. Frauen haben nichts zu verschenken. Du wirst ganz einfach keinen neuen Mann hier finden«.

»Da bist zum Beispiel du«, sagte Anna nachdenklich. »Obwohl du solche gemeinen Sachen über Frauen sagst. Ich hatte immer etwas zu verschenken«.

Olibus hatte so etwas erwartet. Er hatte Anna gern um sich. Sie erzählte schöne Dinge und sagte interessante Sachen. Sie hatten sich gut zusammengefunden, schliefen oft miteinander und wachten gern miteinander auf. Obwohl sie ihn nur noch selten Henry nannte, hatte sich an der Dringlichkeit ihrer Begegnungen nichts geändert. Olibus mochte Anna. Er liebte Anna nicht.

»Es gibt uns«, sagte er. »Aber das braucht Otto nicht zu wissen.«

»Er weiß es«, sagte Anna. »Ich habe es ihm geschrieben«.

Danach beschleunigten sich die Ereignisse. »Lysistrata!« schrieb Dr. Bern in seinem Antwortbrief. »Mit Bestürzung und Abscheu habe ich Dein Schreiben zur Kenntnis genommen. Du hast übrigens wieder einmal vergessen, es mit einem Datum zu versehen«. Er verweilte noch einige Sätze lang bei der moralischen Verwerflichkeit außerehelicher Beziehungen vor allem bei Frauen. Die Worte Ehefrau und Mutter tauchten auf und leiteten zu den Kindern über, insbesondere zu der Frage: was jene nun wohl denken würden. »Es ist klar«, begann der letzte Absatz, »daß dieses Dein Verhalten nicht ohne Folgen für unsere gemeinsame Zukunftsplanung und -gestaltung bleiben kann. Bei meinem nächsten Besuch auf der Insel, im kommenden Monat, wird mehr darüber zu sagen sein«. Danach verabschiedete er sich ohne Kuß und Umarmung, selbst ohne herzliche Grüße mit dem schlichten Wort: Otto.

Olibus gab Anna den Brief zurück. Er schaute sie fragend an. »Und nun?«

»Der Finger des Schicksals«, sagte Anna. »Er hat ihm einen Stein vom Herzen geschubst. Wahrscheinlich konnte er vor Freude nicht stillsitzen, als er den Brief schrieb«.

»Mit Bestürzung und Abscheu?« zitierte Olibus fragend.

»Ich kenne ihn«, sagte Anna. »Er hat noch nie gemeint, was er sagt und noch nie gesagt, was er meint. Seine Freundin heißt übrigens Lilith«.

Wieder einmal stellte sich heraus, daß Anna eine Menge zu erzählen hatte, wenn man warten konnte: Lilith war eine alte Bekannte der Familie. Sie war nicht sonderlich jünger als Anna, wohl aber war sie ihr Gegenbild. Annas üppiger Weiblichkeit stellte sie jungenhafte schmalhüftige Zierlichkeit gegenüber. »Sie hat keine Brüste und keinen Hintern«, sagte Anna verächtlich. Sie stand auf und ging in die Küchenecke, damit Olibus ihr nachschauen konnte und wußte, was sie meinte. Sie trug nur einen Slip, denn es war heiß. Ihr schwarzes Flies wuchs fast bis zum Nabel hoch.

Anna kam mit einem Apfel zurück und ließ ihn davon abbeißen. Sie drückte ihre Brüste gegen seinen Kopf. »Du verstehst, was ich meine, oder?« sagte sie.

Olibus nickte in ihre linke Brust hinein. Anna hatte jedenfalls nichts Jungenhaftes.

»Sie hat stechende Augen«, sagte Anna. »Blaue«. Anna hatte schwarze Kulleraugen. »Weißt du, wer Lilith war?« fragte sie.

Olibus wußte es, aber Annas Version interessierte ihn. »Sag's«, sagte er.

»Lilith«, sagte Anna und biß ein großes Stück von dem Apfel ab, so daß sie zugleich kaute und sprach. »Lilith war die erste Frau Adams. Sie war ein böser Dämon. Manche nennen sie auch die erste Eva. Aber Gott hatte Mitleid mit Adam und machte ihm eine Neue. Aus Lilith ließ er die Schlange werden«. Es war klar, daß Anna Lilith nicht sonderlich mochte.

»Woher weißt du überhaupt, daß es Lilith ist? – Oder daß er überhaupt eine Freundin hat«.

»Frauen haben dafür einen sechsten Sinn«, sagte Anna geheimnisvoll.

Später in der Nacht, als Anna nicht schlafen konnte, erfuhr er mehr über ihren sechsten Sinn. »Sie hat ihr Höschen bei uns im Bett gelassen«, sagte sie. »Als ich von einer Reise zurückkam, lag ihr Höschen unterm Kopfkissen«. Als Olibus mehr darüber wissen wollte, fügte sie hinzu, daß Lilith auf allen ihren Höschen vorn ein L und ein M eingestickt hatte und zu ihr einmal gesagt hatte, es bedeute, je nachdem: Lilith Mossbach oder Liebe Mich. »Wenn sie es falsch rum trägt, kann es auch Leck Mich heissen«, sagte Anna verächtlich.

»Ist sie nicht verheiratet?« fragte Olibus.

»Sie war«, sagte Anna. »Jetzt ist sie geschieden. Eine Frau, die ihren Mann betrügt...« fügte sie sehr moralisch hinzu.

»Kanntest du ihren Mann?« fragte Olibus.

»Ja«, sagte Anna betont gleichgültig.

»Mochte er vielleicht lieber richtige Frauen?« Olibus zeichnete mit den Händen eine richtige Frau wie Anna in die Luft.

Anna drehte ihm den Rücken zu und zog die Decke bis über

die Ohren. »Du mit deiner dreckigen Phantasie«, sagte sie verärgert.

Otto kam am 15.7. mit dem letzten Flugzeug und in Begleitung von Lilith. Anna holte sie vom Flughafen ab, und sie fuhren von dort direkt auf die andere Inselseite. Er wollte Olibus nicht sehen. »Unter gar keinen Umständen!« hatte er mit Ausrufungszeichen geschrieben.

»Wir werden in der Kneipe wohnen«, hatte Anna zu Olibus gesagt. »Aurelia hat ein paar Zimmer. Vergiß mich nicht«.

»Bist du nicht eifersüchtig?« fragte Olibus.

»Aurelia hat nur Einzelzimmer«, sagte Anna rachsüchtig. »Und unter den Betten stehen Nachttöpfe. Und das Klo ist auf dem Hof. Und waschen kann man sich nur neben der Küche«. Er konnte förmlich sehen, daß sie sich etwas ausmalte.

Ottos Ausrufungszeichen zum Trotz trafen sie sich aber doch noch in der Stadt, als Olibus dort seine Post abholte. Jemand tippte ihm von hinten auf die Schulter und Annas Stimme sagte: »Na du?« Neben ihr lächelten Dr. Bern und eine zierliche blonde Frau mit jungenhaftem Körper nahezu herzlich.

Dr. Bern fand das rechte Wort. »Na so ein Zufall!« rief er und fügte hinzu: »Aber es gibt natürlich keine Zufälle«. Olibus wurde Lilith vorgestellt, die ihn mit Interesse musterte. Liliths Kleidung war nach Hamburger Mode des Jahres: Hosen, die sich über Stiefel stülpten, Stiefel, die in Falten fielen. Beides verursachte den Eindruck kurzer Beine. Ihr T-Shirt trug sie touristisch mit überweitem Ausschnitt, der Kellnern und übrigen tiefen Einblick gewährte. Bei erster Gelegenheit, als sie an einem Cafétisch saßen, gab Lilith auch Olibus Einblick, und er sah, daß sie wirklich kleine Brüste hatte. Aber sie waren hübsch, und während er hinsah, wurden ihre babyrosafarbenen Brustwarzen hart.

Anna sah es mit Mißvergnügen und trank einen Campari. Dr. Bern redete, so als ob nichts vorgefallen war. Oder viel. »Es war nett von Ihnen, daß Sie Lysistrata«, so nannte er Anna weiterhin, »Unterschlupf gewährt haben, während sie ihr Häuschen baute«, sagte er. Es war klar, daß er über die Phase der Vorwürfe hinweg zum nächsten Akt gekommen war. Lilith und er gehörten inzwischen zusammen, daran hatten auch Einbettzimmer und Nachttöpfe nichts geändert, und sie machten es durch kleine Signale offenkundig. Sie trug das Döschen mit den Tabletten, die er mehrmals täglich nahm, in ihrer Handtasche. Sie gab ihm später auch das Portemonnaie, aus dem er zahlte.

Sie redeten Nebensächliches, wobei sich herausstellte, daß Dr. Bern und Lilith wirklich furchtbar gern in den nächsten Tagen einmal bei Olibus vorbeischauen wollten, »Lysistrata natürlich auch«, fügte Dr. Bern hinzu. Anna schwieg, als ginge sie das alles nichts an.

»Ich habe gehört, Sie haben ein ganz reizendes Häuschen an einem einsamen Felsenstrand«, sagte Lilith und fügte hinzu, daß sie dort gern einmal ungestört baden würde, so wie Gott sie geschaffen habe.

Dr. Bern machte ein bedenkliches Gesicht.

»Gott«, ließ sich Anna mit dem Mund am Campari-Glas vernehmen, »war der allererste Freikörper-Fan«.

»Ich werde zahlen«, sagte Dr. Bern ein wenig unruhig. Er spürte wohl, daß sich zwischen den Frauen etwas zusammenbraute. Während er zur Bar ging, begab sich Lilith zur Toilette. »Näschen pudern«, sagte sie.

»Hast du gesehen, was für stechende Augen sie hat?« fragte Anna eilig, um den Augenblick zu nutzen, den sie allein waren.

»Sie hat kalte Augen«, sagte Olibus. »Wie eine Jägerin«.

»Kalt und stechend«, sagte Anna dankbar für das neue Eigenschaftswort. »Wie eine Schlange«.

****

Aus dem Besuch bei Olibus wurde nichts. Kurz nach ihrem Zusammentreffen beorderte die Zentrale Olibus zu Planungsgesprächen nach Europa. An einem Morgen im Frühstückszimmer seines Hotels veränderte sich sein Leben wieder einmal vollständig, insofern, als er sich in die Tochter des Hotelbesitzers verliebte und zwar Hals über Kopf. Noch in derselben Nacht schrieb er an Anna einen Brief.

Der Brief erreichte sie an dem Tag, an dem Otto und Lilith wieder abreisten. Als Anna vom Flugplatz zurückkam, überreichte ihr Aurelia, die Zimmervermieterin den Brief von Olibus.

Otto und Anna hatten beschlossen, sich zu trennen, andererseits aber doch zusammenzubleiben, denn manches sprach dafür. Otto wollte sein Haus auf der Insel bauen, das große, repräsentative Anwesen mit allem Komfort, mit antiken Pflastersteinen im Hof und rustikal gespaltenen Buchenscheiten neben dem Kamin. Anna hatte sich bereit erklärt, den Bau zu leiten und zu organisieren, auf diese Art sanfte Übergänge zu schaffen.

Der Umbau ihres eigenen Hauses war inzwischen gut vorangekommen. Anna hatte Olibus während der Bauzeit einige Male mitgenommen, sie wollte seine Meinung wissen. »Findest du die beiden Flügel schön, die ich anbauen will? – Soll ich alte Schindeln für das Dach besorgen?«
Olibus sah, daß sie einen guten Geschmack hatte. Sie lernte schnell, das zu nutzen, was den Einheimischen geläufig war und zu lassen, was ihnen fremd vorkam.

Das Häuschen war nach Süden ausgerichtet, den vorherrschenden Winden abgewandt. Es blickte auf eine tiefe Schlucht, rechter Hand war das Meer, zur Linken erhoben sich die Berge. Anna hatte vor, die Terrasse, die zwischen den Flügeln des Hauses lag, überdachen zu lassen. »Du wirst fast das ganze Jahr hindurch auf der Terrasse sitzen können«, sagte Olibus.

»Ich werde auch oft auf der Terrasse schlafen«, sagte Anna. »Und du sollst neben mir liegen«.

****

Olibus kehrte lange Zeit nicht auf die Insel zurück. Noch während er in Europa war, der Tochter des Hotelbesitzers den August- und andere Himmel zeigte, zusammen mit ihr ganze

Sternschnuppenschwärme mit Zukunftswünschen befrachtete, unterbrach die Zentrale ihre Seufzer und Schwüre: Olibus bekam den Auftrag, und er konnte ihn in seiner Position nicht verweigern, vertretungsweise eine Lücke im Anden-Observatorium auszufüllen.

Die Tochter des Hotelbesitzers, Uschi war ihr süßer Name, kam mit der Entfernung nicht zurecht, wohl aber ihr Vater, dem Olibus von Anfang an ein Dorn im Auge gewesen war. »Sterngucker!« sagte er wegwerfend zu seiner Tochter. »Das ischt a brotlose Kunscht«.

Aus Folgsamkeit, auch weil der Vater nah war und Olibus weit, schließlich wohl auch, weil Olibus so manches in ihr geweckt hatte, was jetzt energisch auf sein Recht pochte und nicht warten wollte, heiratete sie bald einen tüchtigen jungen Mann, der nicht bis 9 zählen konnte und nannte ihre Tochter Stella, weil sie an den Sternenhimmel dachte.

Der junge Mann hatte Koch gelernt, und bald sollte ihm ein hübsches Hotel in der Nähe zufallen. »So kommt eins zum anderen«, hatte Uschis Vater gesagt. »Der Herr Hilton hat auch amoal kloan angefangen«.

Das Instituto Astrofísico de Los Andes, wie sich das Observatorium offiziell nannte, war ein einsamer Platz. Olibus schrieb daher viele Briefe. Als er auf die meisten keine Antwort bekam, weil – wie er daraus schloß – die Menschen heutzutage keine Briefe mehr schreiben, begann er eine Serie in Richtung auf Anna abzufeuern. Er hatte festgestellt, daß sie ihm fehlte. Uschi fehlte ihm auch, und er kam nicht so recht darüber hinweg, daß sie ihn verlassen hatte. Noch weniger wäre er darüber hinweggekommen, wenn er von Stellas bevorstehendem Erscheinen gewußt hätte. Thomi fehlte ihm, weil sie sich inzwischen einen anderen Freund genommen hatte, einen, der in nächster Nähe wohnte und verfügbar war. Einen zudem, der Frau und Kind sein eigen nannte und ihr daher treu war und nicht wie ein leichtfertiger Schmetterling von Blüte zu Blüte taumelte, schon aus Zeitgründen nicht. Olibus kam es plötzlich vor, als hätte er sich zwischen eine ganze Reihe von Stühlen gesetzt.

Er fragte sich oft, warum Anna ihm fehlte. Er war sicher, daß er sie nicht liebte, und das war für ihn bisher der Prüfstein gewesen, an dem sich seine Gefühle schärften. Aber er erinnerte sich auch daran, was Anna einmal gesagt hatte: daß Liebe auf die Dauer keiner ertragen konnte und daß sie daher die schlechteste Voraussetzung für Dauerhaftes war. Er fragte sich, ob er nicht sein Leben lang dem falschen Stern gefolgt war.

Zeit genug zum Nachdenken hatte er jedenfalls. Er dachte über seine Gefährtin nach, mit der er damals auf die Insel gekommen war, und er fragte sich, ob weniger Liebe zwischen ihnen nicht mehr gewesen wäre. Er begann sogar darüber nachzudenken, was Liebe ist, ob er das nicht alles ganz falsch verstanden hatte. Er stellte mit Erstaunen fest, daß er sie bisher immer nur als Sklaverei erlebt hatte, als Sklaverei auf Gegenseitigkeit, in der die Schwäche des einen die Peitsche in der Hand des anderen war.

Anna antwortete nach seinem vierten Brief. »Lieber Olibus«, schrieb sie und hatte vergessen, das Datum anzugeben. »Es ist wohl wahr, daß wir lange nicht mehr voneinander gehört haben. Der letzte Brief, den ich von Dir gelesen hatte, war der, in dem Du mir von Deiner neuen und bisher größten Liebe berichtet hast. Die Briefe, die danach gekommen sind, habe ich nicht aufgemacht, denn es interessiert mich nicht, ob Du mit ihr glücklich bist oder nicht. Ich will auch nichts davon lesen, daß sie vielleicht schwanger ist oder sogar ein Foto sehen, auf dem ihr beide in den Anden steht und ein Känguruh streichelt. (Oder sind es dort Lamas? – Egal.) Deshalb habe ich Deine Briefe nicht geöffnet und einen nach dem anderen weggeworfen, so, wie sie ankamen, abends in meinen Kamin. Er zieht übrigens sehr gut, dafür muß ich Dir noch einmal danken, von Dir kam ja die technische Beratung. Gute Arbeit!

Von Deinem letzten Brief ist nicht alles verbrannt. Ein Stück vom Umschlag ist übrig geblieben, und auf dem stand Deine Adresse. Otto würde es einen Fingerzeig des Schicksals genannt haben. (Und Du denkst, ich schwindle, na wenn schon!) Deshalb schreibe ich Dir jetzt und merke wieder einmal, daß Otto mit seinem Vorsehungstick Spuren in mir hinterlassen hat, denn von mir aus hätte ich es nicht getan.

Was also gibt es hier? – Mein Haus ist fertig, denn es war ja schon fast fertig, als Du mich allein (die Worte mich alleine waren durchgestrichen) die Insel verlassen hast. Es ist schön geworden. Tatsächlich lebe ich viel auf der Terrasse, schlafe im Sommer viele Nächte dort.

Ottos Haus ist noch im Bau. Es ist wie vorauszusehen und auch geplant war, ein Monumentalbau, viel größer beispielsweise als die Schule einschließlich der Dorfbibliothek. Ich weiß wirklich nicht, wozu er und Lilith allein vier Schlafzimmer brauchen, vielleicht schwebt ihnen Mormonisches vor, auch die drei Bidets deuten darauf hin. Der Bau steht nur einen ganz kleinen Steinwurf hinter meinem Haus, auch ganz wie geplant. Von der Seite und aus einiger Entfernung sieht er recht bedrohlich aus, das große Haus scheint sich über das kleine zu beugen, es erdrücken zu wollen. Aber wie Du weißt, habe ich es im Rücken, und was ich nicht sehe, macht mir keine Sorgen (mehr).

Otto hat auch ein großes Stück Land gekauft, zu allem, was er schon hat. Dort will er eine Bananen-Plantage anlegen. Leider hat sich herausgestellt, daß unter der Lehmschicht schierer Fels ist und das Land keine Drainage hat. Der Verkäufer wußte es natürlich, und in der Kneipe von Aurelia ist viel gelacht worden. Otto denkt jetzt über Möglichkeiten nach, diesem Fingerschlag des Schicksals die Stirn zu bieten. Er denkt von Deutschland aus nach und erscheint hier alle paar Monate mit Lilith, Gottes schiefgelaufenem Experiment.

Ich habe Turteltauben auf der Terrasse und Hühner im Stall. Nachts bewacht mich ein schwarz-weißer Hund, weil es die einheimischen Männer falsch verstehen, wenn ich auf der Terrasse schlafe.

Ich hoffe, Dir geht es gut, und Deine kleine Hotelbesitzerin macht Dir immer schön das Bett und gibt Dir Vollpension. Ich finde, Du bist ein abscheulicher Typ. Anna.

P.S. Jeder kann seinen eigenen Weg gehen, nur: er soll ihn nicht mit anderen Leuten pflastern.

Die Briefe, die Olibus danach noch an Anna schrieb, kamen ungeöffnet zurück.

Einige Monate später verpaßte Olibus bei seiner Rückreise nach Europa die direkte Maschine nach Madrid. Am Flugschalter bot man ihm einen Flug mit vielen Zwischenlandungen in Afrika an. »Danach können Sie direkt von Las Palmas nach Frankfurt fliegen«, sagte die Bordstewardeß. Olibus mußte an Dr. Bern und den Finger des Schicksals denken. »Dann unterbreche ich dort ein paar Tage«, sagte er.

Vom Flughafen der Insel aus nahm er eine Taxe zu Anna.

An der Einfahrt zu ihrem Besitz, an der inzwischen ein Schild stand und in rustikaler Brandschrift: Finca Dr. Berns verkündete, rannte ein kleiner Mann aufgeregt hin und her und gestikulierte mit einer roten Fahne. »Sprengung!« schrie er. »Vorsicht, Sprengung!« Dumpfe Explosionen erschütterten fast gleichzeitig die Erde, und Lehmklumpen und Felsbrocken flogen durch die Luft. Der kleine Mann rollte die Fahne zusammen und steckte sie, nachdem er dort einen Tabaksbeutel und eine Pfeife herausgezogen hatte, in die Gesäßtasche seiner Hose. »Freie Fahrt«, sagte er zum Taxifahrer. Dann sah er Olibus und erkannte ihn wieder. »Willkommen«, sagte er. »Willkommen auf dem Schlachtfeld«.

»Was wird hier gemacht?« fragte Olibus, denn im Hintergrund begannen nun wieder Preßlufthämmer zu rattern.

Der kleine Mann lächelte fast so breit wie er war und zuckte die Schultern. »Der Señor Doctor sprengt 700 Löcher in die Felsen für seine Bananen. Dynamit, Caramba!«

Das Einfamiliengebäude von Dr. Bern stand wie ein drohendes Tier hinter Annas Häuschen. Die Seitenflügel erschienen wie ein aufgerissenes Maul, und Annas Haus schien sich vor der Gefahr besonders klein zu machen. Annas Beschreibung war treffend gewesen.

Vor ihrem Haus spritzte ein vierschrötiger Mann Wasser auf Blumen und Kohl. Er war noch jung und hatte einen von jenen Köpfen, die den Schädelfunden zufolge beweisen sollen, daß unsere Vorfahren die Erde schon vor vielen hunderttausend

Jahren bevölkert haben. Er stand allerdings aufrecht auf seinen stämmigen Beinen und schaute Olibus ausdruckslos an. Neben ihm knabberte ein schwarz-weißer Hund an einem Knochen und knurrte drohend. »Wo ist die Señora?« fragte Olibus.

Der Vorfahr betrachtete ihn lange und schien nach Worten für einen komplizierten Sachverhalt zu suchen. »Am Hafen«, sagte er schließlich. »In Höhle«.

»In welcher Höhle?« fragte Olibus.

Der Vorfahr bleckte gemeinsam mit dem Hund die Zähne und zeigte auf seine Brust, die behaart aus einem alten Hemd hervorschaute.

»Anna lebt in einer Höhle?« fragte Olibus entgeistert.

»Ich und Anna«, sagte der Vorfahr und fügte nach einer Pause stolz und zugleich drohend hinzu: »Mit Zeltdach vor«.

Sein Häuschen am Meer war verschwunden. Eine Sturmflut im Winter hatte es von den Felsen gewaschen. Einige Trümmerstücke der Terrasse hingen noch dort in den Felsen, wo er Anna vorgefunden hatte, als sie zu ihm gezogen war.

So kam es, daß Olibus die Insel für immer verließ.

Er kam um die Ecke des Hauses und schlenderte auf die Terrasse wie ein Familienmitglied, das gerade mal nach hinten gegangen war, um nach der Wäsche zu schauen. Er ging ohne Eile auf die drei kleinen Hunde zu, die ihn entgeistert anstarrten, mit offenen Mäulern sozusagen, und begrüßte sie mit ausgesuchter Höflichkeit: Zuerst die Damen. Dann den

> **Der Hund, der goldene Eier legte.**

rheumatischen und ziemlich blinden Tiger, indem er ihm über die Schnauze leckte und sich zum Zeichen friedlicher Absichten neben ihn auf den Boden fallen ließ. Nachdem auf diese Art Freundschaft und Einvernehmen hergestellt war, bewegte er sich, gefolgt von den drei kleinen Hunden auf die Pergola zu, in deren Schatten die Familie saß und eisgekühlten Tee trank. Er bewertete und analysierte sekundenschnell die Situation und setzte sich dann neben Nadia, weil sie die jüngste Tochter der Familie war legte seinen Kopf auf ihren Schoß.

Nadia schaute ihn an, als ob er seit undenklichen Zeiten zu ihnen gehörte und sagte: »Na Pluto?« – Pluto lächelte mit hochgezogenen Lefzen und wedelte mit dem Schwanz. Es war seine Art, »Grüß dich, Nadia«, zu sagen. So begann Plutos Leben auf der Farm.

Die Farm lag in einigen hundert Metern Höhe an einem Hang, der nach Osten hin zum Meer abfällt. Vor etwa drei Jahrhunderten war mit dem Bau des Hauses begonnen worden, eine Küche zunächst und ein Zimmerchen mit meterdicken Wänden, im Laufe der Zeit hatte sich diese Urzelle zu einem stattlichen Bauernhaus entwickelt. Die Vorderseite des Hauses blickte auf die Bucht und das Meer und war im Sommer über ihre gesamte Länge von schattenspendenden Weinranken gekühlt. Zum Haus gehörte ein Hektar Land mittelmäßiger Qualität mit Orangen- und Zitronenbäumen und einer Mandelplantage, deren Bäume im frühesten Frühling – genau gesagt, um den 2. Februar herum – in ein Delirium von rosaweißen Blüten ausbrachen.

Friedrich Weingarten hatte diese Farm für sich und seine Familie gekauft. Er hatte seinen Beruf in Deutschland aufgegeben, hatte auf der Insel der Versuchung widerstanden, im Ghetto einer Bungalow-Siedlung für Ausländer zu leben und versuchte, mit Hilfe von Kohlrabi, Tomaten und Engagement, seiner Frau und seinen Töchtern ein alternatives Leben nahezubringen. Ein komfortables Leben, versteht sich, denn es war durch allerhand Luxus zum Schmackhaften hin gewürzt. Tamsyn, die von kleinauf eine heftige, fast kaninchenhafte Liebe zum Salat entwickelt hatte, verfügte über ihr eigenes Salatfeld, dem sich später ein Kräutergarten zur Herstellung exquisiter, von Experimentierfreudigkeit zeugender Salatsaucen anschloß. Jill, blond und jungenhaft, hatte sich zu diesem Zeitpunkt ihres Lebens dem Glück der Erde verschrieben, von dem wir ja schon von den Kalendersprüchen her wissen, worauf es liegt: Ihr gehörten ein Wallach, eine Stute und ein Fohlen. Nadia, die Jüngste, deren Hobby Hunde und Puppen waren, und das Mitinsbettnehmen beider ihre Leidenschaft, hatte die drei kleinen Köter unbestimmter Rasse und Blutführung im Lauf der Zeit an verschiedenen Orten der Insel aufgesammelt: Teddy vom Arm eines alten Mannes in der Bar La Parada im Süden der Insel. Tiger beim Besuch einer Freundin, die gerade über einen frischen Wurf verfügte und wußte, wo ein blindes, kränkliches Hündchen eine Überlebens-Chance hatte. Dulce von einem niedlichen kleinen Bauernjungen, der sich gegen Zahlung einer einmaligen Abfindung in Höhe von Nadias monatlichem Taschengeld bereiterklärt hatte, sie nicht vor ihren Augen in einer Wassertonne zu ersäufen.

Nun war also noch einer dazugekommen. Pluto, so hatte es den Anschein, war aus den Bergen gekommen, wo in jenem Jahr, das eine Hundeschwemme gebracht hatte, eine große Anzahl von Hunden in eine ungewisse Freiheit entlassen worden war. Pluto war noch ein Kind, vielleicht acht, neun Monate alt, aber er machte diesen Mangel an Reife durch Größe wett. Er war riesig. Er war zudem pechschwarz, was, wie sich zeigen würde, die Landbevölkerung mit Angst und Schrecken erfüllte, schließlich war der Teufel schwarz, wenn man dem Herrn Pfarrer und der Überlieferung Glauben schenken wollte, und das tat man. Plutos Augen aber waren golden. Diese goldenen Punkte, umgeben von so viel Schwarz ließen ebenfalls zwei Deutungen zu: Die Nachbarschaft optierte für schwefelgelb. Nadia sah den Engel.

An diesem Tag, es war, der eisgekühlte Tee deutete es schon an, ein schöner Tag, durch den die Bienen summten und die Schmetterlinge taumelten, und an dem die Eidechsen wohlig aber wachsam auf den warmen Mauern dösten, an diesem Tag also und nachdem Pluto mehrere Male Nadias Hand zum Zeichen unverbrüchlicher Treue geleckt hatte, räusperte sich Herr Weingarten: »Der Köter muß sofort weg«, sagte er und blickte zu seiner Frau hinüber, damit sie nickte. Seine Frau rührte den Tee um.

Nadia starrte ihn entsetzt an. »Aber Papii!« sagte sie. »Du kannst doch den aarmen Hund nicht einfach wieder fortschicken!« Sie sah Pluto an, der daraufhin den Kopf schüttelte. Sie sah ihre Schwester Jill an, die daraufhin sagte: »Aber Papii! Du kannst doch diesen aarmen Hund nicht einfach wieder fortschicken!« Dann sah sie ihre Schwester Tamsyn an, die daraufhin sagte: »Aber Papi! Du kannst doch diesen aarmen Hund nicht einfach wieder fortschicken!« – Schließlich sah sie die anderen drei Hunde an, die prompt ihre Köpfe zu Herrn Weingarten wandten, mit den Schwänzen wedelten und heftig hechelten.

Pluto, der wußte, daß es nun um die Wurst ging und außerdem um ihn, löste sich von Nadia und trottete auf Herrn Weingarten zu. Er senkte den Blick seiner goldenen Augen in die braunen und schon ein wenig kurzsichtigen des Herrn Weingarten und reichte ihm die Pfote.

Das genügte. Die Kinder quietschten: »Er liiiebt dich, Papii!

Er liiiebt dich! Siehst du das denn nicht?!« Und Frau Weingarten, bei der er hilflos Hilfe suchte, blickte stattdessen freundlich auf Pluto, der mit Herrn Weingarten machte, was er wollte, und der schon aus diesem Grund Anrecht auf Familienzugehörigkeit hatte. »Na, meinetwegen«, sagte Herr Weingarten, während eine innere Stimme laut und deutlich »nein!« sagte. Er wurde für seine Nachgiebigkeit, für das, was er jetzt schon dunkel ahnte, später schmerzlich wissen sollte, er wurde für diese Eselei mit einem Schwall von freundlichen Worten überschüttet. Er badete darin und wusch das Unbehagen ab.

****

Pluto lebte sich rasch ein, wenn man nicht sagen wollte, daß er sich schon eingelebt hatte, bevor er um die Ecke des Hauses kam. Die kleinen Hündinnen, Teddy und Dulce blühten sichtlich auf in seiner schwarzglänzenden Nähe, die ihnen Schutz bot und ihr Ansehen in Dorfköterkreisen erhöhte. Tiger, der rheumatische, fast blinde Rüde, der nichts Schönes als ein tapferes Herz sein eigen nannte und bei der Verteidigung der Hündinnen gegen die Konkurrenz der Umgebung bereits ein Ohr verloren hatte, war es zufrieden, seine Aufgabe war nun leichter geworden.

Nachts schliefen alle vier unter der überdachten hinteren Terrasse, und wenn es kühl wurde oder regnerisch, gesellten sich zwei junge Bantamhühner zu ihnen, fast noch Küken, und schlummerten zwischen ihren warmen und, man muß es vermuten, für Hühner wohlriechenden Fellen. Nie hatte das Tierreich der Farm dergleichen Harmonie erlebt, selbst die junge Ziege überwand ihr Mißtrauen und ließ sich von Pluto beschnuppern, während ihre Mutter, die große Braune, freundlich meckernd daneben stand. Auch die Pferde gewöhnten sich schnell an Pluto, nachdem er ihnen von den anderen dreien vorgestellt worden war. Sugar, das süße Fohlen, ging so weit, ihn morgens mit einem Wiehern zu rufen und ihm zu erlauben, über das Gatter in seinen Stall zu springen.

Für Herrn Weingarten war Pluto willkommene Gesellschaft. Wenn er über die kleinen Felder der Farm ging, war Pluto an seiner Seite. Einen Schritt hinter ihm, wie man es bei Berufshunden nach langer Mühe erreicht. Wenn sich Herr Weingarten auf die kleine Bank oberhalb der Farm setzte und dort am Abend seinen Wein trank, Wein, den die Farm hervorbrachte, und den er täglich frisch aus der Bodega holte, saß Pluto neben ihm. Herr Weingarten wartete fast darauf, daß Pluto ihm eines Tages nachschenken würde, einfach nur so ohne großes Aufhebens die ockerfarbene Kruke in die Pfote nehmen und fragen würde: »Noch ein Schlückchen vielleicht, Herr Weingarten?« – Um bei der Wahrheit zu bleiben, dazu ist es nie gekommen. Es hätte aber niemanden gewundert, wenn es so gekommen wäre.

So idyllisch verlief das Leben auf der Farm, seit dem Tag, an dem Pluto gekommen war. Draußen vor dem Hoftor sah es anders aus. Das Erscheinen Plutos, schwarz wie der Teufel und mit schwefligen Augen wie der Leibhaftige, hatte das Dorf in Aufruhr versetzt. Alte Frauen bekreuzigten sich, wenn sie an der Farm vorbeigingen und Pluto und seine drei Freunde ihnen nachbellten. Männer murmelten Verwünschungen und machten mit den Fingern ein Zeichen gegen den Bösen Blick. Nie zuvor hatte der Teufel unter ihnen gelebt. Jetzt hatten ihn die Fremden ins Dorf gebracht.

An einem Morgen, Herr Weingarten beobachtete gerade die Vögel, die in ihrer Tränke badeten, kam Gregorio Hernandez auf die Terrasse. Gregorio Hernandez, es genügt, ihn in Zukunft Gregorio zu nennen, hatte es übernommen, den Weingartens die Farm in Ordnung zu halten. Das tat er ungenügend, denn er war ein Faulenzer. Nur wenn es auf Ende des Monats zuging und der Lohn in greifbare Nähe rückte, entfaltete er fieberhafte Tätigkeit. Er hackte, nicht ohne dabei demonstrativ zu schwitzen und zu stöhnen, die Blumenbeete und das Gemüsegärtchen in der Nähe des Hauses, um auf diese Art sein Anrecht auf Entlohnung sichtbar, hörbar und riechbar zu machen. Gregorio nannte einen besonderen Geruch sein eigen. Wenn er in der Nähe arbeitete, und der Wind stand auf Haus und Terrasse, schien es, roch es, besser gesagt, als ob dort eine Herde von Ziegenböcken weidete. Zu solchen Zeiten wurden die Fenster und Türen des Hauses verschlossen, und die Familie zog sich auf die hintere Terrasse zurück oder flüchtete mit dem Auto an den Strand.

Nun also stand Gregorio auf der Terrasse, kratzte sich am Kopf und unter den Achseln, was wohl einen symbolischen Reinigungsversuch darstellen sollte und versuchte, durch kräftiges Ausdünsten Aufmerksamkeit zu erregen. Weniger hätte genügt, denn die Vögel, erschreckt durch Gregorios Auftreten und wohl von Natur aus mit empfindlicheren Geruchsnerven ausgestattet, flatterten auf und flogen schrill schirpend davon.

»Der Hund«, sagte Gregorio und spuckte in den Blumenkohl.

»Der Hund?« fragte Herr Weingarten. »Was ist mit ihm?«

»Er hat heute nacht ein Huhn getötet. Das Huhn der armen Nachbarin Maria. Ihr bestes Huhn«.

Herr Weingarten lachte. »Pluto tötet keine Hühner, Gregorio«, sagte er und versuchte, auf die Windseite zu gelangen, um Gregorios Geruchssturm zu entgehen.

»Es hat manchmal zwei Eier am Tag gelegt«, sagte Gregorio und trat näher an Herrn Weingarten heran. »Man hat den Hund gesehen«.

»Als er das Huhn in der Nacht getötet hat?« fragte Herr Weingarten.

Gregorio wedelte durch Nicken Geruchsströme zu Herrn Weingarten hin. »Marias Onkel hat's gesehen. Der Busfahrer«.

Sie diskutierten lange. Herr Weingarten ging bis an die Grenze seines olefaktorischen Durchstehvermögens. Schließlich gab er nach. »Wieviel?« fragte er.

Gregorio nannte einen Preis, der sich aus Eierproduktion, Fleischwert sowie emotionalen Belangen zusammensetzte, bekam das Geld und, hier ist das Wort angebracht, verduftete. Herr Weingarten fragte sich, ob er wieder mal einen Fehler gemacht hatte.

****

Irgendwie, so fand Herr Weingarten in den nächsten Tagen, irgendwie hatte sich die Atmosphäre im Dorf verändert. Wenn er den Weg hinab zu dem kleinen Laden ging, der Zucker zum Panschen des Weines aber auch Schuhe und Düngemittel, Heftpflaster und Margarine, Rattengift und Stockfisch sowie selbstgebaute Vogelkäfige verkaufte, betrachteten ihn die Leute mit neuerwachtem Interesse. Sie grüßten beflissen, so, als ob sie damit auf sich hinweisen wollten, sich als Besitzer von Federvieh und Kleingetier darzustellen versuchten. Im Laden selbst verstummte, wenn er eintrat, das Geschwätz, das sich gemeinhin um Kartoffeln, Religion und Intimes aus der Nachbarschaft drehte, jetzt aber, so fühlte Herr Weingarten, ausschließlich ihm und Pluto galt.

Emilio und seine Frau Pili erschienen am dritten Tag nach der Hühnertötung auf der Farm. Emilio hatte seinen Sonntagsanzug angetan und sich das Haar schneiden lassen. Seine Frau trug ein schwarzes Kleid und außer ihren Gesichtswarzen eine vergrämte Miene zur Schau. Sie hatte vom Weinen rotumränderte Augen, was sie jedoch nicht häßlicher machte, denn alles hat seine Grenzen. In den Händen hielt sie ein enormes weißes Kaninchen, das bei jedem Schritte unkontrolliert mit dem Kopf wackelte. Sein Blick war starr. Pili trat auf Herrn Weingarten zu und hielt ihm das Kaninchen unter die Nase. »Tot«, sagte sie dramatisch. »Mausetot!«

Emilio, der schwerhörig war und deshalb mit jedermann in höchster Lautstärke kommunizierte, Emilio brüllte:»Tot! Mausetot! Das Kaninchen!!!«

Pili brach in neue Tränen aus und begann, sich mit der freien Hand das Haar zu raufen. »Mein schönstes Kaninchen«, jammerte sie in dem heulenden, singenden Tonfall, der auf der Insel bei Begräbnissen und anderen schönen aber traurigen Ereignissen benutzt wird. »Mein Bock! Mein Böckchen!! Der Hund hat ihn getötet!!« Sie ließ das Kaninchen mit dem Kopf nicken, so gut das in dessen Zustand noch ging. Dann warf sie es Herrn Weingarten vor die Füße und stieß einen Schrei aus: »Ay!!«

Emilio schaute seine Frau an. »Wie bitte?!!« brüllte er.

»Ay!« schrie Pili. »Ay, ay, ay, du Trottel!!!«

Herr Weingarten beschloß, die Angelegenheit auf eine sachliche Ebene zurückzuführen. »Wie konnte Pluto so etwas tun?« fragte er ruhig. »Ist das Kaninchen frei herumgelaufen?«

»Was?!!!« brüllte Emilio.

»Ay!« schrie Pili. Sie hob das Kaninchen auf, drückte es an die Brust und küßte es. Das Kaninchen, der Tod macht geduldig, ließ es mit sich geschehen. Dann schaute Pili ihren Mann an. Sie überlegte, was als Nächstes zu geschehen hatte. Sie war auf diese Frage nicht vorbereitet gewesen. »Es lag heute früh tot im Stall«, sagte Pili. »Der schwarze Teufel hat die Tür aufgemacht, Emilio«, jetzt brüllte sie ihrerseits, damit er das Stichwort nicht verpaßte, »Emilio hatte sie fest verschlossen!«

»Was!!!« brüllte Emilio.

»Der Hund kann keine Tür aufmachen«, sagte Herr Weingarten.

»Er ist der Teufel«, sagte Pili. »Er hat die Tür aufgemacht«.

Herr Weingarten blickte um sich. Hinter der niedrigen Mauer, die die Farm vom Weg abgrenzte hatte sich die Dorfbevölkerung versammelt, um dem Lauf der Verhandlungen zu folgen. Pili blickte auch über die Mauer. »Er will nicht zahlen!« rief sie. »Er will kein Geld lockermachen. Er tötet mein Kaninchen, aber er will nichts lockermachen!!«

»Er muß zahlen!« brüllte ein Mann zurück. »Ich habe gesehen, und zwar mit eigenen Augen, wie der schwarze Teufel das weiße Kaninchen zwischen den Zähnen hielt. Er hat es geschüttelt«, hier ahmte der Mann den Vorgang nach, indem er seinen Brotbeutel zwischen die Zähne nahm, »geschüttelt, bis es tot war!«

»Mausetot!!« schrie Pili.

»Wie bitte?!!!« brüllte Emilio.

In diesem Augenblick, man wird zugeben, es war nicht der günstigste, kam Pluto um die Ecke. Er sah das weiße Kaninchen in den Armen von Pili und ging auf sie zu, um daran zu schnuppern. Pili ließ das Kaninchen fallen und warf sich selbst daneben auf die Knie. »Heilige Mutter Maria!!« schrie sie. »Heiligste Jungfrau im Himmel!!!«

»Was?!!!« brüllte Emilio.

Pluto wandte sich von dieser Szene ab und blickte Herrn Weingarten fragend an. Die Menge hinter der Mauer murmelte wie ein griechischer Chor: »Er hat es getan, er hat es getan!«

»Wieviel?« fragte Herr Weingarten.

»Was?!!« schrie Emilio.

Pili richtete sich auf. »Die Rechnung!« schrie sie. »Schnell, die Rechnung!« und machte mit der rechten Hand Schreibbewegungen auf der linken.

Emilio begriff. Er zog einen Fetzen braunes Einwickelpapier aus der Tasche und reichte es Herrn Weingarten. Die Aufstellung umfasste, Pili machte sich die Mühe, alles sorgfältig zu erklären, den Preis für ein 7 Kilo schweres Kaninchen, eine zerbrochene Stalltür, die Witwenrente der Zippen, den Mangel an Nachwuchs bis zur Ankunft und zweckdienlichen Verwendung eines neuen Bocks, sowie Aufregung, Herzeleid und Haarschneiden. Herr Weingarten zahlte und ging ins Haus zurück. Pluto verschwand hinter dem Haus, wo Herr Weingarten ihn später in Gesellschaft der Bantamhühner traf. »Pluto«, sagte er. »Ich glaube, du mußt dahin zurück, wo du hergekommen bist«. Pluto versuchte, ihm die Pfote zu geben, doch Herr Weingarten verweigerte ihm die Hand.

Das weiße Kaninchen, Herr Weingarten hatte es übrigens den beiden zur Nutzung überlassen, und Pili trug es triumphierend durch die Menge, das weiße Kaninchen hatte die Dinge in Fluß gebracht. Am nächsten Morgen kam Alberto, um die Tötung eines Lämmchens anzuzeigen. Noch während er mit Herrn Weingarten verhandelte, erschienen nacheinander: Aurelio nebst greiser Mutter und einem kopflosen Perlhuhn; Linda, die Witwe, mit vier Kindern und einem toten Kanarienvogel; Innocenta mit einem Kaninchen, das allerdings schon ausgenommen und gewürzt war; sowie ein kleiner Junge, der 6 neugeborene, jedoch tote Kätzchen aus den Hosentaschen zog. Herr Weingarten schickte sie alle nach Hause, indem er ins

Haus ging und die Tür hinter sich verschloß. Durch das Fenster konnte er zunächst geballte Fäuste, dann Ratlosigkeit beobachten und schließlich Achselzucken, mit dem einer nach dem anderen die Farm verließ.

Am Nachmittag, als die Kinder noch in der Schule waren, stieg Herr Weingarten mit seiner Frau ins Auto, nachdem er zuvor Pluto hatte einsteigen lassen. Sie fuhren die Kurvenstraße am Berg hoch und nahmen den ungepflasterten Lehmweg, der vor dem Tunnelbau über den Berg hinweg die Ostseite der Insel mit dem Westen verbunden hatte. Auf dem Gipfel ließ Herr Weingarten Pluto aussteigen. Er gab ihm einen Schinkenknochen und fuhr mit großer Geschwindigkeit die andere Seite des Berges hinab. »Wenn wir zuerst in den Westen fahren«, sagte er zu seiner Frau, die sich über den Umweg wunderte, »verliert er die Spur«. Nach einer guten Stunde erreichten sie auf der Westseite die erste asphaltierte Straße, die durch den Tunnel nach Osten zurückführte.

»Wo ist Pluto?« fragte Nadia, als sie von der Schule nach Hause kam. Tamsyn und Jill fragten dasselbe.

Herr Weingarten zuckte die Schultern. »Wo wird er sein?« sagte er. »Er wird irgendwo herumstöbern«. Nadia schaute ihn zweifelnd an. »Wenn ich nach Hause komme?«

Es wurde ein unbehaglicher Nachmittag. Herr Weingarten saß unter der Pergola und las seine Zeitung. Die Kinder tranken lustlos Fruchtsaft. Nadia sagte: »Er war noch nie weg, wenn ich nach Hause komme«. Herr Weingarten wich ihrem Blick aus. Er vertiefte sich in der Zeitung und bat, nicht gestört zu werden.

Die Kinder hatten gerade beschlossen, die Insel und zwar jeden Winkel davon nach Pluto abzusuchen, Jill zu Pferde, versteht sich, als Pluto um die Ecke des Hauses kam. Er begrüßte die drei kleinen Hunde im Vorbeigehen und tat dann, was er immer tat: Er legte seinen Kopf auf Nadias Schoß. Herr Weingarten, den, als er Pluto sah, ganz gegen seinen Willen ein freudiger Schreck durchzuckte, tat, als ob nichts besonderes geschehen war. Dennoch hatte er den Eindruck, daß Pluto ihm von Nadias Schoß her einen merkwürdigen Blick zugeworfen hatte.

Auf der Farm befand sich ein alter Schober. Die Kinder waren damit einverstanden, daß Pluto künftig die Nächte in diesem Schober verbringen sollte. Der Aufruhr im Dorf war ihnen nicht verborgen geblieben, selbst in der Schule redete man von nichts anderem als von toten Haustieren und einem Teufel in Hundegestalt.

Nach drei Nächten hatte sich Pluto unter der Tür durch den hartgestampften Lehmboden durchgegraben und lag am Morgen in friedlicher Gemeinschaft mit den drei kleinen Hunden und den Bantamhühnern auf der hinteren, überdachten Terrasse. Zugleich nahm Gregorio die Gelegenheit wahr, darauf hinzuweisen, daß seine Weizenernte durch Pluto vernichtet worden war. Er hatte sich im Feld gewälzt. Herr Weingarten verzichtete, um Diskussionen und Geruch aus dem Weg zu gehen, auf seinen Ernteanteil, der vereinbarungsgemäß 50 Prozent betrug. Seine Großzügigkeit hätte um ein Haar Folgen gehabt: Gregorio trat unversehens auf ihn zu und wollte ihn umarmen. Herr Weingarten flüchtete ins Haus.

Am Abend wurde Pluto auf der vorderen Terrasse angekettet. Er antwortete auf diese Behandlung damit, daß er die ganze Nacht hindurch heulte und mit der Kette rasselte. Am nächsten Morgen um die Mittagszeit erschien ein Bauer namens Antonio auf der Farm. Er brachte den Dorfpolizisten mit. Das war eine beeindruckende Geste, die nur dadurch geschmälert wurde, daß der Polizist sein Bruder war, der ihm, wenn man so sagen will, Amtshilfe leistete. Des weiteren brachte er ein paar Bretterstücke, die er einen Bienenkorb nannte, sowie eine Plastiktüte vertrockneter Bienen. Pluto hatte in der Nacht den Bienenkorb umgeworfen und zerstört. Er hatte die Königin getötet – und das in einer Monarchie! – Sie legte gerade Eier und war ihm daher wehrlos ausgeliefert. Des weiteren hatte er 40 Kilo Honig gestohlen.

»Der Hund war angekettet«, sagte Herr Weingarten kühl.

»Dann hat er sich losgerissen«, sagte Antonio, während der Dorfpolizist am Bleistift leckte und sich Notizen machte.

»Er war aber heute Morgen noch an der Kette«, sagte Herr Weingarten.

»Dann hat er sich wieder angekettet, der schwarze Teufel«, sagte Antonio, während das Auge des Gesetzes sich bekreuzigte und nickte.

Herr Weingarten hatte plötzlich eine Idee. »Es ist gar nicht mein Hund«, sagte er zum Dorfpolizisten. »Er ist mir einfach zugelaufen. Ich habe keine Verantwortung für ihn«.

Der Dorfpolizist dachte nach, kratzte sich im Schritt und wollte in den Blumenkohl spucken.

»Bitte in die Geranien«, sagte Herr Weingarten hastig.

Der Dorfpolizist entsprach seinem Begehren. »Warum haben Sie ihn angekettet, wenn es nicht Ihr Hund ist?« fragte er dann.

»Weil die Nachbarn sagen, daß er Hühner und Kaninchen tötet. Und Ziegen«.

»Und Bienenkörbe leerfrißt«, ergänzte Antonio. Herr Weingarten antwortete gereizt: »Vielleicht hat er auch den Bullen von Clicerio getötet, und es war gar nicht der Lastwagen«.

Der Dorfpolizist notierte: »Den Bullen von Clicerio getötet«, und sprach beim Schreiben mit. Dann blickte er Herrn Weingarten an. »Entweder es ist ihr Hund, und dann haben Sie die Verantwortung«, sagte er.

»Es ist nicht mein Hund«, sagte Herr Weingarten fest.

»Dann dürfen Sie ihn nicht anketten«, sagte der Dorfpolizist.

»Und weil er nicht angekettet werden darf, deshalb hat er heute nacht meinen Bienenkorb zerstört und mehr als vierzig Kilo vom besten Honig gefressen«, sagte Antonio.

»Und die Königin ermordet«, sagte der Dorfpolizist unheilschwanger. Er nickte seinem Bruder zu und notierte den Tatbestand.

Die Sonne war hinter den Bergen verschwunden, dann untergegangen und hatte schließlich nur noch einen schwachen Schein im Westen hinterlassen. Die Vögel hatten ihr Abendkonzert beendet und den Taktstock an die Zikaden weitergereicht. Es war die kühle Stunde, die Herr Weingarten stets auf der noch sonnendurchwärmten alten Steinbank neben der Bodega verbrachte, um den Wein zu probieren und dem vergangenen Tag nachzuschauen. An diesem Abend jedoch saß er dort und hörte nichts von alledem, was um ihn herum vor sich ging. Er dachte über Pluto nach und darüber, daß er ihn am nächsten Tag in aller Frühe in den Norden schaffen würde. Antonio und sein Bruder, der Dorfpolizist, waren abgezogen, ohne daß Geld in ihren ausgebeulten Hosentaschen klimperte. »Sie werden von mir hören«, hatte Antonio düster gemurmelt. Der Dorfpolizist hatte ihn feindselig angestarrt.

Neben der Bank und zu Herrn Weingartens Füßen lag Pluto. Er wußte, worum es ging, davon war Herr Weingarten überzeugt. Gedanken dieser Art, Gedanken von Abschied und Trennung werden stets von allen Beteiligten gefühlt. Pluto versuchte nicht, Herrn Weingarten durch Artigkeiten umzustimmen. Weder wedelte er mit dem Schwanz, wenn Herr Weingarten sich ein neues Glas aus der ockerfarbenen Kruke einschenkte, noch stand er auf, als die Kruke leer war und ging zur Bodega, um dort auf Herrn Weingarten zu warten. Er hatte sich mit dem Bevorstehenden, so schien es, abgefunden und begann, sich darauf einzustellen.

Die Ankündigung, daß Pluto am nächsten Tag in den Norden gebracht werden würde, hatte unter den Kindern Proteste und Verzweiflung ausgelöst. Nadia hatte gedroht, unter diesen Umständen auch in den Norden zu gehen, eher die Familie zu verlassen als Pluto. Am Ende war sie auf ihr Zimmer gegangen und hatte sich eingeschlossen.

Tamsyn hatte darauf hingewiesen, daß es gemein, ja, niederträchtig, tierquälerisch und unmenschlich wäre, Pluto einfach auszusetzen.

»Nicht ich setze ihn aus«, hatte Herr Weingarten zu argumentieren versucht. »Jemand hat ihn ausgesetzt, Tamsyn. Er hat bei uns Zwischenstation gemacht. Jetzt muß er weiter«. Er wußte, daß das ein schwaches Argument war, und Tamsyn wußte es auch und drohte daher, ihn nie wieder anzuschauen und liebhaben schon gar nicht. Dann verschwand auch sie in ihrem Zimmer.

Jill hatte eine konstruktive Note in die Diskussion gebracht«: »Vielleicht finden wir jemanden, der ihn haben will«. Sie hatte angeboten, sich bei ihren Freundinnen umzuhören.

»Wenn du bis morgen früh um sechs jemanden findest, dann geht das in Ordnung, Jill«, hatte Herr Weingarten gesagt, und daraufhin war auch sie auf ihr Zimmer gegangen. Es versteht sich, daß sie die Tür hinter sich zuschlug, denn nichts ist gerechter als der Zorn.

Herr Weingarten stand auf und seufzte. Er ging noch einmal zur Bodega, füllte die ockerfarbene Kruke und ging damit zum Haus zurück. Pluto verschwand auf der hinteren Terrasse.

Der Weg in den Norden führt zunächst über eine asphaltierte aber kurvenreiche Straße. Hinter dem Leuchtturm hört mit der Zivilisation auch die Asphaltierung auf oder umgekehrt, so genau ist das im Nachhinein nicht mehr festzustellen, man denke an die Henne und an das Ei. Drei Stunden und mehrere Schlaglöcher später hielt Herr Weingarten den Wagen an. Um ihn herum erstreckte sich hügeliges, buschbewachsenes Land. Er holte Pluto aus dem Wagen heraus. »Es tut mir leid«, sagte er. »Ich bin überzeugt, du findest jemanden, der dich mag«. Er stieg in den Wagen und fuhr los. Er hatte vor, weiter in Richtung Norden zu fahren, die Insel auf diese Art zu umrunden und durch den großen Tunnel wieder auf die Ostseite zurückzukehren.

Im Rückspiegel sah er, daß Pluto hinter dem Wagen herrannte. Er gab Gas, aber der Weg erlaubte keine große Geschwindigkeit, allenfalls einen Achsenbruch, wenn der Wagen in ein tiefes Schlagloch geriet oder einen Unfall, wenn hinter einer Kurve ein unerwartetes Hindernis auftauchte. Es dauerte lange, bis er Pluto aus den Augen verloren hatte.

Nach einer guten Stunde hatte er die Nordwestrecke der Insel erreicht und plötzlich am Ende einer Kurve auch das Ende der Straße. Sie hörte einfach auf. Sie hatte sich in Nichts und Lehm aufgelöst. Straßenbaumaschinen hatten den Weg wegradiert und eine Trasse von knietiefem Schlamm gezogen. Es mußte hier kürzlich heftig geregnet haben. An ein Durchkommen war nicht zu denken.

Herr Weingarten stieg aus und ließ sich von Pluto begrüßen, der fast zur gleichen Zeit ankam. Pluto schien nicht so recht zu wissen, ob das alles Spiel oder Enst war. »Oh Gott«, murmelte Herr Weingarten. »Oh Gott!«

»He!« rief eine Stimme, von der Herr Weingarten für einen Augenblick allen ernstes annahm, daß sie von Gott kam, denn sie kam aus der Höhe. Er blickte in den Himmel. Ein Raubvogel, sonst nichts.

»He!« rief die Stimme noch einmal, und nun hörte er sogar Glocken dazu läuten. »Hier!« rief die Stimme. »Hier, Mensch!« – Aus dem Wald, der einen Hügel zur Linken bedeckte, kam eine Herde Ziegen herausgebimmelt. Ein Ziegenhirt mit einem langen Stab gestikulierte hinter ihnen her und trieb sie voran.

»Hallo«, sagte Herr Weingarten. »Grüß Gott!«

Der Ziegenhirt stakste den Berg hinunter auf ihn zu. »Warum ist der Hund hinter dem Auto hergerannt?« fragte er ohne Umschweife. Bevor Herrn Weingarten eine Antwort einfiel, stellte er fest: »Sie wollten ihn aussetzen.«

Herr Weingarten schüttelte den Kopf und suchte nach einer Antwort. Ihm fiel immer noch keine ein. »Es ist verboten, Hunde auszusetzen«, sagte der Ziegenhirt. »Sie richten Schaden an. Sie töten Ziegen. Das steht unter Strafe«.

»Er sollte nur ein bißchen Auslauf haben«, sagte Herr Weingarten. Er drehte sich um und begann, zum Wagen zurückzugehen. Dann hatte er eine Idee. »Könnten Sie nicht einen Hütehund gebrauchen?« fragte er. »Pluto ist ein sehr guter Hund. Er kommt mit Ziegen aus. Ich habe selber welche«.

»Wenn Sie ihn nicht aussetzen wollten, warum wollen Sie ihn dann loswerden?« fragte der Ziegenhirt listig. Er war ein alter Mann, dem man in seiner kleinen Welt nicht so leicht etwas vormachen konnte.

Herr Weingarten überhörte die Frage. »Sie haben doch keinen Hund«, sagte er. »Pluto wird Ihnen die Arbeit erleichtern«.

Der Ziegenhirt schüttelte den Kopf und zur Bekräftigung seinen Stab. »Große Hunde freßen zu viel«, sagte er, während er gleichzeitig aus den Augenwinkeln Pluto beobachtete. Pluto hatte sich zu den Ziegen gesellt. Er umkreiste die Herde. Es sah aus, als ob er das Kommando übernehmen wollte.

Herr Weingarten sah, was der Ziegenhirt sah. »Ich gebe Ihnen Geld fürs Futter«, sagte er und zog seine Brieftasche aus der Jacke. Der Ziegenhirt schaute zu, wie Herr Weingarten mehrere große Banknoten aus der Brieftasche holte. Seine Lippen bewegten sich lautlos. Er zählte mit. »Genug?« fragte Herr Weingarten.

»Mehr«, sagte der Ziegenhirt. »Doppelt so viel«.

Als Herr Weingarten den Wagen wendete, hielt der Ziegenhirt Pluto an einer Leine, die er aus einem Strick gefertigt hatte. Er schaute ihm nach und hob den Stab zur Verabschiedung. Pluto schaute in eine andere Richtung.

Auf der Farm obsiegte die Vernunft. Nadia nahm schluchzend aber wenigstens einigermaßen beruhigt, von der glücklichen, wenngleich teuren Fügung Kenntnis. Nach und nach begannen alle Töchter, mit Herrn Weingarten wieder Umgang zu pflegen. Am Morgen des Tages, an dem der Besitzer des Hundes kam, war ihm sogar ein Guten-Morgen-Kuß am Frühstückstisch zuteil geworden.

»Ich habe gehört«, sagte der Mann, der ohne anzuklopfen auf die Terrasse getreten war und mit seiner Machete im Gürtel nicht nur darauf hinwies, daß er aus den Bergen kam, sondern auch einigermaßen bedrohlich aussah, »ich habe gehört, daß mein Hund hier angekettet ist«.

»Es gibt keinen solchen Hund mehr«, sagte Herr Weingarten und erklärte den Sachverhalt. Der Mann mit der Machete machte einen Schritt auf ihn zu. »Sie haben ihn eingesperrt«, sagte er drohend. »Das weiß jedermann im Dorf. Sie haben ihn angekettet, damit er ncht fortlaufen kann. Das sagte der Dorfpolizist. Wo ist mein Hund?«

Auf dieses Stichwort hin trat Gregorio auf den Plan. Er erschien in Begleitung seiner Geruchswolke auf der Terrasse und sagte zu Herrn Weingarten: »Das ist der Besitzer des Hundes. Er muß ihn zurückhaben, weil er wertvoll ist«.

Herr Weingarten spürte, daß es um Geld ging. Er beschloß, Widerstand zu leisten. »Der Hund ist im Norden«, sagte er. »Ein Ziegenhirt hat ihn genommen«.

»So«, sagte der Mann mit der Machete und machte, wie es

Herrn Weingarten schien, mit der Hand eine drohende Bewegung zu dieser Waffe hin. »So. Sie haben ihn verkauft. An einen Hirten verkauft. Meinen Hund. Verkauft. Geld dafür bekommen«.

Herr Weingarten wollte sagen: »Im Gegenteil«. Er unterließ es und sagte stattdessen: »Sie können sich den Hund dort zurückholen«.

Der Mann mit der Machete lachte unfreundlich. »Aus dem Norden«, sagte er. »Zurückholen aus dem Norden. Habe ich ihn dort hingebracht?«

»Nein«, sagte Gregorio ungefragt und zeigte mit dem Daumen auf Herrn Weingarten. »Er hat ihn dort hingebracht«.

»Also muß er …« sagte der Mann mit der Machete.

»… ihn holen«, sagte Gregorio. Er blickte Herrn Weingarten aus seinen häßlichen Augen heuchlerisch an. »So will es das Gesetz«, sagte er. »Dieser Herr hier«, er zeigte auf den Mann mit der Machete, der sicherlich noch nie in seinem Leben Herr genannt worden war und sich deshalb geschmeichelt mit dem kleinen Finger im linken Ohr bohrte, »dieser Herr hier hat den Polizisten gefragt«.

»Sie können ihn mir auch bezahlen«, sagte der Mann mit der Machete nach einer Pause, in der er versonnen sein Ohrenschmalz betrachtet hatte.

»Ich denke nicht daran«, sagte Herr Weingarten. Dann besann er sich eines besseren oder schlechteren, wie man will, und fragte: »Wieviel?«

Die Antwort erschreckte ihn so sehr, daß er zusagte, in den Norden zu fahren, um Pluto zu holen.

****

Den Hirten hatte die Erde verschluckt oder jedenfalls beinahe. Herr Weingarten hatte begonnen, ihn dort zu suchen, wo sich die Straße in ein Meer von Lehm verwandelt hatte. Er war den Hügel hinaufgeklettert und auf der anderen Seite wieder hinab. Hügel folgte auf Hügel, Tal auf Tal, und es war fast Abend, als

Herr Weingarten zu seiner Rechten Glocken bimmeln hörte und kurz darauf die Herde entdeckte. Der Ziegenhirt hockte in einer Höhle, aus der heraus er rief: »Hierher! Hierher!«

»Wo ist Pluto?« fragte Herr Weingarten. Der Ziegenhirt bot ihm aus einer Holzschale Ziegenmilch an. »Er bewacht die Herde«, sagte er. »Macht er gut«.

Pluto, so stellte Herr Weingarten fest, war nicht gekommen, um ihn zu begrüßen. Der Ziegenhirt schaute ihn freundlich an, so, wie man den Geldbriefträger ansieht. »Was wollen Sie hier?« fragte er. »Wollen Sie noch einen Hund loswerden?«.

Herr Weingarten schüttelte den Kopf. »Der Besitzer von Pluto ist gekommen«, sagte er. »Er will den Hund zurückhaben«.

Der Ziegenhirt schüttelte Kopf und Tabakpfeife. »Kommt überhaupt nicht in Frage«, sagte er. »Ausgeschlossen. Die Herde hat sich an den Hund gewöhnt. Der Hund bewacht die Herde. Die Tiere sind zufrieden. Sie geben mehr Milch«.

»Sie brauchen mir das Geld nicht zurückzugeben«, sagte Herr Weingarten. »Der Mann droht mit der Polizei. Er sagte, ich hätte Pluto angekettet, damit er nicht zu ihm zurück konnte«.

»Das war nicht recht von Ihnen«, sagte der Ziegenhirt nachdenklich. »Auf Unrecht folgt Strafe. Unrecht Gut gedeihet nicht. Wer sündigt, soll auch büßen«.

Herr Weingarten sah den Ziegenhirt an. Der Ziegenhirt sah Herrn Weingarten an. Herr Weingarten mußte an ein Pokerspiel denken, das er einmal in einem Film gesehen hatte. Er wußte, daß er kein guter Pokerspieler war. »Ich muß den Hund zurückhaben«, sagte er verzweifelt und wiederholte: »Sie brauchen mir das Geld nicht zurückzugeben«.

Der Ziegenhirt brummelte Unverständliches und begann an den Fingern zu zählen. »Zwanzig Liter Milch am Tag mehr«, sagte er schließlich. »Vielleicht auch dreißig, es kann nur besser werden. Sie wissen, was Milch kostet heutzutage«.

»Ich zahle Ihnen gern zwanzig Liter Milch«, sagte Herr Weingarten erleichtert. »Auch dreißig«.

»Und was ist mit der Milch von morgen?« fragte der Ziegenhirt. »Und mit der von übermorgen? Und mit der Milch von …«

er suchte nach dem passenden Wort, »... nach dem Tag nach übermorgen?«

»Gut«, sagte Herr Weingarten. »Die Milch bis überübermorgen«.

»Das macht fünf Tage«, sagte der Ziegenhirt, nachdem er seine Finger konsultiert hatte. »Und dreißig Liter am Tag. Dazu die Milch von heute«.

Herr Weingarten wußte, daß es sinnlos war, diese Arithmetik in Zweifel zu stellen. Er zahlte. »Bleiben Sie die Nacht über hier«, fragte der Ziegenhirt in einem Anflug von Gastfreundschaft. »Es ist fast dunkel. Sie werden den Weg nicht finden«.

Herr Weingarten nahm die Einladung an. »Er tut es für die Milch von heute«, dachte er gleichgültig. Er war sehr müde.

Am nächsten Morgen pfiff der Ziegenhirt Pluto heran und gab ihm aus der hölzernen Schüssel Milch zu trinken. Dann füllte er die Schüssel noch einmal und reichte sie Herrn Weingarten. Herr Weingarten lehnte ab. Pluto hatte ihn auch jetzt nicht begrüßt. Er behandelte ihn wie Luft, wie weniger als Luft, möchte man sagen.

Auf dem Weg zur Straße zurück, und während er den widerstrebenden Pluto am Strick hinter sich herzog, stellte Herr Weingarten fest, daß der Ziegenhirt nicht nur sein Lager mit ihm geteilt hatte sondern auch seine Flöhe. Er nahm es hin, wie man sein Schicksal hinnimmt oder Mundgeruch in einem überfüllten Fahrstuhl.

Zu seiner Verwunderung stand der Wagen noch dort, wo er ihn gelassen hatte. Auch der Motor sprang an, die Gänge ließen sich widerstandslos einlegen, und die Räder rollten. Er ertappte sich dabei, daß es ihn mißtrauisch machte. »Sicherlich werde ich einen Achsenbruch haben«, dachte er. »Oder in eine Schlucht stürzen«.

Nichts von alledem geschah. Das Schicksal wollte, denn es ist hart und unerbittlich, daß er gesund nach Hause kam und Pluto dem Mann mit der Machete zeigte, der wohl im Stall kampiert haben mußte, denn Gregorio brachte ihn innerhalb von Sekunden herbei.

»Das«, sagte der Mann mit der Machete, »ist nicht mein Hund«.

Herr Weingarten setzte sich auf die Gartenmauer der Terrasse. Er fühlte, daß ihm schwindlig wurde. »Ich will nicht einen Hund«, hörte er den Mann mit der Machete sagen. »Ich will meinen Hund«.

»Es gibt keinen anderen Hund«, sagte Herr Weingarten. »Das ist Pluto, der mir zugelaufen ist«. Er schaute Gregorio an. »Sagen Sie ihm, daß das Pluto ist«.

Gregorio kratzte sich am Kopf und deponierte, was er dort gesammelt hatte, zwischen den Schneidezähnen. »Ich weiß nicht«, sagte er. »War er nicht größer, der Hund? – Hatte er nicht weiße Flecken?«

Herr Weingarten stand auf und ging auf den Mann mit der Machete zu. Er hatte plötzlich keine Furcht mehr. »Nehmen Sie ihn, oder nehmen Sie ihn nicht«, sagte er. »Es gibt keinen anderen Hund«.

Der Mann mit der Machete wich einen Schritt zurück. »Was geben Sie mir, wenn ich ihn nehme?« fragte er unsicher.

Herr Weingarten ging an ihm vorbei und öffnete das Tor, das von der Terrasse auf den Weg führte. »Raus«, sagte er. Der Mann mit der Machete schien etwas von Herrn Weingartens Wut zu spüren. Er beeilte sich, durch das Tor ins Freie zu gelangen.

Hat die Geschichte ein Happy End? – Wenn man so will, ja. Herr Weingarten fuhr am selben Tag noch einmal in den Norden. Der Ziegenhirt stand mit seiner Herde dort, wo die Straße aufhörte, als ob er auf ihn gewartet hätte. Er nahm Pluto entgegen, ohne auf Bezahlung zu bestehen. Herrn Weingartens Dank genügte ihm.

Für viele Jahre, bis Nadia groß war und mit ihrer Mutter und ihren Schwestern in die Stadt zog, und Herr Weingarten allein auf der Farm zurückblieb, für viele Jahre also fuhren Herr Weingarten und Nadia an schönen Sonntagen in den Norden. Dort suchten sie den Ziegenhirten, der inzwischen Gefallen an ihnen und dem Wein, den Herr Weingarten stets mitbrachte, gefunden hatte. Und Pluto legte seinen Kopf auf Nadias Schoß und erzählte ihr auf seine Art von den Ziegen und den Tagen und den Nächten. Und er hörte aufmerksam zu, wenn sie ihm von den drei kleinen Hunden und den Bantamhühnern erzählte, und von den Pferden und dem Fohlen, das inzwischen keins mehr war. Auf der Farm standen die Dinge längst nicht mehr zum Besten, aber Nadia sagte davon nichts zu Pluto.

Im Dorf spricht man noch heute, seitdem Herr Weingarten schon lange nicht mehr dort lebt, von dem Hund, der goldene Eier legte.

»Ich habe einen Sohn, einen elf Wochen alten Hund, und ich liebe meinen Mann«. Sie sagte es wie eine magische Beschwörungsformel, als ob sie damit, na ja, Unheil von sich abwenden wollte oder besseres. Dabei hatte sie die Sache angefangen. Er hatte an der Bar gestanden und fühlte plötzlich ihren Blick im Rücken, und als er sich umdrehte, um den Blick in

Augenblicke

dem kleinen Restaurant zu suchen, wurde sie rot. Er lächelte. Sie machte mit dem Kopf eine kleine, hilflose Geste, und ihr Blick blieb an seinen gefesselt, bis sie ihr Weinglas hob und ihn darin kühlte.

An ihrem Tisch war kein Stuhl frei, aber die vierschrötige Frau, die auf schweren Backen neben ihr saß, stand auf, fast, als ob ein Gedanke sie zwang zu glauben, daß sie dringlich zur Toilette mußte.

»Wie heißt du?« fragte er, nachdem sie hastig ihre Beschwörungsformel gebetet hatte.

»Sigrid. Und du?«

»Siegfried«. Sie mußten lachen.

»Was bist du?« fragte er.

»Wasserfrau«, sagte sie.

Wie sie erraten hatte, daß er ihr Sternbild wissen wollte, war ihm ein Rätsel. »Ich bin der Mann dazu«, sagte er.

»Ich weiß«, sagte sie. »Wassermann«. Sie schien überhaupt alles über ihn zu wissen. Sie wußte, daß er sie küssen wollte, und sie brachte ihren Mund nahe an seinen und sagte: »Nimm«. Er nahm, und dann gab sie ihm Wein und danach wieder ihren Mund.

Die Gruppe, mit der sie zusammensaß, hätte vom Fließband einer Roboterfabrik kommen können. »Sie ist die einzige Lebende unter ihnen«, dachte Siegfried. Er spürte ihren Körper und dann, daß sie ihm in die Wange biß. »Komm zurück zu mir«, sagte sie. »Denk nicht an die anderen«.

»Sie sind alle tot«, sagte Siegfried. »Und du lebst. Warum?«

»Ehepaare«, wollte sie sagen, aber sie kam nur bis Ehepaa..., dann hielt sie sich den Mund zu und wurde wieder rot. »Ich habe einen...«, begann sie noch einmal.

»Es ist gut«, sagte er. »Du hast es schon gesagt«.

Sie hatte eine Menge Wein getrunken, diesen schweren Roten, den die Einheimischen auf der Insel mit Zucker versetzen und mit Brandy verstärken. »Es ist nicht der Wein«, sagte sie und hatte wieder seine Gedanken erraten. »Es ist, weil du an der Bar gestanden hast«.

Die vierschrötige Frau war die Gastgeberin. Sie vermietete Ferienapartements. Einmal in der Woche kam sie mit ihren Gästen in das kleine Restaurant. Der Besitzer hatte sich bereit erklärt, mit ein paar Taxifahrern kanarische Musik auf Gitarren zu spielen. Er war selber Taxifahrer. Seine Söhne führten das Restaurant und die Bar.

Gerade wurden die Gitarren gebracht. Die Männer stimmten sie und räusperten ihre Verlegenheit fort. Dann begannen sie zu spielen. Ein sehr alter Mann gesellte sich mit zwei leeren Anisflaschen zu ihnen. Er war für den Rhythmus zuständig. In der kanarischen Volksmusik ist viel von Kuba und Venezuela.

Die Toten faßten sich an und begannen zu tanzen. Eins-zwei, eins-zwei machten ihre Füße, und ihr Gesichtsausdruck zeigte, daß sie mit Verdauung beschäftigt waren. »Man tanzt nicht so zu kanarischer Musik«, dachte Siegfried.

»Es ist griechische Musik«, flüsterte Sigrid. Sie stand auf und zog ihn vom Tisch weg.

Sie trug eine weiße Bluse mit langen Ärmeln und einen etwas altmodischen langen Rock aus indischem Stoff, wie ihn die Hippies in die Vororte weitergereicht hatten. »Sie ist blond«, dachte er. »Sie hat eine kleine, gerade Nase und einen Mund, der einmal gehofft hat, ein ganzes Leben lang zu küssen, immer wieder«. Er stellte mit Verwunderung fest, daß er sie bisher nicht angesehen hatte. Er hatte nur ihre Augen gesehen. Ihre

Augen waren grün, und sehr in der Tiefe flogen rosa Elfen und zitronengelbe Schmetterlinge.

Sie hatte sich von ihm losgemacht. Sie tanzte allein. Sie hob die Arme, und ihr Mund gab kleine Schreie. Sie hörte Sirtaki, und die Gitarrenspieler konnten eine gewisse Bestürzung nicht verbergen: Bei den anderen Touristen war doch alles so wie immer?!

Sie nahm sich einen großen, schwarzhaarigen Jungen von seinem Platz an der Bar und tanzte mit ihm. Der Junge griente geniert und entschuldigend zu seinen Gefährten hinüber. Sie hatten über Fußball gesprochen.

Der sehr alte Mann legte die leeren Anisflaschen auf den Boden und übernahm. Der Junge zog sich erleichtert und unbeholfen zurück. »Real wird gewinnen«, sagte er zu seinen Freunden, nachdem er mit einem Rum seine Verschämtheit weggespült hatte.

Der sehr alte Mann dachte an vergangene Zeiten und drückte sich näher an Sigrid. Er versuchte ihre Hände zu fassen, aber sie gingen immer wieder in die Höhe, sie flogen mit ihr davon, und mit ihren kleinen Schreien stieß sie sich von der Erde ab.

Auch der sehr alte Mann gab auf. Er hatte Zuwendung erhofft, einen Windhauch, der in den Glutrest unter seiner Asche blies, allein wollte er nicht tanzen.

Siegfried ging zu ihr hin. »Komm mit«, sagte er. »Komm mit zu mir«.

Mitten in der Nacht wachten sie auf. Sie erwachten im gleichen Augenblick und sagten im gleichen Augenblick dasselbe. »Es waren deine Augen«, sagte sie. Dann gab sie ihm wieder ihren Mund: »Nimm«.

Am Morgen war Siegfried als erster wach. Er ging in die Küche und machte Frühstück. Er brachte ihr das Frühstück ans Bett, neben dem ihr langer, indischer Rock wie ein Federkleid lag.

Sie schaute ihn an. »Gestern bin ich weit geflogen«, sagte sie.

»Zu weit?«

»Ich habe einen Sohn«, sagte sie nachdenklich. »Und einen elf

Wochen alten Hund. Und – ich dachte – ich liebe meinen Mann«.

»Du liebst deinen Mann«, sagte er. Er goß ihr den Kaffee ein und versuchte überzeugend zu klingen.

Als sie gegangen war, fand er neben dem Bett, dort wo ihr Rock gelegen hatte, eine kleine Feder.

Als Karl-Anton ihn auf dem Flugplatz traf, wischte sich Igor gerade den Schweiß der Erleichterung von der Stirn. »Uff!« sagte er. Mit der freien Hand winkte er einem braungebrannten Mann zu, so um die 40 schätzte ihn Karl-Anton. Der Mann stand mit leicht erhobenen Armen vor einem Grenzpolizisten und ließ sich von ihm mit einem jener Geräte abpiepsen. Er

Arbeitsurlaub

winkte zurück, fröhlich, herzlich. »Tschüs!« formulierten seine Lippen unhörbar. »Bis bald mal wieder«. Igor zuckte zusammen und wandte sich hastig ab. Karl-Anton stand hinter ihm. »Oh«, sagte Igor. »Ein Unglück kommt selten allein«.

Karl-Anton lachte unsicher. Er fühlte sich Igor gegenüber immer ein bißchen unterlegen. »Du hattest Besuch, Igor?«

»Heimsuchung«, sagte Igor. Er zog ihn zur Flughafenbar, ein Zupfer am Ärmel genügte, dann konnte er loslassen, Karl-Anton folgte wie an einem Band. Er fragte sich, warum Igor ihn einlud, es war sonst nicht seine Art, ihn einzuladen. Wenige Leute luden Karl-Anton ein. Er war ein Zahler. Wenn er mit jemandem etwas trinken wollte, mußte er es bestellen. Offenbar wollte ihm Igor sein Herz ausschütten. Offenbar suchte er etwas für seine Seele und hoffte, es in Karl-Anton zu finden. Karl-Anton erfüllte die Aussicht, Igors Seelenklosett zu sein mit Spannung. Es geschah nicht viel auf der Insel.

»Das tue ich nie wieder«, sagte Igor. Vorher hatte er seinen Cognac runtergekippt. Danach stellte er sein Glas mit Nachdruck auf die Theke und schaute mit seinen 1 Meter 90 auf Karl-Anton herab. Sein grauer Schnurrbart mit den Dali-Spitzen, auf den Karl-Anton heimlich neidisch war, schien zu zittern wie eine Antenne, die auf Sendung steht.

»Was ist geschehen?« fragte Karl-Anton folgsam. Er wußte, daß er sich jetzt bereitmachen mußte, Igors seelische Notdurft zu empfangen. Er legte erwartungsvoll den Kopf ein wenig schief. Igor ließ ihn nicht warten. Es war, als ob man einen Wasserhahn öffnet: Pschscht!

»Zuerst hat mir seine Frau geschrieben«, sagte Igor. »Lieber Igor, unsere Ehe ist völlig durcheinander. Ludowig – das war der Typ, hast du ihn gesehen? – Ludowig braucht dringend Tapetenwechsel. Harte Arbeit. Andere Gedanken. Er dreht durch. Kann er 14 Tage zu dir kommen? – Herzlichst und mit Küßchen auf beide Backen etcetera«.

»Woher kennst du den Mann?« Karl-Anton schien Igors Atempause eine Zwischenfrage zu erfordern.

»Von Deutschland her«, sagte Igor. »Er macht Fotokopien. Rahmt Bilder. Die Frau hat mich noch nie auf beide Backen geküßt«.

Karl-Anton nickte, weil er verstand. Igor ist Maler. Er malte auch auf seiner kleinen Farm, die er sich auf den Kanaren gekauft hat. »Wir kennen uns so an die 10 Jahre«, dachte Karl-Anton und erschrak. Er erschrak jedes Mal, wenn er daran dachte, wie lange er schon hier war.

»Als nächstes rief mich der Typ selbst an«, sagte Igor. »›Es soll ein Arbeitsurlaub sein, Igor. Harte Arbeit, Schwielen und Schweiß, Blutblasen und Tränen. Hast du harte Arbeit für mich?‹ – Mich macht so etwas verlegen. Ich meine, einer, der für mich hart arbeiten will. Das tue ich ja nicht einmal für mich selbst. – Komm ruhig, Ludowig – scheußlicher Name – habe ich gesagt. Wir werden schon etwas finden. Komm erst mal«. Er schaute Karl-Anton an, dann mit mehr Zuneigung den zweiten Cognac. »Ich habe es aus Mitgefühl getan«, sagte er. »Ich war ja selber mal in so einer Situation«.

»Ja«, dachte Karl-Anton, und eine kleine Freude stieg endlich in ihm hoch. »Seine Ehe ist hier kaputtgegangen. Scine Superehe, mit der er so angegeben hat. Mit der er uns täglich unter die Nase rieb, wie durchschnittlich unsere Ehen sind. »Päng!« dachte er und griff nach seinem Cognacglas. »Wie lange lebst du schon allein, Igor?«

»5 Jahre«, sagte Igor. »Ich möchte keins davon missen«.

»Das sagt er jetzt«, dachte Karl-Anton. »Zuerst ist es ihm aber schlecht gegangen. Wer hoch steht, stürzt tief. Die ganze Kolonie hat drüber geredet. Es gibt so wenig Gesprächsstoff«. »Du hast es prima überstanden«, sagte er.

Igor hatte seine Gedanken gelesen. »Ganz am Anfang war es schwer«, sagte er. »Ich kam mir vor, wie ein Arm ohne Körper. Weniger als gar nichts, wenn du so willst. Wie ein Fliegenbein. Was gibt es Sinnloseres auf der Welt, als ein auf sich allein gestelltes Fliegenbein?« Karl-Anton fand, daß Igor auch mit Worten schöne Bilder malte. Das mißfiel ihm, und er lächelte mit langen Zähnen, um seine Abneigung zu verstecken.

Er dachte sich durch Igors Vergangenheit. Die Kolonie hatte gehofft, daß er es nicht schaffen würde. Karl-Anton hatte mit dem pensionierten Gesangslehrer einen Kasten Bier gewettet. Er hatte verloren. Eines Tages war Igor durch. »Ich bin immer noch verheiratet«, dachte Karl-Anton resigniert. »Immer noch und immer noch, bis daß der Tod uns scheidet«. Er gab sich einen Ruck. Realist sein. Sich nicht jeden Wunsch erfüllen. An den Lebensabend denken. Schlecht zu zweit ist besser als gar nichts. Auf jeden Fall nicht schlechter.

»Ich habe ihn am Flugplatz abgeholt«, sagte Igor. »Kaum saß er im Auto, wollte er schon wissen, wo die Arbeit war. Das Auto sprang ihm nicht schnell genug an. ›Harte Arbeit‹, sagte er mindestens dreimal auf dem Weg zu mir, ›harte Arbeit, das ist es, was ich brauche‹. Er begann schon da, mir auf den Geist zu gehen«.

Karl-Anton stellte sich die beiden im Auto vor. »Schön«, dachte er.

Igors Verhältnis zu Maschinen ist lieblos, ohne eine Spur von Herzlichkeit. Seinen Wagen beispielsweise hält er in einem ausgewogenen Zustand zwischen Fahrbereitschaft und Zusammenbruch. Die Mechaniker staunen. Die Auto-Sodomiten tuscheln hinter seinem Rücken. Auch Karl-Anton fand es unmöglich, daß Igor sein Auton nicht lieb hatte.

»Ich hatte zu Hause ein gutes Abendessen gemacht«, sagte Igor. »Avokado-Suppe, Kaninchen in Malvasia, Erdbeeren«.

Karl-Anton begann, das Wasser im Mund zusammenzulaufen. Er schluckte. Igor war einer der besten Köche der Insel. Er kochte wie ein Künstler. Karl-Anton hatte bei sich in der Küche nichts zu suchen. Als er noch Junggeselle war, hatte seine Mutter für ihn gekocht. Wenn sie sich über ihn geärgert hatte, strafte sie ihn mit Sachen, die er nicht mochte, Graupensuppe, Lungen-Haschee. Jetzt strafte ihn seine Frau, zu dem Befund war er gekommen, und er nahm an, daß es nicht nur bei ihm zuhause so war – Frauen kochen nicht aus Berufung, sondern weil es im Sonderangebot war. Na, er hatte sich daran gewöhnt. »Der Mensch gewöhnt sich an alles«, dachte Karl-Anton.

Igor unterbrach seine Gedanken. »›Was gibt es für Arbeit?‹, fragte der Typ schon während der Avokado-Suppe. Beim Kaninchen – ich war noch dabei, die Soße mit Weißbrot aufzustippen – sollte ich Auskunft erteilen, wie es in meiner Werkzeugkiste aussieht. Zu den Erdbeeren schlug er vor, eine Liste für den Arbeitsurlaub anzulegen. Expresso wollte er nicht sondern einen Langen mit Milch«. Igor schüttelte sich und tat nicht einmal so, als ob es vom dritten Cognac kam.

»Na gut«, sagte Karl-Anton. »Der Mann ist nicht zum Feinschmecken gekommen sondern zum Arbeiten. Vielleicht verträgt er auch keinen schwarzen Kaffee«. Er hoffte, daß es noch schlimmer kommen würde und wollte die Handlung vorantreiben.

»Mag sein«, sagte Igor. »Am nächsten Morgen wollte er das Frühstück machen. Gegen 9 habe ich ihn geweckt. Dann habe ich gewartet, bis er die Augen weit genug auf hatte und die Zahnpasta sehen konnte. Dann hat er sich von mir zeigen lassen, wo alles ist. Wie man den Gasherd anmacht. Warum man dazu Streichhölzer braucht. Während ich den Tisch deckte, hat er die Milch im Topf fürs Teewasser aufgewärmt. Eier hatte er noch nie gekocht. Er bestand darauf, daß sie um so weicher werden, je länger man sie auf dem Feuer läßt«.

Igor, das wußte Karl-Anton, zelebrierte sein Frühstück. »Zum Frühstück muß die Sonne scheinen, und die Frauen müssen weißblond sein und im Gegenlicht sitzen«, hatte er mehr als einmal zu Karl-Anton gesagt. Es kamen oftmals solche weizenblonden Frauen zu Igor auf die Insel. Karl-Anton konnte sich denken, was sich sonst noch so mit ihnen abspielte. Er spürte, wie Haß in ihm hochstieg. Seine Frau war grau und faltig. Selbst früher in ihren besten Zeiten, wenn man das so nennen konnte, war sie aschblond gewesen.

»Ich wußte nicht, daß er morgens eine verstopfte Nase hat«, sagte Igor düster.

Neben Karl-Antons Haß stieg Freude hoch. Er fühlte, daß es ihm besser ging. »Und nach dem Frühstück ging's dann an die Arbeit«, mutmaßte er. Ihm begann das Gespräch zu gefallen. Es gab Rückschläge, gewiß, aber offenbar war es dem großen Helden an den Kragen gegangen. Undeutlich spürte er, daß sich der Abstand zwischen ihnen verringert hatte. Er reckte sich unwillkürlich.

»Zuerst hat er abgewaschen«, sagte Igor. »Er hat an jeder Gabel und an jedem Löffel irgendeinen Schmader gelassen. Auf den Tellern klebte von jedem etwas. Er muß das vorher geübt haben«.

»In der Küche bist du pingelig«, sagte Karl-Anton. »Da ist es schon besser, wenn du alles selber machst. Geteiltes Leid ist halb so leicht«. Das war sein Witz. Er benutzte ihn seit Jahren.

»Ja, sagte Igor. »Nach dem Abwasch ließ er sich ans Auto führen, um die Zündung zu verbessern. Er forderte Werkzeug, das ich nicht habe. Er bestand darauf, mit mir in die Stadt zu fahren, um Werkzeug zu kaufen. Als der Vormittag um war, hatten wir alles«.

Karl-Anton spürte, daß sein Herz kleine Hüpfer machte. »Dafür springt dein Auto jetzt schneller an, Igor«.

»Nicht schneller«, sagte Igor. »Teurer«. Er schaute an Karl Anton vorbei auf die Uhr, die hinter der Bar für eine Whiskymarke tickte. »In den folgenden Tagen«, sagte er, »hat Ludowig den Garten umgegraben. Der Mann, den ich dafür habe, stand herum und langweilte sich gegen Bezahlung. Danach hat er ein Bücherregal zusammengeschraubt und meine Hilfe benötigt. Er hat eine Wandlampe angebracht und sie kaputtgemacht und einen Kurzschluß im ganzen Haus verursacht. – Abends breitete er dann sein Drama vor mir aus. Er hatte eine Frau kennen- und liebengelernt, verheiratet, vier Kinder. Sie wollte ihren Mann verlassen und ihre vier Kinder. Er sollte im Gegenzug seine Frau verlassen und seine drei Kinder. Er hatte zunächst nicht den Mut, seine Frau und seine drei Kinder zu verlassen. Dann hatte er den Mut, aber nun hatte die Frau der Mut verlassen, ihren Mann und ihre vier Kinder zu verlassen. Dann wollte der Mann die Frau und zwei seiner Kinder verlassen, danach Ludowigs Frau ihn und eins der drei Kinder. Schließlich, wenn ich das alles recht verstanden haben, wollten die sieben Kinder alle zwei Frauen und alle zwei Männer verlassen und zu ihren Großeltern ziehen. Jene aber…«

»Das Leben geht seltsame Wege«, sagte Karl-Anton. Er hätte tanzen können.

»Die Zahlen schwirrten nur so durch's Zimmer«, sagte Igor. »Ich kam mir vor, wie in einer Lottotrommel. Überall kugelten Nummern herum, auf den Schultern, im Genick. Nachts traute ich mich nicht aufs Klo, wie ein Heinzelmännchen«.

»Die wollten nicht aufs Klo«, sagte Karl-Anton pedantisch.

»Wer will das schon wissen«, sagte Igor. »Jedenfalls hatte ich inzwischen gelernt, Regale zusammenzuschrauben, Lampen kaputtzumachen und den Geruch einer verschmorten Lichtleitung zu erkennen. Ich wußte, wie man eine Zündung repariert und dabei einen gewischt bekommt. Morgens stand ich eine Stunde früher auf und wusch heimlich ab. Dann Wecken. Dann Frühstück. Gleich zu Anfang hatte Ludowig darauf bestanden, ein richtiges Abendessen für mich zu kochen. Es gab Broccoli mit Zwiebeln im Verhältnis 1:1 und einem Viertelpfund Käse darüber. Die Kartoffeln, sie sind mir heilig, waren verkocht, er nannte es Purée. Das Fleisch, er gab es zu, war ein wenig danebengeraten aber durchaus genießbar. Er fand meine Hunde verwöhnt, weil sie das schuhlederartige Zeug nicht fressen wollten. Von da an habe ich gekocht, schon wegen der unschuldigen Köter«. Er holte Geld aus der Tasche und legte es auf die Theke. »Ich muß gehen«, sagte er. »Abwaschen, Aufräumen,

Wäsche waschen, das Leben beginnt wieder. – ›Schönen Dank für alles, was du für mich getan hast‹, hat er zum Abschied gesagt. ›Ich hätte nie geglaubt, daß es ein so schöner Arbeitsurlaub werden würde. Wir haben uns richtig ergänzt‹. Klar, habe ich gesagt. Ich hatte die Arbeit, und du hattest den Urlaub«.

»Hast du das wirklich gesagt?« fragte Karl-Anton beunruhigt. Es war nicht die Pointe, die er sich für Igors Geschichte wünschte. Befreiungsschlag statt Verstrickung. Schwert statt Gordischer Knoten.

Igor schüttelte den Kopf. »Die besten Sachen fallen mir immer erst nach dem vierten Cognac ein«, sagte er. Er kippte den fünften und steckte das Wechselgeld ein.

»Iberia«, sagte eine sympathische Frauenstimmer über die Lautsprecheranlage, als sie schon fast am Ausgang waren, »bedauert, mitteilen zu müssen, daß der Flug 062 nach Las Palmas annulliert worden ist«. Ludowig winkte heftig hinter den Scheiben der Halle beim Gepäckband.

Karl-Anton schaute zu Boden, um Igor nicht ins Gesicht sehen zu müssen. »Du kannst dir nicht vorstellen, wie leid mir das tut«, murmelte er, während ihm Tränen der Freude in die Augen schossen.

Von Anfang an erfüllte das Rote Kreuz der Insel die Menschen mit Stolz und Genugtuung. Es gab Gründe dafür: Vieles von dem, auf das man anderenorts mit Befriedigung hinweisen konnte, existierte nicht auf der Insel oder funktionierte nur zuckend. Die Post, die Autobusse, die Kanalisation. Alle Liebe und Hinwendung konzentrierte sich daher auf das

Die Samariter

Rote Kreuz. Jeder hat das Kreuz, das er verdient, ist man versucht zu sagen.
Das Rote Kreuz der Insel hat mit dem Roten Kreuz mitteleuropäischer Prägung nur den guten Namen und die guten Vorsätze gemein. Letztere besagen, daß es helfen soll, wenn Not am Mann ist. Selten jedoch ist Not am Mann auf der Insel. Schon bald nach der Gründung des Roten Kreuzes sah man daher an höchster Stelle ein, daß es so nicht weitergehen konnte. Notwendigkeit und Unverzichtbarkeit des Roten Kreuzes mußten auf andere Art unter Beweis gestellt werden.

Im Anschluß an einen einstimmigen Beschluß seines Präsidiums schaffte sich das Rote Kreuz der Insel eine Blaskapelle nebst Uniformen an. »Das gibt«, hatte der Präsident vor der Abstimmung resümiert, »sowohl unüberhörbare als auch unübersehbare Präsenz«.

Die Blaskapelle schlug sozusagen zwei Fliegen mit einer Klappe. Sie rekrutierte sich vollkommen aus jener Sorte kleiner Jungen, die in den Industrieländern vermutlich für den starken Geburtenrückgang verantwortlich sind. Aus jener Sorte kleiner Jungen also, zu denen ihre Mütter sagen: »Du bringst mich noch zum Wahnsinn durch den Lärm, den du schon wieder mit dem Kochlöffel auf dem Mülleimer machst! Tu wenigstens die arme Katze raus!« – Die Aufgabe, jene Wildwasser zu kanalisieren, sie einer gesellschaftlich nützlichen Bestimmung zuzuführen, hatte das Rote Kreuz der Insel auf sich geladen. Die zweite Fliege setzte sich aus den Elementen Unterhaltung, Kurzweil und Kultur zusammen.

Die kleinen Jungen waren eher weniger als mehr musikalisch. Kein Versuch, eine Melodie aus der Kapelle herauszulocken, glich dem anderen. Nur die Pauken und Trommeln, das bummernde Herz einer jeden Blaskapelle, zwangen die auseinanderstrebenden heulenden und quietschenden Geräusche der Fanfaren, Trompeten und Posaunen in rythmische Fesseln: Bumbum-bumbumbum! Rettdedede-rettdedededEDett!

Bei allen größeren Festlichkeiten und auch bei allen kleineren, kurz, bei jedem nur denkbaren Anlaß, selbst also, wenn sich der Bürgermeister die Haare scheren ließ, marschierte nunmehr die Blaskapelle des Roten Kreuzes der Insel durch die Straßen der kleinen Hauptstadt. Sie pflegte damit im Morgengrauen zu beginnen, daher das Wort, und gab, von einer Mittagspause abgesehen, während der die kleinen Musikanten sich und ihre Luftröhren hinlänglich stärkten, bis Sonnenuntergang nicht auf. Einmal jedoch im Jahr, an jenem Tag, den das Rote Kreuz weltweit sich selbst geweiht hat, sich von seiner schönsten Seite zeigt und dafür Spenden heischt, einmal im Jahr also übertraf die Blaskapelle sich selbst. Nicht an Lautstärke, denn da gab man bei jeder Gelegenheit sein Alles sondern durch einen Gala-Auftritt. Für jenen Tag wurden die Trompeten und Fanfaren geputzt und ausgebeult, die Pauken und Trommeln mit frischen rot-weißen Streifen versehen, die abgerissenen Knöpfe eines langen Jahres den Uniformen wieder zugeführt, und die kleinen Jungen selbst wurden gestriegelt und gebadet, geschrubbt und gebürstet, bis sie in wütende Hochform gelangt waren, Hähnen beim Hahnenkampf gleich.

Jahr für Jahr bot sich zunächst das gleiche Bild: Die Fahnen des Roten Kreuzes flattern lustig im Winde, und Wimpel derselben Art werden von den Müttern der musizierenden Knaben an nichtsahnende Passanten verkauft. »Jeder muß sein Scherflein dazu beitragen«, scheinen die zufriedenen aber entschlossenen Mienen der Mütter zu sagen. »Wir haben unsere männliche

Brut diesem hehren Zweck geweiht. Unsere lieben kleinen Buben, die sich schon in zartem Alter auf dem Abfalleimer als musikalische Wunderkinder zu erkennen gaben. Ist es da zuviel verlangt, mein Herr, daß Sie wenigstens Ihre Brieftasche aufmachen? – Raus mit den 100 Peseten, mein Herr!« – Und um die Mütter herum, die die Ohren diskret mit Watte oder Wachs verstopft hatten, bisweilen auch weibliche Babies mit Rote Kreuz-Käppchen im Kinderwagen mit sich führten, spielten die Knaben der Blaskapelle ihre Melodien. Nicht selten mehrere gleichzeitig.

Es war ein Auswärtiger, der diese schöne Tradition schließlich zum Erlöschen brachte. »Wieviel?« schrie er zu den Müttern hin, die sich zur Musik wohlgefällig in den schweren Hüften wiegten. »Wieviel kostet es, wenn die verflixte Kapelle mal ein paar Augenblicke still ist?!« – Ein Musikliebhaber schien er jedenfalls nicht zu sein.

Die Mütter glaubten ihren Ohren nicht zu trauen und nahmen Watte und Wachs heraus. »Wieviel es kostet?! Wenn sie nicht spielt, unsere herrliche Kapelle?! Unsere musikalischen Leibesfrüchte?!! Der Stolz der Insel?!!!«

»Zweitausend«, sagte eine trotzig. Selbst in Peseten ist das viel Geld. Der Auswärtige zuckte zusammen. Für einen Augenblick fürchtete man, des Preises wegen, den Bogen überspannt zu haben.

Man hatte sich getäuscht. Es war die Fanfare, die mit einer Klarinette wetteiferte und an Schweineschlachten erinnerte. Der Auswärtige holte hastig zwei Scheine aus der Brieftasche. »Eine Minute«, sagte er und schaute auf die Uhr.

Stille breitete sich aus. Vögel kamen aus ihren Fluchtverstekken und begannen, zunächst schüchtern, zu zwitschern. Die Wellen hörte man plötzlich an die Mauer der Uferpromenade schlagen, denn das menschliche Ohr gewöhnt sich schnell an Stille. Es ist überaus anpassungsfähig. Ein Mann auf einer Café-Terrasse rief: »Ober!« und es klang wie Donnerhall, er selbst erschrak davor und wurde rot und verlegen. Der Kellner ließ sein Tablett fallen und stieß einen kleinen Schrei aus.

Stetig tickten die Sekunden. Man schien sie aus hundert Armbanduhren zu hören. »Siebenundfünfzig Sekunden«, sagte eine Mutter, sie hatte ihre Stoppuhr zum Einsatz gebracht. Sie schaute ihren Sohn an, der ungeduldig in der Blaskapelle mit den Hufen scharrte und an seiner Trompete kaute. Das Kind verstand den Blick und hob drohend sein Instrument.

»Fünftausend für drei Minuten!« Ein anderer Mann zerrte nervös eine Brieftasche aus der Jacke, zählte der Mutter fünf Scheine in die Hand. – »Noch mal fünftausend!« rief eine Stimme aus der Menge.

Die Mütter begriffen die Zeichen der Zeit. Eine von ihnen stellte ein Pappkästchen auf den Boden. Die Rote Kreuz-Wimpel, denen es als Heim und Hort gedient hatte, wurden achtlos beiseite getan. Eine andere Mutter begann mitzuschreiben: »3 plus 3 gleich 6 plus 5 gleich 11 plus 1…« notierte sie murmelnd die Gebote, die von der Menge her über die Kapelle schwappten.

An jenem Tag begann der unaufhaltsame Aufstieg des Roten Kreuzes der Insel. Schweigend verzeichnete die Blaskapelle des Roten Kreuzes den größten Sammelerfolg ihrer Geschichte. Niemals wieder hat seit jenem Tag das Rote Kreuz der Insel unter Mangel gelitten, die bloße Ankündigung einer musikalischen Darbietung öffnete jeden Beutel. Und bald konnte man daran gehen, der Organisation die erste Untergruppe einzuverleiben: Das Rote Kreuz des Meeres.

****

Der Mann, der zum Vorsitzenden der Sektion: Rotes Kreuz des Meeres gewählt wurde, war für diese Aufgabe wie nach Maß gemacht. Er hatte den taillenlosen Körper eines Pinguins – größer jedoch, versteht sich – und das Gesicht eines Barsches. Ansonsten jedoch war nichts Barsches an ihm, ein freundlicher Mann war er, der seine Kinder so gut es ging erzog und seine Frau auf übliche Art dazu bewegte, von Zeit zu Zeit ein weiteres hinzuzufügen. Sie waren bei der Nummer 7 angelangt.

Als Vorsitzender ging er sofort daran, die Voraussetzungen

für eine funktionierende Organisation zu schaffen: Er scharte eine Reihe von Freunden um sich, denen er Amtswürden verlieh. Flottenkapitän, Sekretär, Schatzmeister, Sprecher.

Mit dem eigentlichen Präsidenten des Roten Kreuzes der Insel verband ihn herzliche, langjährige Freundschaft und gleichartiger Lebensstil, denn beide aßen gern Tintenfisch in Essigsauce mit Zwiebelringen und grünen Paprikaschoten. Bei einem solchen Imbiß wurden sodann die finanziellen Details besprochen, die das Rote Kreuz des Meeres zu einer schlagkräftigen Truppe machen sollte. »Wir brauchen«, sagte der Vorsitzende, der nebenher gesagt Titus hieß, »Wir brauchen zunächst ein großes Schlauchboot. Zu diesem einen starken Außenbordmotor. Des weiteren Schwimmwesten, Rettungsseile, ein Sauerstoffgerät und eine Flagge. Uniformen«.

Der Präsident kaute nachdenklich auf einem Stück Tintenfisch herum. »Er ist zu hart«, sagte er. »Und das kostet eine Menge Geld«. Zwar war es seine Idee gewesen, die nautische Variante des Roten Kreuzes ins Leben zu rufen. Er hatte jedoch gedacht, die Sache ließe sich mit einem Rettungsring auf der Uferpromenade erledigen und zusätzlich allenfalls mit einem Schild, auf dem sein Name stand.

»Entweder oder alles«, sagte Titus. »Wir dürfen keine halben Sachen machen. Und wozu«, fügte er hinzu, »haben wir schließlich unsere Blaskapelle, die nicht zuletzt durch deine drei hochmusikalischen Söhne so erfolgreich ist«. Er verstand es, Komplimente zu machen.

»Ja«, sagte der Präsident geschmeichelt und streichelte sich den Bauch als ob jene Söhne daraus hervorgegangen seien. Titus hatte ihn an der richtigen Stelle gekitzelt, am Vaterherz. Die Genehmigung zum Erwerb der Ausrüstung wurde erteilt.

Das Schlauchboot und sein Motor kamen an einem Donnerstag im Frühsommer mit der Passagierfähre an. Die Spitzen des Roten Kreuzes des Meeres waren an der Hafenmole versammelt. Sie trugen Uniformen von großer Schönheit, die in anderen Ländern eine Kriegsflotte als Rückhalt hätten vermuten lassen. Titus trug weiße Gala und eine harte Schirmmütze, die ein Rotes Kreuz mit Anker zierte. Auf der Schulter blitzten drei goldene Kronen. Sein Flottenkapitän mußte sich mit drei Sternen auf der Schulter zufriedengeben. Er hatte sich jedoch zum Ausgleich einen Dreimaster auf den Oberarm tätowieren lassen. Sekretär und Schatzmeister, denen nur ein mittlerer Offiziersrang zustand, hatten ihre Frauen mitgebracht, von denen eine ein angedeutetes Admiralskostüm trug. Die andere war in nixengrün gekleidet mit Pailletten auf den Schultern der Kostümjacke, die an Schuppen erinnerten, an Fischschuppen, versteht sich.

Zwei Hafenarbeiter, denen man für diesen Anlaß einen Haarschnitt und frischgewaschene Hosen spendiert hatte, trugen das Schlauchboot und den Motor von der Fähre herunter an Land. Beides wurde ausgepackt, wobei sich der Flottenkapitän persönlich engagierte, indem er mehrmals »Vorsicht!« rief. Das Schlauchboot wurde auf dem Boden ausgelegt und eine Fußpumpe daran angeschlossen.

In diesem Augenblick erschien wie verabredet der Präsident. Er hatte das Geschehen von seinem Balkon aus, der den Hafen überblickte, beobachtet. Auch er trug Uniform. Sie war jedoch von grünlicher Farbe, denn er gehörte der anderen Waffengattung des Roten Kreuzes an: den Landstreitkräften. Dennoch wußte jeder, daß er von allen der Oberste war, und man begrüßte ihn mit Applaus.

Titus verschaffte sich mit einer Handbewegung Gehör. »Wir sind hier«, sagte er und blickte den Präsidenten so ernst und gesammelt an, wie es der Anlaß erforderte, »wir sind hier zusammengekommen, um ein neues Kapitel in der Geschichte des Roten Kreuzes unserer Insel zu schreiben. In diesem historischen Augenblick heben wir das Rote Kreuz des Meeres aus der Taufe«. Er sagte noch eine Reihe anderer Wörter, bevor er zum Hauptsächlichen kam: »Möge nunmehr der Präsident des Roten Kreuzes der Insel als Schutz- und Schirmherr unserer neuen Abteilung, dieser den ersten Lebensatem einhauchen. Während wir den Segen des Herrn auf unser Unternehmen herabflehen«, hier bekreuzigten sich die zahlreichen Zuschauer und die Hafenarbeiter nahmen – Rote hin, Rote her – ihre Mützen ab, »bitten wir ihn, den ersten Tritt auf die Luftpumpe zu tun«.

Der Präsident ging gemessenen Schrittes auf das Schlauchboot zu. Titus salutierte, der Flottenkapitän, der Sekretär und der Schatzmeister taten es ihm nach. Die Fähre tutete, und die Frau im Admiralskostüm hielt sich die Ohren zu. Die Nixengrüne wurde der Situation gerechter, denn sie weinte ein wenig. Dann trat Schweigen ein. Der Präsident hob persönlich den Fuß und senkte ihn ebenfalls persönlich auf die Pumpe. »Psch!« machte die Pumpe feierlich.

An den folgenden Tagen und Wochen wartete das Rote Kreuz des Meeres und mit ihm die ganze Insel auf den ersten Einsatz. Eine alte Frau, die des Hellsehens mächtig war, hatte in tiefer Trance den Untergang eines mächtigen Schiffes vor der Hafeneinfahrt vorausgesagt. Man erwartete allgemein etwas in der Größenordnung der Titanic-Katastrophe. Der Flottenkapitän ging mit aufgeblasener Schwimmweste an seinen Arbeitsplatz in der Limonadenfabrik. Seine Frau verriet einer Nachbarin, daß er auch nachts mit ihr schlafen ging. »Sie Ärmste!« sagte die Nachbarin.

Es geschah zunächst aber nichts. Außer einem Ball, der ins Hafenbecken fiel und zur Mitte hin abgetrieben wurde, verlief auf der Insel das Leben wie eh und je. Der Ball wurde allerdings gerettet, wobei der Flottenkapitän vom Schlauchboot aus ins Wasser sprang und seine Schwimmweste durch zwei Preßluftpatronen aufblasen ließ. Allgemein neigte man danach zu der Auffassung, daß sich die Anschaffung gelohnt hatte.

Dennoch beschloß das Rote Kreuz des Meeres, es nicht bei diesem Einsatz zu belassen. Für einen Sonntag im Juli wurde ein Flottenmanöver angesetzt. Auf dem Programm standen die Löschung eines Großbrandes auf einem Ruderboot, die Rettung eines Ertrinkenden, seine vorläufige Wiederbelebung, sein Abtransport durch das landgestützte Rote Kreuz ins Krankenhaus. Letzteres, um nahtlose Zusammenarbeit unter Beweis zu stellen und keinen Neid aufkommen zu lassen.

Der Brand auf dem Ruderboot war für den späten Nachmittag

vorgesehen. Am Vormittag sollte dasselbe Ruderboot zur Hafenmitte gerudert werden, woselbst ein Schiffbrüchiger über Bord zu stoßen war. Der Ruderer sollte eine rote Rakete abschießen und sich dann schnell vom Ort des Geschehens entfernen, um die Arena für das Rote Kreuz des Meeres freizumachen.

Es lief alles wie am Schnürchen. Der Schiffbrüchige lag im Wasser und machte mit den Armen verzweifelte Bewegungen, die Rakete wurde abgefeuert, das Ruderboot entfernte sich vom Ort der Tat. Am entfernten Ende des Hafens begann der Motor des Schlauchbootes aufzuheulen. Das Schlauchboot raste auf den Ertrinkenden zu. Im Schlauchboot saßen der Vorsitzende Titus, der Flottenkapitän und der Schatzmeister. Der Sekretär hatte sich entschuldigen lassen, weil er seekrank wurde.

Das Schlauchboot machte eine elegante, schnelle Kurve um den Ertrinkenden herum. Der Flottenkapitän hielt den Motor an. Der Ertrinkende schwamm mit lässigen Schwimmstößen auf das Schlauchboot zu. »Bleib wo du bist, verdammt noch mal, du Idiot!« rief Titus ärgerlich. »Du wirst nicht an Bord genommen, weil das Wetter so schwer ist. Es herrscht Sturm. Wir haben Windstärke 10. Daher werde ich als Froschmann zu dir kommen und ein Seil um dich schlingen«. Alles war vorher so verabredet worden, und tausend Augen, das wußte Titus, schauten zu.

Titus riß an den Ventilen der Preßluftflaschen seiner Schwimmweste. Sie blähte sich vereinbarungsgemäß. Er sprang ins Wasser und paddelte auf den Ertrinkenden zu. »Nimm das Rettungsseil mit!« rief ihm der Flottenkapitän nach, als er fast angekommen war.

Titus war kein guter Schwimmer. Die Schwimmflossen waren ihm zudem ungewohnt. Mit der Maske vor den Augen und dem Schnorchel im Mund kam er nicht zurecht. Er schluckte Wasser und mußte husten. »Hol du das Seil«, sagte er etwas mühsam zu dem Ertrinkenden, der einer der Leute war, die regelmäßig das traditonelle Wettschwimmen durch den Hafen am 5. August gewannen.

Der Ertrinkende holte das Seil. Er schwamm zurück und half

Titus, es ihm anzulegen. Danach begleitete er ihn wieder an Bord. Schließlich schwamm er mit dem Seil an den Ort des Unfalls zurück. Er machte ein Zeichen: Los!

Das Schlauchboot machte einen Satz, weil der Flottenkapitän Vollgas gab. Das Seil, das der Ertrinkende als Schlinge unter den Armen durchgezogen hatte, spannte sich. »Aua!« sagte der Ertrinkende, aber er sagte es mehr zu sich selbst, weil er durch den Motorenlärm nicht durchkam.

Am Kopf des Ertrinkenden bildete sich eine Bugwelle, die umso höher wurde, je mehr das Schlauchboot an Geschwindigkeit gewann. Der Ertrinkende machte kräftige und heftige Zeichen. »Schneller!« sagte der Schatzmeister, der die Zeichen so verstanden hatte.

Bis zum Strand waren es nur 45 Sekunden, der Ertrinkende hatte Glück gehabt. Dennoch wurde er recht schlapp und leblos aus dem Wasser gezogen. Die Bugwelle hatte während der Rettungsaktion seinen Mund überspült.

Der Flottenkapitän zog ihn an Land. »Gut gemacht«, sagte er. »Du kannst wieder aufwachen«. Der Ertrinkende begann Wasser zu spucken und zu würgen. Erste, noch undeutliche Schimpfworte drängten sich aus seiner Kehle.

»Beruhige dich«, sagte Titus. »Nicht übertreiben. Da kommt schon der Krankenwagen«. Oberhalb des Strandes an der Hauptstraße hielt der Krankenwagen mit kreischenden Bremsen und gellenden Sirenen. Vier Träger stolperten mit der Bahre über den Strand. Ein niedliches Mädchen in weißem Dreß und mit einem Rote Kreuz-Häubchen auf dem Kopf folgte ihnen mit einer Wolldecke und einem Einlaufgerät.

Daß die Träger losrannten wie Windhunde, nachdem sie das Opfer des Meeres auf die Bahre gelegt hatten und es mit einer Decke verhüllt worden war, machte einen guten Eindruck auf die Zuschauermenge. Daß das Opfer von der Bahre fiel, weil man vergessen hatte, es anzuschnallen, wurde als verständliches, gleichzeitig amüsantes Versehen entschuldigt. Daß das Opfer sich danach weigerte, wieder auf der Bahre Platz zu nehmen, empfand man, trotz der Platzwunde, die es sich beim

Sturz zugezogen hatte, als rücksichtslos. Es mußte daher mit Gewalt in den Krankenwagen geschoben werden. Es schrie und schlug um sich. »Der arme Kerl muß den Verstand verloren haben«, sagten die Leute. »Daran sieht man, wie wichtig es ist, daß wir jetzt das Rote Kreuz des Meeres haben«.

Das brennende Ruderboot am Nachmittag brannte aus und versank in den Fluten, bevor der Brand auch nur annähernd gelöscht werden konnte und bestätigte so auf gewisse, wenn auch bescheidene Weise die Prophezeiung der alten, hellsichtigen Frau.

****

Langsam, so etwa, wie eine Eiche wächst oder eine Müllhalde, gewann auch das Rote Kreuz der Insel an Gewicht und Bedeutung. Und mit der Bedeutung wuchs der Wunsch nach geregelter Tätigkeit. Das Rote Kreuz des Meeres hatte, wie sich bald herausstellen sollte, eher symbolischen Wert: Auf der Insel, an ihren Stränden und Küsten wollte und wollte sich kein Unfall abspielen. Niemals wurde aus Spaß Ernst, niemals konnte das in Theorie und Übung so hart Erlernte – hart zumindest für die Versuchspersonen – in die Praxis umgesetzt werden. Es schien, als ob Schiffahrt und Tourismus von höherer Stelle davor gewarnt worden war, ihr Leben im Einzugsbereich der Insel aufs Spiel zu setzen. Einige auf der Insel munkelten von Benachteiligung, das Wort Sabotage reckte sein häßliches Haupt empor.

Die Führungsspitze des Roten Kreuzes der Insel beschloß, diesem Zustand ein Ende zu bereiten. Wäre nicht, wenn schon das Rote Kreuz des Meeres ins Wasser gefallen war, ein Rotes Kreuz der Luft die Lösung? – Ein Samariter-Luftlanderegiment? – Eine barmherzige und geflügelte Brigade der guten Taten? – Vom Himmel fallend wie Blitz und Hagel, keinen Hilfesuchenden und Bedürftigen verschonend? – Mit Hubschraubern ausgerüstet, die Tag und Nacht durch Berg und Tal klapperten? –

Der Präsident, jener, der mit Titus die Liebe zum Tintenfisch teilte, unterstützte die Idee mit Begeisterung. Seine Frau wurde schon am nächsten Tag mit einer Fliegerkappe beim Einkauf gesehen. Sein Sekretär, im Privatleben Schneider, entwarf mit Schere, Faden und Stoff ein Rotes Kreuz mit Flügeln und Propeller, welches Hubschrauber und Brigadeuniformen zieren sollte. Für letztere war taubengrau ins Auge gefaßt. Nur der Preis des Hubschraubers, den man per Telephon erfragte, verhütete Schlimmeres. »Der Preis«, sagte der Präsident auf einer stürmischen Sitzung und schüttelte Glocke und Kopf zugleich, »der Preis übersteigt unsere Mittel um ein Vielfaches«.

»Und die Rote Kreuz-Blaskapelle?!« schrie ein Mitglied des Gremiums, dessen Knabe dazugehörte, und das sich auf diese Art viele ruhige und friedliche Tage erhoffte.

Der Präsident hatte einen Taschenrechner in Aktion gesetzt. »Nach den bisherigen Ergebnissen«, sagte er ernst, »müßte die Kapelle 37 Jahre, 8 Monate, 3 Tage und 9 Stunden 42 Minuten nicht spielen, um diese Summe zu sammeln«.

Das gab den Ausschlag. Der Präsident trat zurück, denn der Vorwurf der Unfähigkeit blieb auf ihm sitzen und vergiftete die Atmosphäre. Ein neuer wurde gewählt und ging das Problem mit neuem Schwung an. Er war Baumeister und gerade dabei, eine neue, vom Staat finanzierte, unbenötigte Landstraße zu bauen. Daraus entwickelte sich die Idee.

Insider sagten später, er hätte sie schon vorher unter der Hand verbreitet, um seine Wahl zu sichern. Mag sein, die Idee war jedenfalls diese: An der größten und wichtigsten Kreuzung der Landstraße, dort, wo die Straße vom Süden mit der Straße vom Strand, der Straße vom Norden und der Straße vom Westen zusammenstößt, sollte eine Erste-Hilfe-Station des Roten Kreuzes der Insel gebaut werden.

Schon die Tatsache, daß die Straßen dort zusammenstießen, rief Erregung und freudige Erwartung hervor. Konnte man nicht dasselbe von Personenkraftwagen und Lastern, Bussen und Motorrädern, Fahrrädern und Kettenfahrzeugen der nahegelegenen Kaserne erwarten? – Die Abstimmung brachte ein überwältigendes Ergebnis zugunsten der Erste-Hilfe-Station.

Nichts, das konnte man einige Monate später sagen, nichts ist jemals so würdevoll eingeweiht worden, wie die Erste-Hilfe-Station des Roten Kreuzes der Insel. Erst die Einweihung des Internationalen Astronomischen Observatoriums Jahre später, die Könige und Präsidenten auf die Insel brachte, dazu 7000 Polizisten, Panzereinheiten und Kriegsschiffe, sollte jenes Schauspiel überbieten. Die höheren Chargen vom Präsidenten bis zum Sekretär hatten sich neue Uniformen anfertigen lassen, das Atelier des Sekretärs hatte Überstunden machen müßen. Das Rote Kreuz des Meeres war vollzählig vertreten in frisch gereinigter Gala. Die Gattin des Luftpumpenbewahrers trug einen Dreispitz. Das Schlauchboot selbst war auf einer Art Lafettenfahrzeug zur Kreuzung gebracht worden. Die Blaskapelle des Roten Kreuzes der Insel war angetreten, und sie sollte heute sogar spielen. Das hatte der neue Präsident angefordert, der – Pragmatiker bis ins Mark – insgeheim hoffte, daß die Musik der Kapelle den einen oder anderen Autofahrer zu schnellerer, sogar unvorsichtiger, ja, verzweifelter Fahrweise ermuntern könnte, damit die Chancen eines frühen Unfalls fördernd.

Den Führerpersönlichkeiten und ihrem Gefolge, es waren an die vierzig Persönlichkeiten, stand die Besatzung der Erste-Hilfe-Station in voller Stärke gegenüber: Fünf junge Männer in grünlicher Uniform, von einem Farbton, wie man ihn im Gesicht von Menschen beobachtet, denen es sehr, sehr übel ist. Sie salutierten, standen stramm, der Rechtsäußerste präsentierte die Fahne.

Generale und Admirale, Offiziere und Stab, Gattinnen und bevorzugte Ehrengäste, kurz, die vierzig Persönlichkeiten schritten an der Besatzung vorbei. Sie schauten ihnen ins Auge und schüttelten ihre Hände. Sie sprachen Worte von zukunftsweisender Bedeutung. »Leben retten«, rief der neue Präsident unter dem donnernden Applaus der Zuschauer und dem beifälligen Nicken der Elite-Massen, »Leben retten ist Eure Aufgabe! Wachsamkeit Eure Pflicht! Unfall Euer Ziel!«

Einer der jungen Männer der Besatzung fiel um. Die Aufregung und die Sonne, vielleicht auch die Worte des Präsidenten, hatten ihn besinnungslos werden lassen.

Alle versuchten, ihn zu retten, was ein gefährliches Gedränge verursachte, denn viele Köche verderben den Brei. Auch war der Ohnmächtige darin nicht zu finden. Er hatte, wie sich später herausstellen sollte, als er wieder zur Besinnung kam, in Schrecken und Panik das Weite gesucht. Er wurde schon am nächsten Tag aus dem Roten Kreuz ausgestoßen. Wegen Feigheit vor dem Freund, lautete das Urteil. Ein anderer trat an seine Stelle. Es wurde darauf geachtet, daß er nicht nur mutiger war, sondern auch ziemlich gut in die Uniform paßte.

»Es war«, wie sich der neue Präsident später vor Gericht erinnern sollte, »wie verhext«. Ein Monat war ins Land gegangen und kein Unfall war geschehen. Die gefährliche Kreuzung sprach ihrem Namen Hohn. Schon hatte einer der jungen Besatzung vorsichtig Öl an kritischen Stellen ausgegossen, aber die Kreuzung – oder die Erste-Hilfe-Station, wer will das wissen – schien den Menschen derartigen Respekt einzuflößen, daß sich die Autos sozusagen im Kriechgang auf sie zubewegten. Häufig, wenn sie sich durch diesen Fahrstil mit Wagen aus allen Richtungen füllte, stiegen die Fahrer aus, diskutierten geduldig das Verkehrsgeschehen und vereinbarten schließlich die Vorfahrt unter sich durch Werfen von Münzen. Allen war klar, daß es so nicht weitergehen konnte, zu frisch brannte noch die Narbe der Brüder vom Meer im Herzen.

Als erstes entfernten Unbekannte in einer Neumondnacht die Schilder, die bei Annäherung an die Kreuzung die Geschwindigkeit begrenzten. Als nächstes tauchten vor der Kreuzung junge, großzügig ausgezogene Mädchen auf, die den Fahrern zuwinkten, bisweilen auch kurze Röcke von unverhofften aber hochzufriedenen Windstößen hochheben ließen. Und immer noch geschah kein Unfall. »Ich werde«, sagte der neue Präsident melancholisch, »ich werde wahnsinnig«. In den letzten Wochen hatte er zu trinken begonnen.

Auch der Gerichtsprozeß hat niemals klären können, wer in einer Nacht- und Nebel-Aktion an allen vier Kreuzungszufahrten die Vorfahrtschilder aufgestellt, beziehungsweise die Stoppschilder weggenommen hatte. Und niemand weiß auch mit letzter Gewißheit, ob der neue Präsident das Glück zwingen wollte, als er mehrere Male mit hoher Geschwindigkeit über die Kreuzung fuhr, bis sich ein anderes Auto oder das Schicksal seiner erbarmte und einen Zusammenstoß geschehen ließ. Sicher ist nur, daß sich der Präsident im Zustand der Volltrunkenheit befand. Und sicher ist, daß das Schicksal, wie so häufig, sich ironisch zeigte: Der Präsident war mit der Ambulanz des Roten Kreuzes der Insel zusammengestoßen. Es war jenes Fahrzeug, das man der Station beigeordnet hatte, um Unfallopfer mit Blaulicht und Sirene ins Krankenhaus zu bringen. Der Fahrer, ein junger Mann der Stationsbesatzung, war mit ihm losgefahren, um Brötchen und Bier für die lange Nachtwache zu holen. Wohl auch, um ein wenig mit seiner Braut zu schmusen, schließlich verfügte man über eine Bahre in der Ambulanz.

Der Zusammenprall der beiden Autos war spektakulär. Beim Auto des neuen Präsidenten geschah ein Kurzschluß, der es in Brand geraten ließ. Benzin tat das übrige. Bei der Ambulanz verklemmte sich der Kontakthebel, der Sirene und Blaulicht auslöste. Inmitten gespenstischer Formen und ohrenzerreißender Geräusche erschien die Verkehrspolizei. Sie ließ den jungen Mann von der Erste-Hilfe-Station, der – war die Braut daran schuld oder der Unfall? – an der Lippe blutete, durch ein Taxi ins Krankenhaus fahren. Den neuen Präsidenten, dem nichts geschehen war, und der in der Nähe seines brennenden Autos friedlich schlief, brachte man auf die Polizeistation. Dort wurde so wenig Blut im Alkohol festgestellt, daß der Polizeiarzt den Test mehrere Male wiederholte.

Der folgende Prozeß hat, wie gesagt, vieles unklar gelassen. Für alles und gegen alles fand sich ein verläßlicher Zeuge, auch die Polizisten erinnerten sich am Ende nicht mehr daran, daß man im ausgebrannten Auto des neuen Präsidenten zwei abgebrochene Vorfahrt-Schilder und ein Stop-Schild gefunden hatte.

Es kam zu einem Kompromiß: An einem Morgen wie jeder andere nahm ein junger Mann in schlichtem blauen Overall das Schild Erste-Hilfe-Station von dem Häuschen an der Kreuzung ab. Wenige Tage später eröffnete in den selben Räumlichkeiten eine Erfrischungsbude, deren Pächterin eine Tochter des Richters war, die einen Bruder des Verkehrspolizisten geheiratet hatte, der eine Cousine des neuen Präsidenten zur Mutter hatte.

Auch das Schlauchboot wurde kurz darauf einem Tauch-Klub gestiftet, nachdem der Motor spurlos aus dem Bootschuppen verschwunden war und erst verjährte Jahre später wieder bei einem Schwager des Admirals auftauchte, der ihn in der Toilette eines Cafés gefunden hatte und nicht aufhörte, sich darüber zu wundern.

Die Kapelle des Roten Kreuzes der Insel aber demonstriert auch weiterhin an allen hohen und niedrigen Feiertagen – und im Licht der Ereignisse besonders eindrucksvoll – daß Spielen Silber ist, Schweigen aber Gold.

Wenige Monate nachdem sie auf der Insel angekommen war, eröffnete Adele ein Schallplattengeschäft. »Ich bin schwarz, die Platten sind schwarz«, sagte sie allen, die es hören wollten. »Da werden sich die Leute drängen«. Das Kalkül ging letztenendes nicht auf. Erstens, aber das soll nur als Nebengrund gelten, war Adele nicht schwarz sondern kaffeebraun,

Die Bärte von San Pripos

Kind der Karibik. Zweitens, und hier wird die Sache schon ernster, war sie eine Frau von fast alarmierender weiblicher Ausstrahlung: Alles an ihr hüpfte und wackelte zur rechten Zeit und an der rechten Stelle, strotzte sozusagen von draller Weiblichkeit. Die Kundschaft, die sich zunächst in den Laden drängte, kam nicht, um zu hören, sondern um zu sehen, und vom Sehen verging ihnen buchstäblich das Hören, um ein altes Volksgerede in neue Tüten zu füllen.

Nun ist eine solche Ausgangsposition nicht die schlechteste, um ein erfolgreiches Verkaufsgespräch zu beginnen: Jede Platte, die durch Adeles Hände gegangen und in den dürren Ehealltag importiert worden war, eignete sich potentiell als Fetisch, bei dem es sich von anderem träumen ließ, als von grauer Realität. Von Palmenstränden beispielsweise und von Adeles grellem, sinnlichem Lachen, das oft die ganze Straße vor dem Laden füllte und die Männer in Scharen in ihr Geschäft trieb.

Aber eben nur die Männer. Die Frauen haßten Adele. Selbst jene, die sie nicht kannten, haßten sie. Der Name Adele wurde zu einem Synonym für Gefahr, wie das Zischen einer Schlange oder ein Apfel vom Baum der Erkenntnis eigener Unzulänglichkeit. Adele war ihr Spiegel, und wenn sie hineinschauten, erahnten sie instinktiv die Bedrohung, die von Adele kam: Sie alle waren ihr keine Konkurrenz.

Bald blieben daher auch die Männer Adeles runden Offerten fern. Auch für sie war in der Gesamtschau die warme Henne im Topf besser als die heiße Katze, für die ihre Frauen ihnen aufs Dach stiegen. Adele mußte ihren Laden bald wieder zumachen. Eine ältliche Dame, die Wolle und Strickanleitungen feilbot, übernahm die Geschäftsräume, reinigte sie von allen Spuren und Düften Adeles und fand ein dankbares weibliches Publikum, das ihr mit großzügigen Einkäufen die gute Tat vergalt. Adele aber zog aufs Land, in die Nähe des Dorfes San Priapos.

Einige Augenblicke und Worte verdient nun erst einmal der Mann, dem die Insel Adele verdankte. Er hatte, so sagten es die guten Zungen, Adele in einer Bar im Norden der Heimat kennengelernt. Die bösen Zungen ließen es dabei nicht bewenden, sondern fügten bezüglich der Bar und Adeles Tätigkeit eindeutige Details hinzu. Dessen ungeachtet, oder vielleicht gerade deshalb, hatte er sie zur fünften Frau genommen, die vorhergehenden waren ihm im Laufe eines langen Lebens abhandengekommen. Einige hatten das Weite gesucht, andere freiwillig der Ewigkeit mit ihrer Aussicht auf Frieden und Harfenmusik den Vorzug gegeben. Knut, der seinen Namen und seine Vorfahren aus dem Dänischen bezogen hatte, war das, was man einen Mann nennt, der seine besten Jahre weit hinter sich gelassen hat. Dennoch bekam Adele in schneller Folge zwei Kinder von ihm, in schneller Folge deshalb, weil es Zwillinge waren, von ihm deshalb, weil beide es versicherten, er mit größerer Überzeugung, sie wortreicher.

Knut war ein blonder Mann mit falschen Haaren, die, wie er meinte, zum Verwechseln echt aussahen, und, obwohl er das niemandem gegenüber zugab, teilten alle seine unausgesprochene Meinung: »Niemand würde auf die Idee kommen, daß du eine Perücke trägst«, sagten die Leute zu ihm.

»Ich trage ja auch keine«, sagte Knut barsch.

»So echt, wie sie aussieht, kannst du es dir leisten, das zu sagen«.

Das Imponierendste an Knut war ein buschiger, rotblonder Schnurrbart, dieser nun ohne Zweifel ganz und gar echt, und Adele liebte diesen Schnurrbart an ihm am meisten. »Ohne den Schnurrbart hätte ich ihn nie geheiratet«, sagte sie immer und immer wieder, sobald sich Gelegenheit zu dieser Art intelligenter Konversation ergab. Wenn das so war und nur so, dann hatte sie den beschwerlichen Weg aus der Karibik über die Bar auf die Insel für einen recht geringen Gegenwert unternommen.

Glücklicherweise war Knut jedoch zum Schnurrbart auch noch wohlhabend. Er hatte sich sein Leben lang als Fachschriftsteller sein Geld verdient und nebenher volksnahe Sachbücher geschrieben. Eines der Bücher war zum Bestseller geworden, weil es alternative Lebensformen zu einem Zeitpunkt beschrieb und propagierte, als ganze Volksgruppen darin Befriedigung und Befreiung zu sehen begannen, Brot selber zu backen, töpfern zu lernen und Bohnenkraut im Blumentopf zu ziehen.

Knut und Adele, dazu die Zwillinge Dindie und Cindie, hatten also ausgesorgt, ersterer sogar recht bald völlig: Er verließ die Insel nach einem knappen Jahr für immer, und bald erinnerte nur noch ein schlichter Grabstein an ihn, sowie ein Ölbild, das Adele auf eine Kleinanzeige hin nach einem Foto hatte malen lassen. »Ich möchte«, so lauteten ihre Anordnungen auf der Rückseite des Schecks, »daß der rotblonde Schnurrbart meines lieben, verschiedenen Mannes deutlich herauskommt«. – Der Künstler tat, wie ihm geheißen: Knuts Schnurrbart beherrschte das Gemälde. Hätte er ihn nicht auf der Lippe gehabt, so würde man sagen müssen, er krönte das Bild. So aber war es ein Schnurrbart, der einen Mann trug. Adele hängte das Bild in ihr Schlafzimmer. Sie war nun Witwe und eine junge dazu.

Das Witwendasein, wir wissen es aus Operette und Literatur, ist eine zweischneidige Angelegenheit. Auf der Insel und unter den Einheimischen ist eine Witwe eine Witwe und sonst gar nichts. Sie trägt vom Tage des Hinscheidens ihres Mannes an schwarz und verläßt das Haus nur noch zur Erledigung dringender Verpflichtungen, Messe und Beichte zumal.

Andere Länder, andere Sitten, und Adele kam aus der Karibik.

Aus dem Süden der Karibik zudem, in dem sich die Sitten vieler Völker gemischt hatten, vor allem die lockeren. Und wenngleich Adele für einige Wochen schwarz gekleidet ging, kaum das Haus verließ und geziemend schluchzte, wenn man ihr kondolierte, besann sie sich bald eines besseren und bunteren. »Warum«, so fragte sie sich und andere, »muß ich schwarz tragen, wo ich selbst doch schon schwarz bin? – Meine Haut trauert um ihn, mein Haar trauert um ihn und nicht zuletzt meine Augen«. Zudem fand sie, daß diese Tatsache durch miamirosa Hosen und waldmeistergrüne Pulloverchen eher noch unterstützt wurde.

Nach Ablauf der ersten vier Wochen also stieg sie so gekleidet in ihr Auto und fuhr ins Dorf. Neben ihr saß der Gärtner und lächelte dusselig-selig, wohl auch ein wenig verlegen, vor sich hin. Der selige Knut hatte ihn zu Beginn ihres Inseldaseins eingestellt, damit er, wie er sagte, Adele hilfreich unter die Arme greifen konnte. Der Gärtner fühlte dunkel, daß nunmehr dieser Augenblick gekommen war. Er war ein mittelgroßer Mann mit lackschwarzen Haaren und olivgrünem Teint. Er trug einen ebenfalls mittelgroßen Bauch unter dem Hemd, das er aus den Hosen hängen ließ, um ihn zu minimieren. Auch nannte er einen schwarzen Schnurrbart sein eigen, so wie ihn Clark Gable dereinst getragen hatte, und von dem der Dorffriseur ein vergilbtes Filmplakat neben dem Spiegel mit Reißzwecken und sicherem Gefühl für Asymetrie befestigt hatte. Das Plakat war stets von Fliegen umschwärmt, denn schließlich handelte es sich um einen berühmten Schauspieler.

Der Gärtner war stolz auf seinen Schnurrbart, denn er fand sich sinnlich damit. Als sie nach dem Einkauf wieder das Tor zur Garage geschlossen hatten und Adele vor ihm den schattigen und betäubend nach Knöterich und Adele duftenden Weg zum Haus entlangschritt, beschloß er, Knuts Anordnungen posthum Folge zu leisten und ihr hier und jetzt unter die Arme zu greifen. Adeles Gang und ihr wirklich aufregend wackelndes Hinterteil – die Männer der Insel geben aus Neigung oder Gewohnheit üppigen Formaten den Vorzug, und auch hier kam Adele ihnen entgegen – mögen zu diesem Entschluß beigetragen haben.

Auch rutschte sie in just diesem Augenblick aus einem ihrer Schuhe, die sie hinten offen trug, hüpfte kichernd auf einem Bein, was allgemeines Wackeln und Wippen verursachte und dem Gärtner vollends die Sinne vernebelte. Rosarot. Er trat also mit zwei langen Schritten auf sie zu, griff ihr unter die Arme, sorgte dafür, daß er es von hinten tat und seine Hände ihre üppigen Brüste umfaßten und drückte ihr einen heißen, schweratmenden und zudem feuchten Kuß ins Genick. Dabei vergaß er nicht, er hatte es geübt, es war sozusagen ein Teil seiner selbst geworden, seinen Schnurrbart zum Einsatz zu bringen, mit dem er sie kitzelte.

Adele war wohl weniger von der Tat des Gärtners überrascht, als von der Wahl des Zeitpunktes und des Ortes. Sie wußte, hatte es gelernt, was sie tun mußte, damit Männer nicht mehr wußten, was sie taten. Sie lachte daher jenes grelle Lachen, das schon derzeit die Männer in der Stadt angezogen hatte und versetzte dadurch den Gärtner in einen Taumel der Erregung.

»Adele«, sagte er. »Ich liebe dich!« Er sagte dasselbe noch zweimal mit jeweils anderer Betonung, sicher ist sicher, und mit steigender Dringlichkeit. Dann drehte er sie zu sich um, zog den Bauch ein und drückte sie an sich.

Adele machte sich los. »Komm«, sagte sie und ging vor ihm her ins Haus. Sie stieg die Treppe hoch, dorthin, wo das Schlafzimmer war.

Der Gärtner folgte ihr mit vorgestreckten Armen. Sein dusselig-seliges Lächeln wurde nunmehr von heftigsten Gefühlen umrahmt, Sinnlichkeit war auch darunter.

Adele stoppte seine Schritte vor dem Bett. »Gärtner«, sagte sie, denn sie hatte ihn nie anders genannt. »Gärtner, schau dir einmal dieses Bild an«. Sie zeigte auf das Gemälde von Knut, das über dem Bett hing und gab damit gleichzeitig den Blick auf ihr Hinterteil frei, für das der Gärtner instinktiv optierte. »Schau dir dieses Bild an«, sagte Adele noch einmal, und nun wendete sich der Gärtner, aber lustlos, um die Wahrheit zu sagen, dem anderen Schinken zu.

»Gärtner«, sagte Adele. »Mein seliger Mann mag vieles nicht

und manches nicht mehr gehabt haben, was du hast. Aber er hatte das«. Sie ging auf das Bild zu und zeichnete mit ihren Fingern den vom Künstler ins Monumentale übersteigerten und in feurigem Rotblond gleißenden Schnurrbart nach. »Dafür«, sagte Adele, »habe ich ihn geliebt. Und nie mehr, Gärtner, nie«, fügte sie hinzu, »werde ich einen Mann lieben können, der nicht diesen feuerroten Schnurrbart hat«. Sie schaute ihn an und lachte karibisch. »Geh! Einen schwarzen Schnurrbart kann ich nie und nimmer lieben«.

Der Gärtner ging. An diesem Nachmittag reagierte er seine aufgestauten Gefühle durch verbissene Arbeit ab. Er machte sich daran, ein ganzes Feld zu hacken, wobei er dem Schwung der Hacke heftige, unartikulierte Laute folgen ließ, wie wir sie bei Boxern hören, bei denen wir, Sport ist Sport, wohl ähnliche Staus vermuten dürfen. Von Zeit zu Zeit jedoch unterbrach er seinen Kampf mit dem Acker und starrte nachdenklich zum Fenster des Schlafzimmers hoch, hinter dessen geschlossenen Vorhängen Adele auf dem Bett lag und ebenfalls nachdachte.

Nachdem Adele am nächsten Morgen aufgestanden war, die Zwillinge Dindie und Cindie mit Mutterliebe und Frühstück versorgt und auf den Weg zur Schule geschickt hatte, ging sie auf die Terrasse des Hauses und hielt, zunächst mehr gewohnheitsmäßig als in Erinnerung des vergangenen Tages, nach dem Gärtner Ausschau. Da sie ihn nicht sehen konnte, rief sie: »Gärtner!« Und als er auch daraufhin nicht in Erscheinung trat, begann sie ihn zu suchen.

Sie fand ihn nirgendwo. Zwar waren ihre schwarzen Enten mit Futter versorgt, und auch ihre Kaninchen mümmelten an frischen Kräutern, sogar Mohrrüben lagen in den Futterkästen, aber der Gärtner war verschwunden.

Adele begann, so etwas wie Bedauern zu empfinden. Auch sie wußte, wenngleich sie es nicht in Worte zu kleiden vermochte, von der Axt im Hause, die den Zimmermann erspart. Mit leichter Beunruhigung fragte sie sich daher, ob sie durch ihr Verhalten womöglich die Axt stumpf und schartig gemacht, ihr vielleicht sogar den Stiel gebrochen hatte.

Sie ging ins Haus zurück, legte eine Platte aus der Karibik auf und rauchte Zigaretten. Hin und wieder stand sie auf, ging durch die Zimmer, räumte Dinge weg, die hier und dort herumlagen und der ordnenden Hand harrten oder schnippte Stäubchen von den Tischen und Vitrinen. Sie ging ins Badezimmer und schaute sich im Spiegel an. »Es wäre schade drum, es ist schon eine lange Zeit schade drum gewesen«, sagte sie und nickte ihrem Spiegelbild zu. Das Spiegelbild nickte zurück, und The Mighty Flea sang auf der Platte: »Please let me squeeze your tomato«.

Adele trug einen Morgenrock aus dünnem Frottée in heftigem Gelb und Orange. Sie ließ ihn von den Schultern gleiten und stieg unter die Dusche. Sie seifte sich ein und wusch sich. Es bereitete ihr Freude, ihren Körper unter ihren Händen zu spüren. »Wenn ich eine Katze wäre, würde ich jetzt schnurren«, dachte sie. Sie versuchte zu schnurren, bekam aber dabei Wasser in den Mund, Seifenschaum auch, und gab es wieder auf.

Sie trocknete sich ab. Sie tat ein wenig Parfum hierhin und dorthin, vergaß nicht, einen Hauch hinter die Ohrläppchen zu tupfen und war gerade dabei, sich mit einem bewundernden Blick von ihrem Spiegelbild zu verabschieden, als sie auf der Terrasse Schritte hörte. Die Schritte waren nicht wie Schritte normalerweise, eher ein auffälliges Stampfen und Schleifen, wie Schritte also in einem Hörspiel, damit auch jeder weiß: Da kommt einer. Adele warf ihren Morgenrock über, sicherte den Gürtel mit einer Schleife und ging hinunter. »Gärtner?« fragte sie und machte die Tür auf.

Der Gärtner hatte aufgehört herumzutrapsen und stand jetzt mit dem Rücken zu ihr. Sie sah, daß er ein frisches Hemd angezogen hatte und beim Friseur gewesen war: Zwischen seinem braunen, sonnenverbrannten Nacken und dem Haaransatz leuchtete ein weißer Streifen. »Gärtner«, sagte Adele noch einmal.

Der Gärtner drehte sich um und lächelte verlegen. Er wußte nicht, ob der dünne gelbe Schnurrbart ihn kleidete, und er schaute Adele unsicher an. »Ist es so recht?« schien sein Blick zu fragen.

Adele wollte lachen. Aber dann sah sie, daß der Blick des Gärtners an ihrem Bademantel herunterstrich und an ihrem Gürtel hängenblieb, und ihr wurde klar, daß ihre Finger an der Schleife zupften, und der Gärtner zog plötzlich den Bauch ein und strich sich über den Schnurrbart. Sie ließ die Tür hinter sich offen.

Wenige Tage später wußte Adele, daß Phantasie und Verlangen, der Mangel vieler Jahre, vielleicht auch die Hitze des Tages, ihr einen Streich gespielt hatten. Der Gärtner sah mit seinem gelben, dünnen Schnurrbart lächerlich aus, wie ein Chinese, dieser Vergleich fiel ihr ein, der sich einen Chaplin-Bart angeklebt hatte, und es ging ihr auf die Nerven, daß er jetzt ständig mit eingezogenem Bauch durch die Blumenbeete lief. Er schritt steifbeinig vor Anstrengung und ähnelte in seinen Bewegungen einem Hahn, vielleicht auch einem Hund, der gerade einen Rivalen vertrieben hat und nun das Gelände markiert. Letzteres tat der Gärtner natürlich nicht, und Adele hätte sich das wohl auch verbeten. Immerhin erwartete sie, daß er bald kikeriki! machen würde, aber bislang schaute er sie nur männlich an, strich sich über den Schnurrbart, lächelte selbstbewußt und zwinkerte mit dem linken Auge. Nach einigen Tagen also, sie hatte es ja geahnt und brauchte nur auf den herrlichen feuerroten Schnurrbart über ihrem Bett zu blicken, um es auch nachher und jederzeit zu wissen, sagte sie zu dem Gärtner: »Es hat keinen Sinn«.

Der Gärtner setzte sich im Bett auf und stützte sich dabei vor Schreck auf ihren Bauch.

»He!« schrie sie. »Du verdammter Esel!«

Der Gärtner ließ bestürzt und hilflos seinen Bauch heraus und starrte sie an.

»Du siehst idiotisch aus mit deinem gelben Schnurrbart«, sagte Adele. »Schau ihn dir an, Gärtner«, sagte sie und zeigte hinter sich auf das Gemälde. »So sieht ein richtiger Schnurrbart aus«.

Der Gärtner folgte mit traurigen Augen ihrem Finger. Dann setzte er sich auf die Bettkante, murmelte Unverständliches und angelte mit den Füßen nach seinen Unterhosen.

»Du kannst dich draußen anziehen«, sagte Adele. Sie hockte jetzt auf den Knien im Bett und blickte unverwandt auf das Bild am Kopfende.

Der Gärtner nahm seine Sachen und verließ das Schlafzimmer. »Knut«, sagte Adele nach einer langen, langen Zeit. »Warum mußtest du nur einen so schönen Schnurrbart haben?«

Adeles frühe Einsicht kam zu spät. Wenn ihre Begegnungen in der Stadt und im Schallplattengeschäft sie bisher eher mit Männern urbaner Geisteshaltung bekanntgemacht hatten, mit Männern also, die schon einmal, und sei es nur um des lieben Friedens willen, auf ihre Frau hören, so sah sie sich hier auf dem Lande ungebrochener männlicher Triebkraft gegenüber.

Die Trennung der Geschlechter in San Priapos und anderen Dörfern der Insel ist derart, daß die sprichwörtliche linke Hand nicht weiß, was die rechte tut und ob sie Rechtes tut. Der Einfachheit halber und um der Väter Sitten zu bewahren, sitzen Frauen mit Frauen am heimischen Herd und Männer stehen mit Männern in der dörflichen Kneipe, die gleichzeitig Apotheke und Eisenwarenhandlung ist. Dort hatte sich auch die Kunde vom Glanz und Elend des Gärtners verbreitet sowie die ersten spärlichen Nachrichten und Mutmaßungen über Adeles persönliche Präferenzen und die sich daraus ergebenden Maßnahmen.

Der Postbote, der einige Tage später an Adeles Tür klopfte, war ein sympathischer junger Mann. Er trug einen melancholischen, nach mexikanischer Art gestutzten Schnäuzer, und wenn dem Friseur ein Kunstfehler unterlaufen war, dann nur der, daß das Gelb der linken Seite einen Grünstich hatte. Adele unterdrückte ein Kichern und den Impuls, nein zu sagen.

Der Lebensmittelhändler im Dorf, ein schon älterer Mann namens Ibrahim, hatte aus dem Vorausgegangenen gelernt. Er hatte den Friseur veranlaßt, einen größeren Anteil rosa zu verarbeiten und hatte sich, sein Schnurrbart war nie sonderlich beeindruckend gewesen, die Koteletten mitfärben lassen. »Ins Haus liefern?« fragte er flüsternd, als Adele bei ihm Äpfel kaufte, und er mußte seufzen, als er ihre Finger sie befühlen sah. Adele nickte den Äpfeln zu: »Ein Kilo«.

Der Mann von der Tankstelle hatte sich Haupthaar und Bart orangegelb gefärbt. »Volltanken?« fragte er und wurde rot dabei.

Adele nickte.

»Ölwechsel?« flüsterte er. »Heute nacht?«

Adele zögerte. Der Tankwart war freundlich und kräftig, aber er hatte einen Klumpfuß und ...»Ich weiß nicht recht«, sagte Adele unentschlossen.

Der Tankwart suchte nach Worten, um die Sache doch noch zu seinen Gunsten zu entscheiden. »Ich... ich wasche hinterher den Wagen«, sagte er.

Spät am Abend kam er und überreichte Adele einen Kanister Öl, 20W-50, so wie man Pralinen überreicht. »Hinterher mache ich auch Ölwechsel«, sagte er, und Adele mußte zugeben, daß er alle seine Versprechen hielt.

Das Dorf San Priapos liegt abgeschieden von der Hauptstadt im wilden Nordwesten der Insel. Die erste wirkliche Kenntnis von der wunderbaren Bartwandlung seiner männlichen Bewohner erhielt die Hauptstadt zum Karneval. Vorher waren nur unbestimmte Gerüchte bis in die Hauptstadt gedrungen, man hatte ihnen keine sonderliche Beachtung geschenkt.

Zur großen Karnevalsprozession versammelt sich die Bevölkerung der ganzen Insel in der Hauptstadt. Jeder Ort und jeder Flecken, der auf der Landkarte mit einem Namen vertreten ist, schickt einen geschmückten Karnevalswagen und eine Abordnung.

In jenem Jahr saß Adele neben den anderen Ehrenjungfrauen von San Priapos auf dem Karnevalswagen und warf getrocknete Feigen, Klatschmohn und Mandeln in die Menge. Hinter dem Wagen trottete eine Rotte von gut dreißig Männern mit Sensen und Sicheln, Dreschflegeln und Mistgabeln in folkloristischer Aufmachung. Besondere Aufmerksamkeit erregten ihre gelben bis grünlichen Schnurrbärte sowie die Tatsache, daß einer von ihnen, der Schmied, mit nacktem Oberkörper und Lederschürze einherstampfte und bordeauxrotes Brusthaar zur Schau stellte. Nur zwei Männer trugen die landesübliche Barthaarfarbe. Der eine war der Lehrer der Haushaltsklasse für junge Mädchen, ein Zugereister in San Priapos. Mit seinem überlegenen, ja, man möchte fast sagen, spöttischen Gehabe schien er andeuten zu wollen, daß er es nicht nötig hatte.

Der andere war der Pfarrer, der allerdings nicht in der Rotte mitmarschierte, sondern unter den Ehrenjungfrauen saß und hin und wieder einen strafenden Blick zu Adele hinüberwarf.

Mit dem Karnevalszug begann die Nachricht eines eigenartigen biologischen Geschehens, Mutation möglicherweise, ein plötzliches Wiederauftreten von Merkmalen, die vielleicht auf die Ureinwohner der Insel zurückzuführen waren, begann also diese Nachricht die Insel zu verlassen und sich in der weiten Welt zu verbreiten.

Der Bürgermeister des Dorfes San Priapos, Don Servando, hatte einen Spitznamen. Man nannte ihn Don Serpiente, Herr Schlange. Er war, die Bennenung deutete es an, ein doppelzüngiger Mann, dem nichts ferner lag, als je die Wahrheit zu sagen, es sei denn, die Umstände waren so, daß man sie ihm nicht glaubte. Um seinem Spitznamen ein Glanzlicht aufzusetzen, ließ er beim Sprechen häufig die Zungenspitze aus dem Mund herausschnellen, er züngelte.

Man hatte Don Sevando zum Bürgermeister des Ortes gewählt, weil das kleinere Übel, das man ursprünglich hatte wählen wollen, am Vorabend der Wahl seine Lieblingssau durch Rotlauf und darüber den Verstand verloren hatte. Für einen Bürgermeister, befand man, ging das auf die Dauer nicht an, allenfalls beim Dorfpolizisten hätte man ein Auge zugedrückt, und so bekam Don Servando mit dem Spitznamen Don Serpiente den Zuschlag.

Don Serpiente trat aus dem Friseurladen in die enge kleine Seitenstraße und schritt in gemächlichem, wichtigem Bürgermeistergang zum Dorfplatz hinunter. Er fühlte sich beobachtet und war zufrieden damit, denn ohne Zweifel hatte ihm der Friseur den schönsten aller blonden Schnurrbärte hergestellt. Zum ersten Mal, das bestätigte ein Blick in den Spiegel auf Anhieb, zum ersten Mal war es ihm gelungen, auf dem schmalen Pfad zwischen karottenrot und zitronengelb eine Farbnuance zu finden, die im Rahmen einer naturgewollten Haarfarbe lag: Der Schnurrbart des Bürgermeisters war von natürlichem Rotblond. Der Friseur hatte ihm überdies eine Pomade hineingearbeitet, die ihm strahlenden Glanz verlieh, desgleichen betörenden Duft.

Don Serpiente überquerte den Dorfplatz auf dessen anderer Seite die Bürgermeisterei lag. Er nickte den neidischen Gesichtern um sich herum selbstbewußt lächelnd zu und dachte an Adele.

Der Dorfpolizist, der am Eingang der Bürgermeisterei auf einem Schemel hockte und sich mit dem langgewachsenen Nagel des kleinen Fingers, der ihn als Mitglied der nichtarbeitenden Klasse auswies, im Ohr bohrte, griente ihn an. »Es ist Besuch für Sie da«, sagte er.

»Ich weiß«, sagte Don Serpiente und züngelte. Er blickte den Dorfpolizisten einige Augenblicke lang scharf an, um seinen Schnurrbart auf ihn wirken zu lassen. Der Dorfpolizist nahm den kleinen Finger aus dem Ohr und machte mit der Hand eine Bewegung zur Oberlippe hin, so als ob er dort etwas verstecken wollte. Sein Schnurrbart hielt in der Tat den Vergleich mit dem des Bürgermeisters nicht aus. Don Serpiente lächelte zufrieden.

Don Serpiente öffnete die Tür zu seinem Büro. »Guten Tag, Adele«, sagte er, indem er seine Stimme etwas tiefer und männlicher ansetzte, gewissermaßen die Muskeln auf den Stimmbändern spielen ließ.

Im Zimmer saß ein Schwarzer, den er nie zuvor gesehen hatte. Der Schwarze stand auf und ging auf Don Serpiente zu. »Ich heiße Marley«, sagte er und streckte die Hand aus.

»Ja«, sagte Don Serpiente. »Marley«. Er hatte keine Ahnung, was der Mann in seinem Büro zu suchen hatte.

»Sie werden bestimmt den Brief von der Unesco bekommen haben«, sagte Marley, der die Verwirrung spürte.

»Unesco?« fragte Don Serpiente. Der Name erinnerte ihn an die Elektriztätsgesellschaft. »Ist mit dem Strom was nicht in Ordnung?« fragte er.

»Die Unesco«, sagte Marley, »ist eine Unterorganisation der

Vereinten Nationen. Wir haben gehört, daß in diesem Dorf gewisse physiologische Veränderungen an seinen Bewohnern aufgetreten sind. Ich bin beauftragt, dieses Phänomen zu investigieren. Ich bin Anthropologe«.

»Fisologisch«, dachte Don Serpiente verwirrt. »Fenamon. Infestieren«. Alles klang ihm sehr fremd. »Was ist ein... Andopologe?« fragte er vorsichtig.

»Anthropologie«, sagte Marley geduldig, »ist die Wissenschaft von der Entstehung, Entwicklung und Typendifferenzierung der menschlichen Art, von den wechselnden Formen ihres Verhaltens in Auseinandersetzungen mit gleichfalls wechselnden Formen der Umwelt, sowie von der Stellung des Menschen in Umwelt und Geschichte«.

»Aha«, sagte Don Serpiente hilflos und züngelte. »Setzen Sie sich doch, bitte«. Er bot Marley einen Stuhl vor seinem Schreibtisch an und setzte sich an der anderen Seite des Tisches in seinen Sessel. Er spürte, daß er sich dadurch ein wenig sicherer zu fühlen begann.

Marley blickte auf Don Serpiente und seinen Schnurrbart. »Wann ist es passiert?« fragte er.

»Gerade eben«, wollte Don Serpiente sagen, aber dann besann er sich. »Na, so vor einem Jahr«, sagte er.

»Und es geschah spontan?« fragte Marley.

»Spontan?« fragte Don Serpiente mißtrauisch zurück. »Wie meinen Sie das?«

»Nun«, sagte Marley. »Von einem Moment zum anderen bilden sich bei den Einwohnern des Dorfes blonde Bärte heraus. Das ist spontan. – War es so?«

Don Serpiente dachte nach. Er dachte darüber nach, wie mühsam der Friseur nach und nach den Männern des Dorfes die Bärte umgefärbt hatte. Er dachte an die mißglückten Versuche, auch an die Schlägerei mit einem unzufriedenen Kunden, durch die der Friseur einen Schneidezahn verloren hatte und sich wochenlang weigerte, überhaupt noch zu färben. »Nein«, sagte er. »Eigentlich nicht spontan. Das... Fenamon hat sich über Monate hingezogen«.

»Aber jetzt haben alle männlichen Bewohner des Ortes blonde Bärte?« fragte Marley.

»Nicht alle«, sagte Don Serpiente. »Da ist zunächst einmal der Lehrer für die Haushaltsklasse der jungen Mädchen. Der hat es nicht nötig«. Der letzte Satz war ihm herausgerutscht. Er bereute sofort, ihn gesagt zu haben.

»Nicht nötig?« fragtc Marley gedehnt.

»Er ist ein Auswärtiger«, sagte Don Serpiente und züngelte nervös. »Er kommt vom Kontinent«.

»Ich verstehe«, sagte Marley. »Sie wollten sagen: Er hat es nicht in den Genen. – Wer sonst?«

»Der Pfarrer«, sagte Don Serpiente.

»Auch ein Auswärtiger?«

»Er ist ein Mann Gottes«, sagte Don Serpiente fromm.

»Und deshalb hat er keinen blonden Bart?!« fragte Marley ein wenig ungeduldig. Er vermochte nicht zu sehen wie Religion und Anthropologie einander beeinflussen konnten.

Don Serpiente zuckte die Schultern. »So scheint es«, sagte er. »Die Wege des Herrn sind unergründlich. Aus einem Paulus wird kein Saulus. – Dann ist da noch Gilberto. Er ist vierundachtzig«.

»Das könnte schon eher möglich sein«, räumte Marley ein. »Veränderungen in einer Gruppe werden bisweilen von ihren ältesten Mitgliedern negiert. Die Anthropologie kennt dafür ein Beispiel von den Tonga-Inseln«.

»Nun ja«, sagte Don Serpiente. »Was haben Sie denn nun hier vor«. Er wurde ein bißchen unruhig, denn er erwartete Adele.

»Mein Auftrag lautet, daß ich der Sache auf den Grund gehen soll«, sagte Marley. »Schädelmessungen, Haarproben, immigratorische Trends, der mögliche Einfluß der Ureinwohner«.

»Die Guanchen waren alle blond«, sagte Don Serpiente. Er hatte einmal in einem alten Buch zeitgenössische Darstellungen der Ureinwohner gesehen. Es waren Männer und Frauen in Fellen, die sich gegen Entdecker und Christianisierung zur Wehr gesetzt hatten. Es waren keine mehr übrig geblieben.

»So sagt man«, sagte Marley ohne große Überzeugung.

Es klopfte. »Ich lasse bitten«, sagte Don Serpiente. Er hatte das einmal bei einer Sekretärin gehört. Sie hatte gesagt: »Der Herr Regierungsbeauftragte läßt bitten«. – »Ich lasse bitten«, sagte Don Serpiente noch einmal.

Die Tür öffnete sich und Adele trat ein. Don Serpiente erhob sich. Marley stand auf. »Das«, sagte Don Serpiente, »ist Herr Marley, ein... Antiprologe. Das Elek... die Uno hat ihn geschickt wegen der blonden Bärte«.

Adele lächelte. »So«, sagte sie und gab Marley die Hand. Er war einen guten Kopf größer als sie, vielleicht Ende dreißig. Sie fand, daß er gut aussah. Sein Haar war kurzgeschoren, ein wenig gekräuselt. Er war glattrasiert. »Ich komme aus der Karibik«, sagte sie. »Und Sie?«

»Auch aus der Karibik«, sagte Marley. »Aus dem Norden. Jamaica«.

»Am Namen hätte ich's erraten können«, sagte Adele. Beide lachten.

Don Serpiente räusperte sich und ließ die Zungenspitze hervorschnellen. »Ja, also ich weiß nicht«, sagte er. »Sind wir fertig, Herr Marley?«

»Ich werde mich ein wenig im Dorf umschauen«, sagte Marley. »Wenn es Ihnen recht ist, sehen wir uns heute abend, und ich erläutere Ihnen mein Programm«.

Don Serpiente schüttelte den Kopf. »Tut mir aufrichtig leid«, sagte er und blickte zu Adele hinüber. »Heute abend habe ich schon eine Verabredung«. Er strich sich über den Schnurrbart.

»Tut mir ebenfalls aufrichtig leid«, sagte Adele zu Don Serpiente. »Aber ich habe heute abend auch schon eine Verabredung«.

»Mit mir natürlich«, sagte Don Serpiente.

Adele schüttelte den Kopf. »Mit Marley«, sagte sie.

Marley kam gegen Sonnenuntergang. Er brachte eine schwarze Rose mit und überreichte sie Adele. »Danke«, sagte Adele und roch an der Rose. »Gut«, sagte sie. »Gut und stark«.

»Sie riecht wie eine schwarze Rose«, sagte Marley. »Nur schwarze Rosen riechen so«.

Adele suchte eine Vase und stellte die Rose hinein. »Woher hast du sie?« fragte sie.

Marley grinste: »Ich habe sie bei meiner Zimmerwirtin gestohlen«.

»Danke«, sagte Adele noch einmal. »Wo wohnst du eigentlich?«

Marley machte mit der Hand eine vage Bewegung in Richtung auf das Dorf. »Nicht weit von hier. Meine Wirtin hat übrigens einen enormen schwarzen Bart. Es scheint, als ob hier nur Frauen schwarze Bärte haben. Wenn überhaupt«. Er schaute Adele fragend an.

»Mag sein«, sagte Adele.

Die Zwillinge kamen aus dem Garten und starrten Marley neugierig an. »Das sind Dindie und Cindie«, sagte Adele.

Marley nahm sie beide auf den Arm. »Hallo, Dindie«, sagte er nach links und gab der ersten einen Kuß auf die Wange.

»Ich bin Cindie«, sagte der Zwilling.

Marley küßte das andere Kind. »Hallo Dindie«, sagte er.

»Ich bin auch Cindie«, sagte das kleine Mädchen.

Es war ihr Spiel. Sie waren nur dadurch zu unterscheiden, daß man sie verschiedenartig anzog. Manchmal vertauschten sie die Kleider. Niemand wußte mehr genau, wer eigentlich Dindie und wer Cindie war. Die Zwillinge selbst wußten es auch nicht mehr. Adele war zu dem Schluß gekommen, daß es letztenendes gleich war. »Ihr könnt Marley nachher das Haus zeigen«, sagte sie. »Ich möchte mich jetzt mit ihm unterhalten«.

Die Zwillinge rannten in den Garten, während Adele und Marley auf die Terrasse gingen. Sie zeigte auf einen Sessel. »Drink?« fragte sie.

Marley nickte. »Irgendetwas«, sagte er. Er setzte sich in den Sessel.

Es war ein warmer Abend. »Na?« fragte Adele. »Was macht die Anthropologie? Vorangekommen?«

Marley lachte. »Die ganze Sache ist ein einziger Schwindel«, sagte er, und Adele konnte eine Spur von Ärger in seiner

Stimme hören. »Alle Bärte, die ich bisher gesehen habe, sind gefärbt«. Er überlegte. »Der Bürgermeister ist vielleicht eine Ausnahme«, fügte er dann hinzu.

»Er ist auch gefärbt«, sagte Adele.

»Oh ja?« sagte Marley gedehnt. »Bist du sicher?«

»Kann ich noch etwas für dich tun?« fragte Adele ausweichend. »Sitzt du bequem? Hast du den Mond gesehen? Bald ist Vollmond«.

»Astronomie interessiert mich nicht«, sagte Marley unromantisch. Trotzdem schaute er zum Himmel. »Ja«, sagte er. »Ein schöner Mond«.

»Venus liegt unter ihm«, sagte Adele.

»Ich glaube, es ist Mars«, sagte Marley.

»Wenn dich Astronomie nicht interessiert, solltest du mir die Entscheidung überlassen«, sagte Adele. »Es ist Venus«.

Sie saßen und schwiegen. Adele rauchte eine Zigarette. »Ich werde mich um das Essen kümmern«, sagte sie nach einer Weile. »Es dauert nur ein paar Minuten. Die Zwillinge zeigen dir inzwischen das Haus«.

In die Mitte des Tisches hatte Adele die Vase mit der schwarzen Rose gestellt. »Wir haben ihm das ganze Haus gezeigt«, sagten dic Zwillinge.

»Jedes Zimmer«.

»Auch die Toiletten«.

»Auch das Schlafzimmer und das Bild von Papa«. Sie hatten sich angewöhnt, beim Reden einander abzulösen. Ein Satz Dindie, ein Satz Cindie. Oder umgekehrt.

Marley schaute Adele aufmerksam an. »Dein Mann hatte eine prachtvollen Schnurrbart«, sagte er.

»Das ist wahr«, sagte Adele und seufzte. »Gib mir deinen Tcllcr«.

Sie aßen.

Nach dem Essen brachte Adele die Zwillinge ins Bett. Sie bestanden darauf, Marley mit Gute-Nacht-Küssen zu überschütten. Eine der beiden biß ihn ins Ohr. »Aua!« sagte Marley. »Laß das, Cindie!«

»Das war ich nicht«, sagte, wer immer es war. »Das war Dindie!«

Marley ging auf die Terrasse. Adele brachte ein Tablett mit Kaffee. »Schwarz?« fragte sie.

»Blond«, sagte Marley.

Für eine Weile tranken sie schweigend ihren Kaffee. Dann reckte sich Marley in seinem Sessel. »Der Bart deines Mannes«; fragte er, »hat er vielleicht etwas mit den Bärten von San Priapos zu tun?«

Adele hatte die Frage erwartet. Sie hatte nicht gewußt, was sie darauf antworten würde. »Ja«, sagte sie jetzt.

»Warum?«

»Ich«, sagte Adele zögernd, »ich, na ja, ich habe Knuts Bart sehr geliebt. Und als ich dann Witwe war, weißt du, also, ich habe mich sehr einsam gefühlt ohne Knuts Bart«.

»Du hattest sein Bild«, sagte Marley.

»Ja«, sagte Adele. »Ich hatte sein Bild. Muß das reichen?«

Marley hob die Schultern hoch und ließ sie wieder fallen. »Und all diese Männer?« fragte er. »Hast du mit all denen... ich meine...« er brachte den Satz nicht zu Ende.

Adele senkte bescheiden den Blick und errötete. »Nein«, sagte sie. Sie hob die Hand hoch und zeigte drei ihrer Finger. »Nur mit zweien«.

»Wirklich?« fragte Marley.

Adele versteckte die linke Hand hinter ihrem Rücken und kreuzte Mittelfinger und Zeigefinger übereinander, wie sie es in der Schule gemacht hatten, wenn sie schwindelten. »Ich schwöre es«, sagte sie mit einer ganz kleinen Stimme.

»Wo ich herkomme«, sagte Marley, »haben Frauen einen einzigen Mann«.

Adele versuchte Widerstand zu leisten. »Ich glaube, du bist ein Macho«, sagte sie ein bißchen hitzig.

»Was ist das?« fragte Marley erstaunt.

»Ein MCP«, sagte Adele. »Male Chauvinist Pig. Ein Antifeminist. Ein Sexist. Einer, der will, daß die Frau ihn anbetet. Auf Knien am liebsten. Keinen anderen kennt. Keinen anderen anschaut.

»Wenn es das ist, was das Wort bedeutet«, sagte Marley, »dann bin ich es«. Er blickte Adele an, ohne zu lächeln.

Adele beschloß, den Weg nicht weiterzugehen. »Eigentlich bin ich wirklich monogam«, sagte sie einlenkend. »Es war ja immer nur Knuts Bart«.

»Immer nur Knuts Bart«, sagte Marley nachdenklich.

Adele seufzte. »Wie schade«, sagte sie.

»Was?«

»Daß du keinen blonden Bart hast, Marley«.

Marley lachte. »Es würde nichts ändern«, sagte er gleichmütig. »Ich liebe nur blonde Frauen«.

Adele fühlte, daß sie unter ihrer Haut blaß wurde. »Nur blonde Frauen?!« fragte sie erschreckt. »Wirklich nur blonde Frauen?«

»Nur blonde Frauen«, sagte Marley.

»Oh«, sagte Adele, und sie war froh, daß in diesem Augenblick jemand an die Tür klopfte.

»Ich habe gehört, Herr Marley ist bei dir«, sagte die Zimmervermieterin, als Adele die Tür öffnete.

Adele prallte zurück. Die dicke Frau trug einen blonden Bart.

»Ich wollte nur wissen, wann er nach Hause kommt, weil ich ins Bett möchte«, sagte die Zimmervermieterin.

Adele hatte sich wieder gefaßt. »Herr Marley bleibt wahrscheinlich heute nacht bei mir«, sagte sie.

Die Zimmervermieterin starrte sie an. »Er hat aber doch gar keinen blonden Bart«, sagte sie. »Ich meine... ich denke... du...«

»Das hat nichts zu sagen«, sagte Adele. »Herr Marley ist mein Gast«.

Die Zimmervermieterin öffnete den Mund, schloß ihn wieder, öffnete ihn noch einmal. »Ich habe jetzt auch einen blonden Bart«, sagte sie schließlich und kam näher. »Ich habe gedacht... also vielleicht... könntest du dir vorstellen...?«

»Nein«, sagte Adele. »Und gute Nacht«. Sie schloß die Tür und verriegelte sie.

»Besuch zu später Stunde?« fragte Marley.

Adele schenkte sich einen Cognac ein, sie fühlte, daß sie einen brauchte. »Deine Zimmerwirtin«, sagte sie. »Sie wollte wissen, wann du nach Hause kommst. Ich habe ihr gesagt, du kannst hierbleiben. Ich meine«, setzte sie schnell hinzu, »du kannst das Schlafzimmer haben, und ich nehme das Gästezimmer. Es ist bestimmt bequemer als dort drüben. Sie hat auch kein warmes Wasser«.

»Es ist bestimmt bequemer«, sagte Marley und lächelte. »Nur, daß ich im Gästezimmer schlafe«.

Adele senkte den Kopf. »Wie du willst«, sagte sie.

Nach einer Woche war Marley noch immer da. Die Zwillinge hatten gesagt: »Du mußt noch bleiben, Marley. Wir mögen dich. Beide«. – Marley hatte fragend zu Adele hingeschaut. Adele hatte genickt und beschlossen, ihre Kinder zu Erdbeereis und Sahne einzuladen.

»OK, Dindie«, sagte Marley. »Einverstanden«.

»Ich bin Cindie«, sagte Dindie.

»Und ich bin Dindie«, sagte Cindie.

»Ich werde Schädelmessungen vornehmen«, sagte Marley. »Vielleicht bekommen wir Aufschlüsse über die Herkunft der Ureinwohner«.

»Das wäre schön«, sagte Adele, der es gleich war.

»Ich glaube es nicht«, sagte Marley.

An den Nachmittagen machten sie Ausflüge. Abends spielten sie mit den Zwillingen Rommée. Beide schummelten, als ob sie einen Lehrgang hinter sich hätten.

»Es ist nicht mehr viel zu machen hier«, sagte Marley eines Abends. Sie saßen sie allein auf der Terrasse saßen. Es war die Nacht vor Vollmond, im Jacarandabaum zirpten die Grillen. Mond und Venus waren sich sehr nahe gekommen.

Adele schaute ihn an. »Bist du schon mit allem durch?« fragte sie. Sie hoffte, daß er nicht den Schreck in ihrer Stimme bemerkt hatte.

»Die Leute wollen nicht«. sagte Marley. »Sie haben die komischsten Ausreden. Der Bäcker hat Angst, daß es weh tut. Der Schmied hat mit der Zange gefuchtelt, in der er ein glühendes

Stück Eisen hielt. An den Bürgermeister komme ich überhaupt nicht heran. Er läßt mich nicht einmal in sein Zimmer. Der Dorfpolizist hält davor Wache und versperrt mir den Weg«.

»Vielleicht sind sie neidisch«, sagte Adele.

»Worauf?« fragte Marley.

Adele nahm all ihren Mut zusammen: »Daß ich dich gewählt habe«.

Marley blickte zu ihr hinüber. »Wie soll ich das verstehen?« sagte er langsam. »Du hast mich gewählt?«

Adele lachte. »Na ja«, sagte sie. »Die sind alle hinter mir her. Aber ich habe dich gewählt«.

Marley stand auf und ging zur Brüstung der Terrasse. »Ich komme aus einer Gegend«, sagte er, »wo es der Mann ist, der die Frau wählt, wo der Mann kein Spielzeug ist«.

»Wo die Frau ein Spielzeug ist«, sagte Adele.

Marley drehte sich um. »Niemand ist ein Spielzeug«, sagte er. »Es gibt nur eine Reihenfolge. Ich weiß nicht, ob du mich richtig verstanden hast«. Er machte eine Pause und sagte dann: »Frau«.

Adele blickte zu Boden. Sie fühlte sich plötzlich in die Heimat zurückversetzt. Es war ein gutes Gefühl. Sie fühlte sich warm und wohl. »Ja«, sagte sie sehr leise. »Ich habe dich verstanden«. Und nach einer Weile flüsterte sie: »Mann«. Ihre Stimme pochte wie das Herz eines kleinen Vogels.

Dindie und Cindie erwarteten ihn. »Mammi ist ein bißchen krank«, sagte Cindie oder Dindie.

»Nur ein bißchen«, sagte Dindie oder Cindie.

»Sie liegt im Bett«, sagten beide und kicherten.

»Du mußt sie besuchen«, sagte irgendeine von ihnen. »Sie wird sich über die Rose freuen«.

Adele lag im Bett und sah wie ein kleines Mädchen aus. Sie hatte einige Strähnen ihres Haares in dünne Zöpfe geflochten und kleine, bunte Schleifen hineingetan. Die Vorhänge waren zugezogen. Eine Nachttischlampe brannte.

»Na«, sagte Marley. »Hoffentlich nichts Ernstes?« Er gab ihr die schwarze Rose.

»Danke«, sagte Adele und roch an der Rose. Dann küßte sie

sie und steckte sie in eine leere Vase, die auf dem Nachttisch stand. Marley hatte ihr jeden Tag eine Rose gebracht. Noch nie hatte ihr jemand so viele gestohlene Rosen geschenkt. »Nein«, sagte sie. »Wahrscheinlich nichts Ernstes«.

Marley setzte sich auf den Bettrand. »Was ist es denn?« fragte er.

Adele machte große Augen. »Mir ist... ich weiß nicht, mit ist so komisch in der letzten Zeit. Ich glaube...« Sie stockte und schaute gegen die Decke.

»Du glaubst was?« fragte Marley.

»Ich glaube«, sagte Adele. »Ich glaube, ich bin verliebt«.

Marley schaute an die Wand über dem Kopfende des Bettes. Er sah eine hellere Stelle und erinnerte sich, daß dort Knuts Schnurrbartbild gehangen hatte. »Verliebt?« fragte er. »In wen?«

»Es ist vielleicht die falsche Reihenfolge«, sagte Adele und riß ihren Blick von der Decke los. »In Marley«.

»Ja«, sagte Marley. »Es ist die falsche Reihenfolge. Wo ich her bin, sagt so etwas zuerst der Mann«.

»Wo ich her bin, sagt so etwas die Frau, wenn der Mann es nicht sagt«, sagte Adele. »Wenn du in Rom bist, mußt du wie die Römer leben«.

»Wo ich bin, ist Rom«, sagte Marley schlicht. »Außerdem habe ich keinen blonden Bart. Ich habe überhaupt keinen Bart«.

»Das ist vorbei«, sagte Adele. »Ich habe Knuts Bart geliebt. Das ist vorbei. Ich liebe dich«.

Ihre Hand lag am oberen Rand der Bettdecke. Marley nahm sie. »Du vergißt«, sagte er leise, »daß ich nur blonde Frauen mag. Vielleicht hast du das vergessen«.

»Ich habe es nicht vergessen«, sagte Adele. »Ich bin blond«.

Marley lächelte. Er nahm seine Hand unter ihrer fort und streichelte ihr Haar. »Schwarze Rose«, sagte er.

»Ich bin blond«, murmelte Adele. »Du mußt nur richtig hinschauen«. Sie nahm seine Hand von ihren Haaren und legte sie wieder auf den Rand der Bettdecke. »Du mußt nur einmal richtig hinschauen«, murmelte sie noch einmal, und ihre Hand half seiner ein wenig, die Bettdecke herunterzuschieben und dann immer noch ein bißchen mehr, aber so, daß er es nicht merkte, denn schließlich war er der Mann. Sie hörte, wie er plötzlich überrascht den Atem anhielt. »Es ist echt«, sagte Adele.

»Echt?!« fragte Marley und wollte eine anthropologische Frage stellen, aber irgendwie vergaß er sie, und alles, was er sagen konnte, war: »Mann!«

Und als Adele seine Hände spürte, schaltete sie die kleine Nachttischlampe aus. »Marley«, flüsterte sie. »Wir müssen immer nur genau hinschauen«.

****

Beim Karnevalszug des folgenden Jahres trottete wieder eine Rotte schwarzbärtiger Männer hinter dem Wagen des Dorfes San Priapos her. Die Brust des Schmiedes glänzte in schwarzer, feuchter Wolle, und auf den Wagen selbst, unter den Ehrenjungfrauen, saßen Dindie und Cindie und warfen getrocknete Feigen, Klatschmohn und Mandeln in die Menge. Nur ein einziger trauriger Mann, der eine Harke in der Hand hielt und sich wenig Mühe gab, seinen beträchtlichen Bauch unter einer Gärtnerschürze zu verbergen, schlurfte hinter der Gruppe her und strich sich hin und wieder über seinen gelben Schnurrbart, der am Wurzelansatz schwarz herauszuwachsen begonnen hatte.